· 包拯初登堂 ·

·狸猫换太子案·

·襄阳王案·

大宋群英传

包青天传奇

李 铁 ◆ 著

华东师范大学出版社
上 海

图书在版编目（CIP）数据

包青天传奇/李铁著 . —上海：华东师范大学出
版社，2024. —（大宋群英传）. —ISBN 978 - 7 - 5760
- 5500 - 9

Ⅰ . I247.4

中国国家版本馆 CIP 数据核字第 202562D9Q8 号

大宋群英传·包青天传奇

著　　者　李　铁
责任编辑　孔　灿
责任校对　庄玉玲　时东明
装帧设计　冯逸珺
插图绘制　孙　强

出版发行　华东师范大学出版社
社　　址　上海市中山北路 3663 号　邮编 200062
网　　址　www. ecnupress. com. cn
电　　话　021 - 60821666　行政传真 021 - 62572105
客服电话　021 - 62865537　门市（邮购）电话 021 - 62869887
地　　址　上海市中山北路 3663 号华东师范大学校内先锋路口
网　　店　http：//hdsdcbs. tmall. com

印 刷 者　浙江临安曙光印务有限公司
开　　本　787 毫米×1092 毫米　1/16
印　　张　16.75
插　　页　2
字　　数　211 千字
版　　次　2025 年 4 月第 1 版
印　　次　2025 年 4 月第 1 次
书　　号　ISBN 978 - 7 - 5760 - 5500 - 9
定　　价　40.00 元

出 版 人　王　焰

（如发现本版图书有印订质量问题，请寄回本社客服中心调换或电话 021 - 62865537 联系）

序

我从小就喜欢历史故事，尤其喜欢英雄传说。

有一次生病，我迷迷糊糊地躺在床上，也没忘了傍晚六点半准时打开收音机，收听刘兰芳先生播讲的《杨家将》。从《春秋战国志》到《三国演义》，从《杨家将》《呼家将》到《朱元璋传奇》《大明英烈传》，这些故事我一读再读，不夸张地说，已经把它们融化进了自己的生命和血液之中。

半年前的一次线上分享，主持人问我：读了那么多英雄传记和历史故事，你觉得对自己有什么影响？我说，一个最大的影响就是，如果没读这些书的话，想收买我花100万就够了，但是读了这些书之后起码要2000万才行。

当然，这只是个玩笑。我真正想说的是榜样的力量。读了这么多的历史故事，受这么多英雄人物的影响，我不自觉地产生一种敬畏之心。

1

正是这种敬畏之心，让我不敢也不愿去做那些不该做的事情。

刚开始写《杨家将传奇》的时候，主要是一种信仰在支撑着我。我觉得我从这些英雄们身上学到了许许多多，所以我想把他们的故事以我自己的方式再一次讲述出来，传播出去。

起初，我没有预料到会有多少人喜欢。事实上，《杨家将传奇》的有声版在喜马拉雅上线的时候，刚开始收听人数并不多。但是随着时间的推移，越来越多的人开始收听，接下来的《包青天传奇》更是一跃成了喜马拉雅儿童新品榜的第二名。那个时候我意识到，这些英雄传奇，滋生于中华五千年的土壤之中，在一代代的民间口口相传中不断得到丰富完善，传递着中华民族的价值观与精神，可以说是万古长青的。即便是生于 21 世纪的孩子，互联网原住民一代，依然可以从这些故事中汲取养分，照亮他们的人生。

也是从那时候开始，我产生了一个大胆的

想法：创作一整套中华历代英雄传，在历史故事、民间传说、戏曲诗文的基础上，加上自己的再创造，打造一个中华历代英雄的"元宇宙"。这套英雄传奇，有些部分是三实七虚，有些部分是七实三虚，但贯穿其中的是在历经千年的历史长河中凝聚而成的人生观与价值观。《大宋群英传》五部，就是这个系列的先锋。

中国的历史故事中，从来都不缺乏泽被苍生、守国护民的英雄。无论是传说中的神仙，还是历史上的人物，比如尝百草的神农、治水的大禹、鞠躬尽瘁的诸葛武侯、还我河山的岳武穆……在代代流传的过程中，这些故事中的人物形象越来越丰富、立体和鲜明。创作这些故事的时候，我经常会忘记自己身在何处，只觉得自己和故事中的那些忠臣良将、英雄义士同呼吸、共命运，我想把我观察到的一切，一点点地讲述给我的孩子，还有许多的孩子听。

愿英雄的种子深埋在少年的心间，不断被浇灌，直到日久经年，终成大树参天。

是为序。

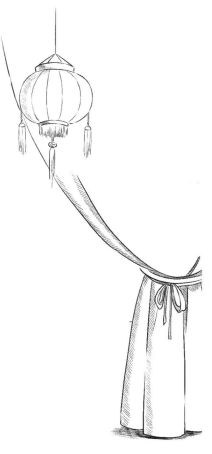

目　录

3

包青天传奇

4

第一回 图家产恶兄设计
信谗言员外弃子

话说宋真宗年间，杨家将大破天门阵，宋朝与辽国签订了盟约，从此，大宋的边境上有杨家、呼家等众多良将镇守，朝廷里有王苞、寇准等贤臣辅佐，一时间经济繁荣，国泰民安。也就是在这个时期，出现了中国历代最为著名的清官——包拯，他正直无私，秉公执法，后世称他为包青天。这部书，讲的就是关于包拯的故事。

距离大宋京城一千里，有一处村庄，庄里有一个姓包的大户人家。这家主人名叫包怀，平日里乐善好施，安分守己。这几天，他一直坐立不安，原来，他的妻子十月怀胎，但孩子却迟迟没有降生。

包员外和他的妻子已经有两个儿子，都已经长大娶妻。老大包山性格忠厚，妻子王氏也非常通情达理，老二包海和他的妻子李氏却都是贪财好利的人。在得知母亲又怀上老三的时候，包海心里很不高兴，他想，父亲这份家产，我和大哥平分，本来已经不多，如今又出了一个老三，如果是个男孩，一定也来分家产，这样我拿到的岂不又少了一份？所以，包海巴不得这个孩子胎死腹中。

这天上午，老员外正在书房内焦躁，忽然一个丫环从后面急急匆匆跑过来喊道："老爷老爷，夫人生了！"老员外赶紧回到后堂，见夫人已经累得晕死过去，再看那个孩子，不由得大吃一惊。原来这个孩子全身漆黑，就像是一块黑煤炭。员外暗想，这孩子迟迟不肯出生，又和普通的婴儿不同，会不会是个妖孽？这天包山正好去镇上办事，老员外叫包海过来商量。包海眼珠一转，对父亲说："父亲，这婴儿既然这么怪异，恐怕是个祸害，以儿子来看，还是扔掉的好。"

老员外皱皱眉头道："你说得虽然没错，但恐怕你母亲不肯答应。"包海说："母亲现在还在昏睡，到时候告诉她，这个孩子夭折了就是了。"老员外叹了口气，点点头说："也只能如此了，你去办吧。"包海心里高兴，叫来自家的仆人刘老实，让他把这个孩子扔到野外。那刘老实是个忠厚的人，看着孩子哭得可怜，心里不忍，但主人吩咐又不能不做，只好把这个孩子抱到野外大树下，脱下自己身上的外衣，盖在孩子身上，一步三回头地离开了。

再说包山的妻子王氏，是个通情达理、温柔贤惠的人。她听说婆婆生下孩子，但已经夭折，被刘老实抱去野外埋葬了，心里很难过。她从自己房间出来，正想去劝慰婆婆，迎面碰到刘老实回来，她赶紧招手说："老实，你把小叔叔埋到什么地方了？"刘老实知道王氏心地善良，迎上前去，把事情的经过低声说了一遍，最后又说："大奶奶，那小公子实在可怜，我知道您老人家心好，您得想个法子呀！"

王氏听了吃惊不已，她本想去劝说公公，但知道包员外性子固执，加上有包海从中挑拨，劝也无用。正在着急的时候，一抬头看到丈夫包山从外面回来，她把包山拉到内室，把刚才的事情跟他说了一遍。包山又急又气，连连跺脚："不管怎样，这孩子跟我们都是一母同胞，老二怎么能忍心给爹爹出这样的主意！"王氏对包山说："我们先把三弟抱回家中，和咱们的儿子包勉一起抚养。好在咱们是独门独院，和父母二弟不在一起，能瞒得住。等三弟长大些，我们找个机会再禀告父母。"包山连连点头说："这是个好主意，只是辛苦你了。"王氏摆摆手说："人命关天，又是同胞手足，有什么辛苦不辛苦的，相公快去。"

包山走出家门，按照刘老实所说的地点，匆匆地赶往那棵树下。一路上他默默地向上天祷告：老天爷保佑我那三弟，一定让他平安无事。等到了那棵大树前，包山就看见了刘老实那件外套，却听不到婴儿的啼哭声，不由得一阵担心。等走近一看，却见那孩子睁着一双乌溜溜的大眼睛，不哭不闹，静静地躺在那里。包山心里高兴，赶紧把这孩子抱起来，不住地称赞："三弟，你虽然还是个婴儿，却这么沉稳，将来一定有大出息。"他趁着天黑没人注意，把这孩子抱到了自己的房中，交给王氏抚养。

包山王氏夫妇两人平时好静，夫妻俩住在这小别院中，除了两个贴身丫环，并没有什么人来往。王氏除了每日到后面去跟婆婆问安之外，就待在自己屋里照料两个孩子，一晃眼就过了三年。这天中午，王氏带着包勉去给婆婆请安，老夫人看着包勉，不由得掉下了眼泪。她对王氏说："你三弟如果没有夭折，如今也和勉儿一般大小了。"王氏一听是个机会，连忙跪下给婆婆磕头说："请母亲恕孩儿隐瞒之罪。三弟出生之后，并没有夭折，现在就在我家中。当初我担心婆婆病体初愈，又上了年纪，照料三弟太过辛劳，所以就一直没有告诉婆婆。"王氏知道，如果把真相告诉婆婆的话，一定会闹得全家不宁，于是就隐瞒了三弟被抛弃这件事。老夫人听说儿子还在，欣喜万分，也顾不得细究原因，连声催促王氏："快把你那三弟领来！"

王氏回去领来孩子。老夫人一把把孩子抱在怀中，看孩子长得像黑炭一般，就给孩子取了个乳名叫三黑，接着又命丫环到前面去请老爷过来。这几年，包员外因为孩子的事，一直觉得对不起夫人，又加上父子天性，每次回

3

想起来都有些懊悔，如今见儿子还活着，十分高兴，当初怕招来灾祸的担心，也烟消云散了。只有那包海和他的妻子李氏心里不满。

几年过去了，三黑渐渐长大。这一天包海就对双亲说："父亲母亲，如今三弟已经长大，不如让他跟着家里的长工到后山放牛，也好舒活下筋骨。"包员外夫妇听包海这话说得有理，于是就叫过刘老实，对他说："从明天开始，你带着三少爷一起去后山放牛。"王氏不放心，又把刘老实叫来，叮嘱他："好好照顾三少爷，千万不能让他一人跑远了。"刘老实连连点头。

几天后，刘老实和三黑在后山放牛。到了中午，远远地有一个人走了过来，他们走近一看，正是三黑的二嫂李氏。只见她挎着一个篮子，满脸笑容说："三弟，我来给你送饭了。"三黑赶紧拱手称谢："辛苦嫂嫂了。"李氏一摆手说："都是一家人，你那么客气干什么！快趁热吃，我先走了。"李氏走后，三黑揭开篮子上的布，里面的大饼香气扑鼻，他拿起那块饼递给刘老实说："老实叔，这是刚烙的饼，您尝尝。"刘老实连连摆手："不敢不敢，三少爷您快吃吧，我有干粮。"两个人正在推让，一不小心，那张饼滚落到了地上，刘老实身边那条大黄狗"汪"的一声窜过来，叼起饼就逃走了。刘老实气得连连跺脚，直骂"畜生"。下午，三黑回到家中，告诉大嫂新烙的饼被黄狗叼走了。王氏一笑说道："这有什么，三弟喜欢的话，嫂嫂再去给你烙一张就是了。"三黑跟着王氏刚刚走开，刘老实就慌慌张张地来到了包山面前，低声说："大老爷，不好了，我那条狗死了！"要知道黄狗为何而死，我们下回再见分晓。

第二回 保三弟长嫂装病
访名师包山请贤

　　上回说到刘老实慌慌张张地来见包山，把中午李氏给三黑送饼，结果被狗叼走的事说了一遍，然后又说："今天下午我回到家中，发现那狗已经七窍流血死在地上。大老爷您说，会不会是那饼里有什么东西啊？"包山听得将信将疑，点点头对刘老实说："我知道了，这事你不要再声张，先回去吧。"晚上，他跟夫人说了刘老实刚才的话，王氏听了紧皱眉头说："难道二弟夫妇会做出这样狠毒的事？如今无凭无据，把这事闹到双亲面前也不好，以后我们多加小心也就是了。"

　　几天后，王氏在后面陪着老夫人说话，趁着包海和李氏不在，就对老夫人说："母亲，近日来偶尔听长工提起，后山上似乎有狼出没。如今三弟在后山放牛，万一被狼伤了可不是小事。"老夫人听了大吃一惊说："对对对，多亏了你提醒，明天不让三黑去放牛了，等明年开春，请位学问好的先生来家里，也该教他读书识字了。"过了几天，李氏又想出一条毒计，趁三黑自己在后花园的时候，故意惊呼道："哎呀不好，我的簪子掉到井里了，三黑快来帮嫂嫂看看！"三黑不知是计，跑到水井旁，扒着井沿往下看，这时候李氏伸手轻轻往下一推，那井边生着青苔，本来就滑，三黑没站稳，扑通一声，栽进井里。

5

三黑命大，他刚刚掉进井里，包山就带着几个长工走进后花园，他们听到落水声，急忙赶了过来。李氏见有人来了，心里惊慌，连忙高叫："快来人，三黑掉到井里去了！"包山大吃一惊，赶紧把三黑从井里捞了上来，送回后院。到了傍晚时分，三黑醒了过来，只说是自己不小心滑进水井里去的。老员外和老夫人听了并不怀疑，只有王氏心中疑惑，等四下无人的时候，她低声问："三黑，你跟嫂嫂说实话，你到底是怎么掉进去的？"三黑说："不瞒嫂嫂，是二嫂把我推下去的。但当时并无一人在场，无凭无据，闹起来的话，会搞得全家不安，所以我才说是自己不小心滑下去的。"王氏听了，点了点头说："以后你要多加小心。"当天晚上王氏就跟包山商量："二弟夫妇连下毒手想害三黑，无非是图着那份家产，三黑年纪小，防不胜防，我倒是有个办法。"说完低声和包山一说，包山连连称赞："好计策！"

第二天上午，包山正与包海陪着父母在大厅说话，忽然就见王氏的贴身丫环小红急急忙忙冲进来，冲着包山大声道："大老爷不好了，大奶奶出事了，您快回去看看！"说着身子一软瘫倒在地上。包山明白王氏用计，装出惊慌的样子，急匆匆地走了。

老员外夫妇听王氏出事，非常担心，连声催促小红把事情说一遍。小红一副惊魂未定的样子说："刚刚我正在和大奶奶说话，忽然就见大奶奶对着空中连连下拜，我隐约听到半空中有人和大奶奶说话，说什么家门不宁，有奸人谋财害命，大奶奶管教不严，降下天罚等等。大奶奶只是下拜，然后昏了过去。我看情况不好，就赶紧来请大老爷回去。"

老员外夫妇也不明白怎么回事，就对小红说："快快回去看看，等你家大奶奶好些了就来回报。"小红答应一声去了。旁边的包海听到小红说到"奸人谋财害命"几个字，可吓坏了。他心怀鬼胎，借口让妻子去探望大嫂，也匆匆离开了。

包海赶回自己房内，把事情一说，李氏听了也吓了一跳，当天晚上便来到王氏的房中。她见王氏已经醒过来了，装作关心的样子问道："大嫂，你身体一向挺好，昨天怎么就得了这场病呢？"王氏笑了笑，摇摇头说："其实也没什么。昨天上午我隐约看见空中降下了一位金甲神人，那仙人说我身为长嫂，治家不严，放纵奸人谋财害命，然后用手中的兵器照我头上打了一下，我就晕了过去。醒来后一想，咱们家这些年家业兴旺，哪有什么谋财害命的事，想必是仙人弄错了，你听了也不必再外传，免得惊扰到母亲。"李氏听了心里暗暗吃惊，表面上却连连点头说："嫂嫂说的是，一定是仙人弄错了，倒让嫂嫂白白生了这么一场病。"说完她告辞回去，把事情跟包海一说，包海倒抽了一口冷气说："果然是抬头三尺有神明，看来这三黑有神人护佑，以后不但不能动他，还要好好对待他才是。"

他夫妻俩哪里知道，王氏算准了这两人惦记着家产的事，一定还会再对三弟下手，于是假托神明吓唬他们一番。这夫妻俩信以为真，从那以后再也不敢谋害三黑了。

冬去春来，转眼已经到了阳春三月，包山对老员外说："父亲，三弟年纪也不小了，是不是请一位先生来家里教他读书识字？"老员外点了点头说："也好，咱们这般人家虽然不指望他搞什么功名光宗耀祖，但认识几个字，将来记个账，管理些务事也是好的。"包山打听到这十里之外，有一位姓宁的先生，学问渊博，便亲自前去拜访。这位宁先生见了包山，听他说明来意，就对包山说："我有三个条件，如果能答应我便去教，如果不能答应的话，你就请回吧。"包山问："不知道先生有哪三个条件？"先生伸出三个指头不紧不慢地说："第一，我只教天资聪明、勤奋的学生；第二，读书的几

包青天传奇

7

年里，书房里只准学生跟书童进出，其他人不得擅入；第三，只能我辞退东家，不能东家辞退我。"要知道包山会不会答应先生的三个条件，我们下回再见分晓。

第三回 识英才先生赐名
赴考场主仆投宿

上回说到宁老先生提出了收徒的三个条件。包山听完，就对着宁老先生说："先生提的这三个条件都可以答应，只是我那三弟平时说话少，一时反应慢了，请先生不要怪罪。"宁老先生微微一笑说："这倒无妨，自古以来，办成大事之人，往往寡言少语，在我看来，这反而是他的长处。"包山听了心里高兴，第二天就雇了马车把宁先生请到家中，腾出一间书房专供三黑使用，又安排了一个和三黑同年的书童。这书童名叫包兴，也是个聪明伶俐的孩子。从此以后，三黑便每日和包兴一起在书房里听先生讲书习字。

几天以后，先生又带着三黑读《论语》，他刚刚念了一句："学而时习之。"三黑接着就应了一句："不亦说乎？"先生一时没听明白，说道："错了。"三黑辩解道："先生，这学而时习之后面，难道不是不亦说乎吗？"先生不由得大吃一惊说："论语我只带你读了两遍，难道你已经能记住了？"三黑点点头说："勉强能记下来，先生请听。"接着他就把《论语》一字不漏地背了一遍。先生高兴得眉开眼笑，觉得这孩子过目不忘，而且性格谦和有礼，日后必成大器。想到这里他对三黑说："三黑，我看你天资聪明，希望你将来能成就一番事业，保国安民。你如今还没有正式的名字，我为你取个名字，叫作包拯，希望你能拯救黎民于水火之中，你看如何？"三黑一听忙

9

跪下称谢。从此，三黑就有了正式的名字——包拯。

时光飞逝，不知不觉间包拯就在宁老先生身边学了六年。宁老先生把平生所学都教给了他。这一天宁老先生让人请来包山，对他说："过些日子就是县考，包拯已将我的一身本领学得精熟，可以让他去参加科举①了。"等包拯进了考场，看了看题目，拿起笔来一挥而就。几天后成绩出来，包拯高中县考第一名。先生十分高兴，包山也赶紧张罗宴席，答谢先生。宴席上，包老员外敬了先生一杯，对先生说："这几年多亏了先生的教导，如今他已经考了县考第一，以后就不用再去考了。"先生听了，不由得一愣问："老员外何出此言？包拯如今考了县考第一，接下来会参加省试、殿试，成就一份功名指日可待，怎么反而说不用再考了呢？"老员外眉头紧皱，对先生说："先生有所不知，我这个孩子刚生下来时通身漆黑，我担心他考中功名，反而会给家门带来祸端。"宁老先生听了心里暗笑，他知道这老员外性情执拗，讲道理是讲不通的，于是双手举起酒杯，对老员外说："恭喜员外，这么说来，包拯前程不可限量！"这一番话把老员外说愣了，问道："先生，您这是什么意思？"宁老先生一本正经地说："古人曾经说过，凡成大事者必然异于常人。我教包拯几年，一直觉得奇怪，他怎么能如此聪明！听员外今天一说，才知道他出生的时候就与众不同，真是该向老员外道喜了！"老员外听先生这么一说，觉得有理，十几年来的担心顿时烟消云散。

几个月后，包拯参加省试，在考场里，他文思泉涌，下笔如有神，第一个交卷走出考场。三天后成绩出来，包拯又高中头名。一时间，包家村全村

① 科举：又称科举制度，是中国古代通过考试选拔官吏的一种基本制度。宋朝的科举考试分为三级——解试、省试和殿试，逐级淘汰，择优录取。解试是各地方州郡组织的考试，省试是由尚书省礼部组织的考试，殿试是皇帝在金殿上进行的考试。

轰动，都说包老员外平日行善积德，如今果然有了好报。这几天，老员外夫妇眉开眼笑，包山喜气洋洋，就连包海夫妇也一改往日的态度，三弟长三弟短地叫个不停。倒是长嫂王氏却依旧平静如初，把包拯叫过一边，叮嘱他不可因此就存了轻狂之心，小看天下英雄。包拯连连点头，把长嫂的话记在了心里。几天以后，朝廷殿试的日期已定，包拯便准备动身，去都城东京参加殿试。家里为他准备好了路上的盘缠①，又让包兴跟随，包山亲自把三弟送到十里长亭，兄弟两人依依惜别。

这一天，包拯包兴到了一处镇上，看天色已近中午，主仆两人走进一家酒楼用饭。这时，包拯忽然看到一个老和尚全身带伤，一瘸一拐地走进门来，店主人包了两个馒头递给和尚，老和尚眼含热泪，连连道谢，转身走了。包拯暗暗点头，心想，这店主人是个好心人，但不知道这和尚为何全身是伤。他正想把店主人叫过来打听一番，却看见旁边一位武生打扮的公子走到店主人面前，和店主人说起话来。过了一会儿，那位公子一转身，和包拯四目相对。包拯看这位公子一脸英气，心里顿时生出几分好感，于是一拱手说："这位仁兄，如不嫌弃的话，一起来喝几杯酒如何？"那位公子见包拯邀请，也不谦让，回了个礼，坐下说："在下姓展名昭字熊飞，不知这位兄长尊姓大名？"包拯回答："在下姓包名拯，此次前往东京参加殿试。"两人聊得十分投机，不知不觉便过了一个多时辰②。展昭抬头看看天色不早，就对

---

① 盘缠：路费。

② 时辰：旧时计时单位，把一昼夜平分为十二段，每段叫作一个时辰，合现在的两小时。子时（23:00～00:59）、丑时（1:00～2:59）、寅时（3:00～4:59）、卯时（5:00～6:59）、辰时（7:00～8:59）、巳时（9:00～10:59）、午时（11:00～12:59）、未时（13:00～14:59）、申时（15:00～16:59）、酉时（17:00～18:59）、戌时（19:00～20:59）、亥时（21:00～22:59）。

包拯一拱手说："小弟还有些事情要办，暂且告辞。"包拯也吩咐包兴去结清了酒钱，主仆两人再次上路。

主仆走了大半日，发现道路越来越狭窄，包拯往四下一看，见远处田间有位农夫，就叫包兴过去问路。没一会儿包兴气喘吁吁地赶回来："三公子，咱们刚才走错道了，如今天色已晚，我们只能穿过前面这座林子，找一处村庄住下，明日再上大路。"两人继续前行又走了半个多时辰，眼看天色已黑，两个人正在着急，就看见前面似乎有灯光，又向前走了不到一里路，就看见有一座寺庙，上面写着"金龙寺"三个大字。包兴连连念叨："谢天谢地，今晚终于不用睡在这林子里了。"说着就上前敲门，敲了半天，大门"吱呀"一声打开，走出一个人来。包兴一看，不由得倒抽了一口冷气。要知道发生了什么，我们下回再见分晓。

第四回 入古寺包拯遇险
         战凶僧展昭救人

上回说到包兴上前叫门，过了一会儿，走出一个和尚，包兴看这个和尚长得面目凶恶，不由得倒抽一口冷气，硬着头皮上前说道："大师父，我主仆二人前往东京赶考，走错了路，想在贵寺借住一晚。"那和尚双掌合十说："阿弥陀佛，二位快快请进。"一边说一边把两人迎进庙门，接下来又吩咐庙里的两个小和尚："快带两位施主去客房。"

小和尚带着包拯、包兴来到客房。包兴见晚饭已经摆好，就对包拯说："公子请快快用餐吧。"包拯摆摆手说："我还不饿，你先吃吧。"包兴走了半天已经饿了，见公子吩咐，也就不再谦让，坐下大吃起来，没想到吃了几口，突然倒在地上，昏迷不醒。包拯大吃一惊，他见包兴口吐白沫，不省人事，想开门去叫人帮忙，却发现房门已经被反锁了。包拯意识到有人在他们的晚饭里下了蒙汗药。就在这时，忽然听到外面有开门的声音，他赶紧从炉边捡起了一根木棍，等着贼人进来后拼命，可等那人走进来，包拯一看，又惊又喜。原来这人正是今天中午跟他一同吃饭的展昭展熊飞。

展昭从小喜欢练武，又得过高人指点，二十出头就学了一身的本领，平日里行侠仗义，除霸安良，在江湖上被称为"南侠"。白天他在酒楼里看到那位老和尚浑身是伤，动了恻隐之心，就向店家询问缘由。店家叹了口气对

13

他说："公子有所不知，这老和尚本是不远处金龙寺的僧人，一向老实，后来金龙寺的老方丈莫名其妙地去世，他怀疑是新的住持下毒害死了老方丈，来县衙里告状，没想到这县老爷跟金龙寺的新住持关系好，说他无端生事，打了他几十大板。他无处可去，只好乞讨为生。我们看他可怜，便轮流照顾他饭食。"展昭听了一皱眉，说："这县里为何不肯详查？"店家只是摇头叹气说："那老和尚就在小镇东面不远处的破窑里藏身，公子要想知道详情可以去问他。"展昭本来想即刻动身，正好看见包拯，两人聊得投机，过了一个多时辰才离开。

展昭来到破窑，见了那老和尚，向他询问情况。原来这金龙寺有一位方丈，为人温和宽厚。后来来了一个恶人，先是假装落难在这里住下，然后求方丈收他做徒弟，取法号叫法空。法空毒死了方丈，独占了金龙寺，在这里为非作歹，无恶不作。老和尚为给方丈报仇，去县衙门告状，结果县官受了法空的贿赂，反说他诬陷好人，把他毒打一顿。

展昭一听，不由得气撞顶梁。他问老和尚："你说的可都是实情？""那凶僧不但害死了老方丈，后来还收了两个小徒弟做他的'爪牙'，投宿在寺庙里的行人，也有被他们谋财害命的，尸体都丢在寺院的枯井中，壮士不信，去了一看便知。"展昭点了点头，随身摸出一块银子，约有五两重，递给老和尚说："你拿这些钱去养伤，再寻一处寺庙安身去吧。"接着，他问明白了方向，直奔金龙寺而去。等到金龙寺的时候，天已经黑了，展昭绕到金龙寺的后面，施展轻功，翻身跳了进去。刚一落地，就听见有人走了过来。他隐身在暗处，就听见一个小和尚说："今晚又有一个大买卖。"另一个小和尚问："什么买卖？"原先那个小和尚又说："今天傍晚来了两个进京赶考的人，师父看他们身上带了不少盘缠，就把他们迎到后面客房，吩咐我在晚饭中给他们加了蒙汗药，想必现在两个人已是不省人事。过会儿我们去宰了他俩，把尸体抛到这后院井中。"展昭一听，悄悄来到后面客房，推开房门看时，正是包拯主仆。

展昭看见包拯惊讶地问："仁兄，你怎么在这里？"包拯说："我主仆二人走错了路，到这座寺庙投宿，结果我的仆人中了蒙汗药，不省人事。"展昭来到包兴身边，用手撑开他的眼皮看了看，点了点头，转过身对包拯说："麻烦拿一碗凉水过来。"包拯端过一碗凉水，展昭用筷子撬开包兴的嘴，把这碗水慢慢给他灌了进去，然后又舀过一瓢水浇到他头上。过了片刻，包兴"哎呀"一声，睁开眼睛。这时候展昭对包拯说："实不相瞒，在下就是来除掉这寺庙里的恶和尚的，等会儿动起手来，刀剑无眼，我先送你们两人离

15

开。"包拯知道自己不会功夫，留在这里反而碍手碍脚，于是点点头，扶着包兴，匆匆离开了金龙寺。

展昭看着包拯两人走远，回到客房中，把门关上，提刀躲在暗处。过了片刻，就看见两个小和尚提刀闯了进来。展昭从暗处一步跃出，"咔嚓"一刀，先把一个小和尚砍倒在地。另一个小和尚见势不好，大叫："师父快来！"说着挥刀向展昭砍去。展昭一闪身子，反手一刀，将这个小和尚也砍倒在地。这时候只听见一声大吼："哪来的鼠辈，敢在我面前撒野！"展昭一看，一个膀大腰圆，相貌凶恶的和尚，手持一杆方便铲冲了过来。展昭见他来势汹汹，也不敢小看，后退一步，躲开这一铲，接着抽刀就劈。两个人杀了十几个回合，展昭看准破绽，向前一步，一刀刺在这凶僧的小腹上。凶僧惨叫一声，倒地而死。展昭看着这几个恶僧已死，担心当地官府会冤枉附近的无辜百姓，不如一把火把这里烧了干净。想到这儿，他就在后院点了一把火，然后抽身离去。

包拯主仆二人逃出金龙寺，走到快天明的时候，回到了奔东京去的大路。昨晚两人忙着逃命，把行李盘缠都落在了金龙寺里，现在身上已经没有几个钱了。包拯有些发愁，包兴也明白包拯的心事，他想来想去，忽然眼前一亮，心里有了主意。要知道包兴想出了什么主意，我们下回再见分晓。

第五回　三元镇包兴揭榜
　　　　隐逸村包拯查妖

　　上回说到包拯主仆的行李盘缠落在了金龙寺中。包兴看包拯发愁，于是想出一个主意。他就对包拯说："公子尽管放心，前面不远处是一个镇子，叫作三元镇，我有个远房亲戚就在这镇上，到了镇上，我去找他借些银钱。"包拯一听，这才放下心来。包兴是想到了镇上，悄悄去找家当铺，把身上的衣服物品当掉几件，折成银钱，节省着用，勉强也能到东京，到那时再写信给家里，让大老爷寄钱过来就是。两人走了大半天，来到了三元镇上，包兴带着包拯来到一家酒楼，然后对包拯说："公子先在这里吃饭歇息，我这就去找我那亲戚。"他下了酒楼，急匆匆地打听哪里有当铺，可问了几个人都说没有，包兴傻眼了。就在他束手无策的时候，忽然看见一群人围在一处看墙上的告示，包兴好奇，走近一看，心里暗暗高兴，连说"有了"！

　　那这告示上到底写的是什么呢？原来离这三元镇不远，有一处村子，叫作隐逸村。村子里住着一位姓李的告老还乡的官员，这位李大人归隐山林之后，日子过得也逍遥，只是近来有怪物滋扰家门，搞得人心不宁，无奈之下，他只好贴出告示，请人降妖，许诺重金酬谢。包兴心想，三少爷是从来不信妖魔鬼怪的，不如请他去扮个法师，查出真相，也好为我们挣出盘缠。想到这儿，他上前撕下了告示。李大人家的总管李保就在旁边，他见包兴揭

17

了告示，赶紧问道："小兄弟，你会降妖？"包兴摇摇头说："我不会降妖，但我家少爷会。他现在附近的酒楼上吃饭，但是他这人深藏不露，你得苦苦哀求，才能够说动他。"周围的人听包兴说有人能降妖，忍不住好奇，也围了上来。李保趁机对众人说："请各位父老乡亲一起陪我走一趟，共同请法师出手相助。"大家点头答应，一群人来到酒楼前，李保先来到柜台上为包拯结了酒钱，正要上楼，包兴用手止住说："我先上楼通禀一声，等会儿你听我咳嗽便上楼恳求。"

包拯看见包兴喜气洋洋地走上前来，就问："见到你的亲戚了？"包兴上前行了个礼说："三少爷恕罪，我并没有亲戚在这里，不过我为您找了一份好差事。"说着，就把刚才的事情说了一遍。包拯听了，沉着脸说："包兴，你这是胡闹，我哪会捉什么妖，再说世间哪有妖怪？"包兴看包拯不答应，假装咳嗽两声。李保在楼下听见，赶紧上楼，扑通一声跪在包拯面前苦苦哀求："公子您有所不知，我家老爷为官清廉，得罪了当朝国丈庞吉，所以才弃官回家。没想到又遇到妖怪，闹得家门不宁。求求您施展神通，收了那妖怪，小人感激不尽。"这时候，刚刚看热闹的众人也一起拥到楼上，七嘴八舌地劝包拯走这一趟。

包拯看见众人都在恳求，正在为难，包兴悄悄地伏在包拯耳边，对他说："少爷，您一直相信世上不曾有什么妖怪，那么为什么不去这隐逸村探查一番，看看这里面究竟有什么玄虚？"包拯听了这话，转念一想，包兴说得也是，世上本无什么妖怪，所谓的妖怪闹事，一定是人为的。于是他点了点头，对李保说："既然如此，我就随你走一趟吧。"李保听了十分高兴，雇了一辆马车，送包拯主仆去隐逸村。

隐逸村的李员外为官正直无私，因为和当朝的国丈庞吉不和，这才辞官回家。李员外见包拯一脸正气，相貌不凡，连忙施礼。两个人坐下，李员外便吩咐上茶。说话的时候，李员外就发现这包拯学识渊博，和一般人大不相同。他不由暗暗奇怪，于是就问包拯："我看阁下气度不凡，又满腹才华，为什么不去考功名，反要做个法师呢？"包拯一听拱手回答："前辈恕罪，晚生并不是法师，而是进京赶考的举人。"接着就把前面的事情如实地告诉了李员外，然后又说："晚生之所以肯前来捉妖，倒不是相信有什么妖魔，或者说自己有什么法术，而是我想世间并无妖怪，怪异之事都是人为，所以我想来探查一番。"李员外听了这话连连点头，然后叫来李保，让他带包拯去那间闹鬼的房子看看。包拯来到这间房里，四下转了转，敲了敲门窗，便问李保："这闹妖怪到底是怎样的情况？"李保打了个哆嗦，对包拯说："这间房子原本是几个仆人住的，前些日子经常能听到狐狸叫声，半夜里似乎有东西撞门。那天我带了几个胆大的伙计守在房中，想看看究竟，没想到窗外闯进一个怪物，当时便把我们吓得四散逃窜，那之后再也没人敢来这屋了。"

包拯想了想，问："闯进怪物的时候，那窗户可是关好的？"李保回答说："从里面关上了。"包拯微微点了点头，又问李保："你们这里近几日可曾下过雨？"李保想了想，说："妖怪闯进屋里那天刚下过一场大雨。"包拯站起身来，对李保说："你带我到院中走走。"包拯在院子里转了两圈，对李保说："走，咱们回前厅去见你家员外。"李保愣了一下说："法师，您都看明白了？"包拯点点头："不错，今夜我就能捉拿妖怪。"回到前厅，包拯见了李员外，就对李员外说："晚生已经看明白了，只是要拿住妖怪，还需要有人相助。"李员外知道包拯已经有了主意，于是点点头说："一切全听阁下吩咐。"包拯转过头来对李保说："麻烦你让人准备祭坛，摆在那间屋里，然后放出风声说，本法师今晚要做法捉妖，最好让全村的人都知道。再找四个

19

精壮可靠的仆人，让他们下午到我这边来，我自有安排。"李保答应一声，匆匆去了。

　　这天傍晚，包拯把一切安排就绪，饱餐一顿，带着包兴来到了那间房子，指挥包兴摆好香案，摆出一副要做法捉妖的架势，然后就坐在香案边，不慌不忙地取出书读了起来。要知道包拯如何捉妖，我们下回再见分晓。

第六回 捉妖怪员外招亲
中科举包拯赴任

上回说到包拯带着包兴坐在屋里，就等晚上妖怪上门。到了半夜，只听见外面风声作响，一个怪声由远至近慢慢传来，包兴吓得浑身哆嗦，但还是壮起胆子护在包拯面前。就在这时，他听到外面有什么东西靠近了窗户，紧接着就是"扑通哗啦"一声，随后又传来了人的呻吟声。包兴既害怕又奇怪，包拯却站起身来微笑着对包兴说："不用担心，怪物已经被我拿住了，我们出去看看。"

包兴半信半疑，跟在包拯后面走出房门，往旁边一看，窗户下面有一个两米多深的大坑，一个黑乎乎的东西正在坑里呻吟。这时候，其他人也举着火把聚集过来。李保指着下面那团东西，高声问："你究竟是什么妖孽？"他看下面没有声音，装模作样地指挥人要往里面填土，下面那个"怪物"害怕了，回答道："别别别，各位兄弟手下留情，是我，小三子。"

李保听了大吃一惊，忙让人把这小三子从坑里拉了上来，然后五花大绑捆起来带走了。李保陪着包拯回到前厅，李员外正等在那儿，李保赶紧上去禀报："员外，包公子真是料事如神，那妖怪果然是人假扮的，就是前几天因为偷东西被您责罚的小三子，如今我已经让伙计们把他送衙门治罪了。"

李员外听完，对包拯行了个礼问："多谢阁下，只是不知道阁下如何料定这妖怪就是人扮的，又如何知道他今晚一定会来的呢？"包拯对李员外拱了拱手说："晚辈本来就不相信这世间有什么妖怪，我去那间屋子探查的时候，发现窗户被撞开过，若是妖怪的话，吹口气窗户就开了，何必用力气撞？凑巧前些天下过一场大雨，我在屋子四周转了转，又发现了一些人的脚印。我断定是有人故意来装神弄鬼，所以放出风声，说今天晚上有法师要捉妖，那人知道自己不是妖，法师来了也无用，所以一定会特意前来，好显示妖怪的神通广大。我提前安排府上的几个仆人在窗下挖好陷阱，就等他掉进去，现出原形。"周围的众人听了都是赞叹不已，李员外更是连连夸奖："好好好，果然是后生可畏。"他看时候不早，命人安排房间，请包拯先去休息。

这天下午老员外把包拯请到书房，对他说："我看阁下气度非凡，不是平常之人，将来必成大器，我有个女儿，如今已经成年，想许配给阁下，不知阁下是否同意？"包拯知道李员外是个清官，见他如此看重自己，站起身来一拱手说："既然老人家如此看得起包拯，包拯岂有不同意的道理，只是婚姻大事，不能儿戏，还要禀报我家父母知道。"李员外见包拯已经同意，非常高兴，就对包拯说："你说得有理，既然如此，我们先定下婚约，你尽管进京赶考，等到出了结果，禀报了父母，再来迎娶小女，你看如何？"

包拯连连点头道："依员外便是。"员外不由得一笑说："你叫我什么？"包拯一愣，这才反应过来，赶紧跪下磕头说："岳父大人在上，请受小婿一拜。"李员外十分喜爱包拯，不仅专门派了马车送包拯主仆入京，还专门给自己当年的主考官——如今的老丞相王苞——写了一封信，向他大力推荐包拯，说这后生学识渊博，又能务实做事，正是朝中可用的栋梁之材。

这一届殿试，皇上委托国丈庞吉主持。此人阴险狡诈，贪得无厌。平日里，朝中有八王、双王、寇准等人在，他还不敢飞扬跋扈①，但近几日八王去五台山上香，寇准生病回家调养，杨宗保镇守边关，双王呼延丕显去了雁门关，他便趁机向皇上请旨主持这次殿试，然后放出消息，暗示考生给自己行贿送礼。包拯生性正直，虽然听到了风声，但不为所动，坚决不肯给庞吉送礼。

再说那老丞相王苞，经历四朝，如今年过八旬，深为皇上所敬重。就连庞吉也敬他三分。他收到李员外的书信之后，去问庞吉："太师这次主考天下英才，不知道有没有一个叫包拯的，考得如何？"庞吉听到王苞提起包拯这个名字，暗想此人和丞相关系一定不错，于是满脸堆笑地回答："此人文笔极好，确实是国家的栋梁之材。"等回去一查，这包拯虽然没给自己送礼，但文笔不错，又加上老丞相亲自过问，于是便把他排到二十名之后，让他虽然考中，却不能在朝里做官。

几天后，殿试结果出来，包拯中了进士第二十三名，被派往凤阳府定远县做知县。包拯得知自己考中的消息之后，便写了两封书信，一封寄往包家村，告知父母兄长自己中了进士，同时说明和李员外家定亲一事，一封信写给李员外，告知岳父自己中了进士的消息。接着他带着包兴前往定远县。

他们走进定远县城，找到了县衙门，包拯便站在衙门前观望。这时候一个衙役出来，粗声粗气对他说："黑炭头，快走远一点，等会儿我们新任县太爷就来了，你不要在这碍事儿！"包兴一听这衙役叫包拯"黑炭头"，顿时火了，正想上去搭话，包拯却对他暗暗摆摆手，不声不响地往后退了几步。这时候另一个态度和善些的衙役走过来对他说："我们头儿也是一番好意，

① 跋扈（bá hù）：专横暴戾，欺上压下。

新来的县太爷也不知道是什么脾气，你还是躲开一点的好。"包拯故作惊讶地问："在下不懂得规矩，难道冲撞了县太爷，还有什么重重的责罚不成？"衙役叹了口气说："前面的县太爷刚上任的时候，也有个人像你一样站在这门口观望，不小心冲撞了太爷的马，被带进衙门，重责三十大板。虽然兄弟们于心不忍，故意手下留情，但还是被打个半死。"包拯听了，心里暗暗叹息，他冲包兴点点头，包兴便手举文书，走到了县衙门前。要知道后事如何，我们下回再见分晓。

第七回 初登堂包拯审案
查冤情县令探庙

　　上回说到包兴手拿文书，大摇大摆地走到县衙门前。先前那个衙役看见包兴又晃了过来，顿时就火了，吼道："你好大的胆子，等会儿真要冲撞了县太爷，少不了有你的皮肉之苦！"包兴不慌不忙，把文书一举说："定远县知县包拯在此。"门口那两个衙役顿时都傻了眼。

　　这时候包拯走上前来，问这两个衙役："怎么，看着不像？"之前叫包拯"黑炭头"的那个衙役名叫胡成，是定远县衙役的头目，他扑通一声跪下来，左右开弓，对着自己的脸噼里啪啦打了四个耳光说："老爷，小的有眼无珠冒犯了您，您大人不计小人过，宰相肚里能撑船，高抬贵手，手下超生，就饶了小的这一次吧。"包拯看着他的样子，既好气又好笑，摆摆手："你先起来，把这县衙里的所有公差都叫来。""啊？是！"胡成看包拯没骂他，心里顿时一阵轻松，爬起身来一溜烟跑了。

　　过了没一会儿，胡成带着定远县县衙的所有公差，都来到包拯面前，"参见老爷！"包拯看着这些人，微微点了点头，对他们说："各位，下官受皇上委派，来到定远县担任知县一职。刚到县衙门，胡都头就给了我一个下马威呀。"胡成听了又羞又怕，正想跪下请罪，又听包拯接着说："胡都头你也不必自责，这不是你的错，这是定远县留下的风气不正。不过既然下官来

25

到这里，这风气就要改一改了。从今天开始，县衙门前不立规矩，任何人都可以驻足停留，告状的百姓可以随意进出，不论何时都可以击鼓鸣冤。"

衙役们心里正嘀咕，又听见包拯说："今天我初来乍到，对县里的情况还不太熟悉，望各位多多协助我。在这里，我只立两条规矩：第一，要让老实本分的百姓不受惊扰；第二，要让那些奸恶之徒不敢胡来。只要在这两条规矩之内，其余的事情你们放心大胆地去做。"

包拯回到后厅，胡成把前段时间攒下的案卷给他捧过来说："老爷，这是前任县太爷走后留下的案子，大多数都是小偷小摸的案子，只是有一件杀人案，被告死不招供，有些难办。"包拯看了看，这案情倒是简单：一个叫沈青的人，十几天前在附近的寺庙里杀死了一名和尚。

包拯就问胡成："你先对我说说这案子的详情。"胡成就对包拯说："老爷，其实这件案子还是小的撞上的。那天我带几个兄弟巡夜，天快亮的时候看见这个沈青急匆匆迎面过来，我有些疑惑，叫住他盘问一番，发现也没什么，正准备放他过去，一个兄弟忽然发现他后背上有大片的血污，再问他时，他神情慌张，却说不出个所以然，只说自己去外面探亲回来晚了，在寺庙里住了一宿。我觉得有些奇怪，就带他一同到庙里查看，发现一个柜子上面有血迹，形状跟沈青后背血迹相似，打开一看，里面有一具僧人的尸体，所以我们把他捉拿回来。一路上他只是连喊冤枉，说自己只在那里住了一夜，不知道这尸体是怎么来的。上任县太爷急着离任，他又不肯招供，只好暂且把他关在牢中。"

包拯听了，一皱眉头，对胡成说："你吩咐下面的人，把这沈青带上来，我要仔细审问。"过了没一会儿，胡成就把这沈青从监牢里带到公堂上，包拯就问："沈青，你为何杀害那名和尚？"沈青重重地磕了几个头，对包拯说："小人实在冤枉。我是本县人士，前些天出去探亲回来晚了，我胆子小，不敢走夜路，就到那古庙睡了一晚上。第二天早上天不亮我就急匆匆地往家赶，在路上正好碰见几位公差，他们看见我身后有一片血迹，带我去庙中查看，没想到就在那庙中的柜子里发现了一具和尚的尸体。但那和尚确实不是小人杀的，请老爷明察！"

包拯听完他这番话，就问："你是什么时候入庙，什么时候出庙的？"沈青回答说："我入庙的时候，天色已黑，那天正下雨，实际上应该不到初更①天，出庙的时候，天还没完全亮，大概是四更多的时候。"包拯又问："你既然没有杀人，为何衣服上沾了血迹？"沈青说："小人在寺庙里休息，背后就靠着那个柜子，也许是柜子里的血流出来，流到了我衣服上。"

包拯摆摆手，让人把沈青带回大牢，然后问胡成："那和尚是怎么死的？"胡成回答说："当时检验过，是被利器劈中头顶，当场死亡。"包拯又问："那你们发现沈青的时候，他身上可有凶器？"胡成摇摇头说："他身上并无凶器。"接着又补充说："我们发现和尚的尸体之后，在附近搜索了一番，也没有发现凶器。"包拯接着问："沈青身上的血污都分布在什么地方？"胡成努力地回忆了一下，然后肯定地说："都在后背，所以我们一开始没有发现异常。"

包拯一皱眉头说："看来这里面一定还有隐情。"胡成一愣："老爷您说沈青是被冤枉的？"包拯点了点头道："你方才说和尚是被利器劈中头顶而死，却找不到凶器，这是其一。如果是他劈死了和尚，鲜血四溅必然会落在他的前胸、手臂上，但如今他只有后背有血污，这是其二。第三，沈青身材

27

---

① 初更：19:00～21:00。旧时一夜分成五更，每更大约两小时。

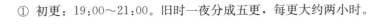

瘦弱，怎么可能一下劈死和尚？有这三个疑点，凶手或许另有别人。那座寺庙在什么地方？我要亲自去探查一番。"胡成回答说："那座寺庙离咱们县城不过三里远，老爷要去的话，小人这就带您去。"于是，包拯带上了包兴和胡成，前往那座寺庙。

包拯在这寺庙里转了转，然后又俯下身子四处探查，先是从柜子下面捡出一样东西，不声不响地揣在怀里。接着站起身来，转到神像的背后，仔细看了看，突然两眼一亮，微微点了点头，然后一言不发，走出寺庙。胡成和包兴都不知道包拯葫芦里装的什么药，也只好跟在后面。

快到县衙的时候，包拯忽然问胡成："咱们县里可有木匠？"胡成一点头说："县里有七八个木匠，手艺都还不错。老爷找木匠有什么用？"包拯说："我新到县衙，很多家具器物都还没有准备好，明天你让县所有的木匠都到县衙，我有几件事情需要麻烦他们。另外，你明天再带几个人到寺庙里去，把那座神像原封不动地给我抬过来，我要审问那座神像。"要知道包拯如何通过审问神像破案，我们下回再见分晓。

第八回 见神像凶手招供 思女儿老丈喊冤

上回说到包拯要审问神像，这可把胡成弄糊涂了。第二天一大早，胡成带着七个木匠来到县衙，然后就去寺庙里运神像了。

包拯吩咐把木匠们带到大堂上，对他们说："本官想做一个花石架子，烦劳各位为我设计样式，现在你们每人作画一幅，画得满意的，我重重有赏。"几个木匠听说县太爷要做花石架子，一个个都打起了十二分的精神，认真作画。包拯倒背着双手走下堂来，慢慢溜达着，看这些木匠作画。

过了一会儿，木匠们把画作完，交给包拯，包拯对其中一个木匠问："你叫什么名字？"那个木匠赶紧回话："回老爷，小人姓吴名良。"包拯让其他木匠退下，然后走回堂上，把惊堂木重重一拍，叫道："吴良，你为何杀死那和尚？快快从实招来！"吴良一听，吓得魂飞魄散说："老爷，小人是做木匠出身的，平日里安分守己，哪敢杀人啊！还望老爷明察。"包拯冷笑一声说："你以为在寺庙里杀人没人看见，却不知道那神像把一切看在眼里，能证实你的罪行。"吴良磕了个头，对包拯说："如果神像能够指证我杀人的话，小人甘愿领罪。"包拯听了点点头，就问包兴："胡成回来了没有？"包兴回答道："胡都头已经回来了，正在外面等候。"包拯就吩咐："让他把神像抬上公堂。"

没一会儿，胡成和几个差人把神像抬到公堂之上。四周的百姓听说县太爷要审问神像，非常好奇，奔走相告，一时间县衙门口是人山人海，都伸着脖子向里面张望，想看看这神像如何指认凶手。

只见包拯对吴良说："吴良，伸出你的右手来。"吴良伸出右手，大家一看，这吴良的右手跟普通人不同，有六个手指头。接着他又指着神像背后对吴良说："你近前看这是什么？"吴良走近一看，这神像上赫然有一个六指的手印，顿时面如死灰，扑通一声瘫倒在地。包拯又问他："如今你可愿招供吗？"吴良连连叩头说："小的该死，情愿招认。我和那和尚是朋友，那天他邀请我去喝酒，他说自己这几年省吃俭用，攒了几十两银子，藏在神像里面。我鬼迷了心窍，听说有这么多银子，就趁他醉得不省人事的时候，用斧头将他劈死，把尸体藏在柜子中。我去神像里掏银子的时候，右手按在神像上，留下了这个手印。如今被老爷发现，小人的确该死！"

门口的百姓见包拯不到半天工夫，便破了这样一桩奇案，都连连称赞。人群中有个年轻人胆大，忍不住问了一句："县太爷，您虽然在神像上发现了六指手印，认定了是吴良杀人，可您怎么知道这凶手是个木匠？"包拯站起身，缓缓走到堂下，来到百姓们面前说："你说得不错，如果单凭手印，恐怕还要在全县搜寻，但我在那寺庙里还捡到一个东西，你们看这是什么？"说着把那东西一举，大家恍然大悟，都说："原来如此。"

那是木匠画图用的一个墨斗。包拯昨天去庙里勘查现场，在橱柜下发现了这个东西，由此判定这件案子的凶手很有可能是个木匠。接着他又在那神像后面发现了六个手指的手印，于是便假装说要打造花石架子，把全县所有的木匠招来让他们画图，想要从中找出那个有六指的人，由此就抓到了真凶。

大家见包拯断案如神，十分佩服。就在这个时候，人群中忽然传来一个颤巍巍的声音："知县大人，我女儿冤枉啊！"包拯顺着声音往旁边一看，只见一个白发苍苍的老人，手拄拐杖走上前来，扑通一声跪倒在地。包拯上前双手搀扶说："老人家请起，有何冤情，请慢慢说来。"

老人叹了口气，还没说话，眼泪就流了下来。他把女婿失踪、女儿被严刑逼供的事情详细地告知了包拯，并再次为女儿喊冤。包拯再次将老人扶起，然后伸手叫过胡成低声责问他："前几天我问你的时候，你说咱们县里留下的案子中，只有这和尚被杀一案上有疑点，怎么没跟我提这件案子？"

胡成急忙说："老爷息怒，这件案子案情简单，犯人也招了供，所以我就没跟您提这件案子。"包拯一点头说："既然如此，你把这案情详细地跟我说一遍。"胡成答应了一声便详细地为包拯叙说起案情来。

这城南的张三是个商人，平时经常外出做生意，他有一个好朋友名叫周信，前几日两人约好一起去扬州买货，说定上午出发，结果周信到乘船的地点，等了半天也没见张三来，于是便委托船家去叫。船家到了张三家叫门，张三的妻子王氏却说她丈夫天不亮就出门了。大家一直等到下午还是没见到张三，周信和王氏都十分着急，报了官府。公差们寻访了两日，也不知张三的去向。起初县令怀疑是周信谋害了张三，但周信那一天的行动都有人证，而且周信家远比张三家有钱，谋财害命这一条也难以成立，只好把周信放了。

包拯听到这里就问："那为什么又怀疑是王氏杀人呢？"胡成接着说："张三的邻居说张三跟妻子前天晚上争吵得厉害，另外他们街口有个卖豆腐的，总是每天清早就在门口支起摊子做生意，但那天他说并没有见到张三从他摊子前经过，因此上一任的县令认定是这王氏跟丈夫争吵，一怒之下将他

包青天传奇

害了。王氏起初不肯承认，动刑之后才招了供。"包拯一皱眉头问道："既然王氏承认谋害了丈夫，那么这尸体可曾找到？"胡成回答说："怪就怪在这里，这王氏虽然招供，却不肯说出丈夫尸体的下落。"包拯听了脸色一沉，连说："胡闹！哪有凶手承认自己杀了人，却不肯招出尸体埋藏地点的道理？这分明是屈打成招。胡成，你传我的命令，让此案相关人员明天上午全部到县衙里等候审讯！"胡成答应一声转身吩咐去了。

第二天一早，包拯命人把张三的妻子王氏带上堂来，问："王氏，你在前面的那份供词中说，因为跟丈夫争吵，你一怒之下把他杀死，可是真的？"王氏一听放声痛哭说："老爷，我头天晚上是跟我家相公吵了一架，那是因为他回家没几天又要出远门，所以我心里不高兴，争吵一番之后我们各自回屋睡了。第二天早上我起来的时候，他已不在家里，我本来以为他一早就出门去了，没想到到了中午，船家来叫，说我家相公至今还未上船。我实在是不知道他去了哪里，但原来的县老爷认定是我害死了我家相公，严刑逼供，我只得招了，还请老爷为我做主，查明真情。"要知道张三究竟去了哪里，我们下回再见分晓。

第九回 询细节访查真凶 探案情偶遇争执

上回说到包拯审理张三一案，他问完张三的妻子王氏之后，又命人把张三的朋友周信带上来，问道："周信，你把那天的情况也详细地跟我说一遍。"周信磕了个头说："回老爷，张三和小人自幼认识，长大后经常结伴出去做生意，那天我俩约定辰时见面，然后一起乘船去扬州买一点货物。我按时到船上，等了半天也没见他来，派人去叫他，却得知他一大早就出门了，我有些不放心，于是亲自到了他家，和他妻子王氏一起去衙门报了案。"

包拯听了又问："你那天的行动可有证人？"周信点点头回答："小人一早带几个家人去集市上买了些要用的东西，邻居们都是亲眼看见的，在船上的时候也有船家和他的几个帮工能为我作证。"

包拯就对胡成说："叫船家和船上的几个帮工前来。"船家几个人来到堂上给包拯磕了头，包拯就问："你们几个，把事发当天的情况详细地说一遍，不得有丝毫隐瞒。"船家先说："老爷，张三和周信三天前便定下我的船要去扬州，所以这天我专门雇了几个伙计等着出发，周信按时来了，但一直没有等到张三，于是便派我去张三家催他，结果三娘子说他一早就出门了。"包拯又问了几个帮工，他们也说船家说得不错。包拯让这几个人退下去，又传来了张三家附近那卖豆腐的人。那人对包拯说："老爷，小人在张三住的那

包青天传奇

条巷子口上卖豆腐已经五六年了，每天都是天刚亮就在外面支起摊子，那天早上确实没有看到张三从我面前经过。"

包拯又命人把张三的几个邻居叫来问话，都说头天晚上听到张三和他的妻子争吵得十分激烈。但问到张三第二天是否出了门，众人都摇头说不知道。包拯又问离张三家最近的一户邻居："你第二天什么都没听到吗？"那人回答说："老爷，我们只听到头天晚上张三夫妻争吵，然后渐渐就没了声音。直到第二天中午听船家来叫三娘子开门，我们才知道张三不见了。"包拯思索了片刻，又问那卖豆腐的："你那天是什么时候开始在巷子口支摊做生意的？"卖豆腐的回想了一下，回答说："和平时一样，卯时刚过就出来了。"

包拯又问那几个帮工："你们是什么时候到船上的？"那几个帮工互相望了一眼，七嘴八舌地回答道："也差不多是卯时。"包拯又问张三的几个邻居："船家去张三家叫门的时候，你们可都在家？"几个邻居纷纷点头说："我们当时都在家，船家叫门的时候，大概刚过午时。"包拯一皱眉头问："那个时候外面人多嘈杂，你们怎么能听得清楚？现在每人发一张纸，把船家叫门时的情形详细地写下来。不许交头接耳，我要看看你们说得是真是假。"不一会儿，几个邻居写好交给包拯，包拯看完之后，一拍桌子，指着堂下跪的一个人说道："就是你谋财害命杀了张三，还不从实招来？"

大家都很惊讶，顺着包拯所指的方向一看，却是船家。船家大吃一惊，连连叩头："小人冤枉。"其他众人也面面相觑，不知道包拯为何如此肯定船家就是杀人凶手。

包拯手里拿着那邻居们写的几张纸，缓缓走下堂来对众人说："方才审问的时候，张三的一位邻居说，这船家来张三家叫门时喊的是'三娘子'，我听了就十分怀疑，来找张三，自然应该喊张三的名字，为什么要喊张三的妻子开门？这说明他一定知道此时张三并不在家。我还担心那邻居记错了，所以让其他邻居也把那天的情形写在纸上，你们来看，所有人写的那天船家叫门时，喊的确实是'三娘子'。"

包拯转向船家道："船家，我问你，那天你去张三家叫门，为何喊三娘子而不喊张三？这分明就是你已经知道张三不在家中，是不是？"船家赶紧磕头说："老爷，小人实在冤枉，卖豆腐的说那天早上没有看见张三出门，小人如何能害他？"包拯冷笑了一下说："那卖豆腐的说得明白，他从卯时就在巷口支摊，却未看见张三经过，如果张三是在寅时就出去了呢？张三因为头天晚上跟妻子吵架，恼怒之间一夜未睡，天不亮就出门，所以不是卖豆腐的没见张三早上出门，而是张三在那卖豆腐的出来之前就已经从巷口出去了。"

众人听包拯分析得有理，不觉暗暗点头，包拯见船家还不肯招，于是便下令说："找几个水性好的，到岸边的隐蔽处，看看能否找到证据。"过了小半天，衙役气喘吁吁地跑来回报，说在岸边芦苇荡的深水处见到了张三的尸体。包拯听了，重重地拍了一下惊堂木说："船家，如今尸体已经找到，你还有何话说？"船家一听此言，顿时像个泄了气的皮球一样瘫倒在地，说出了事情的真相。

那天早上张三因为和妻子吵架，天不亮就气冲冲地离开家门来到船上。他见时间尚早，便躺在船舱里睡觉。船家见张三的包袱鼓鼓囊囊的，悄悄过去掂了掂，知道全是银子，一时见财起意。他往四下一看，天还是黑的，旁边又没人，于是趁张三睡觉的时候，悄悄地把船划到了芦苇丛里，把张三推到河里淹死，然后把船划回原处，若无其事地等待着帮工到来。到了中午，他还装模作样地去张三家叫人，没想到在叫门的时候露了马脚。包拯听完让他签字画押，判了斩刑，然后命人去掉张三妻子王氏身上的枷锁，让她父亲领回家中。包拯刚刚上任没几天，就连破了两个大案。一时间，定远县内人人都说县里来了位青天大老爷，料事如神，能破奇案。

这一天，包拯照例带着包兴和几个衙役到街上访查，刚走到一处巷子口，便看见有两个人在那儿拉扯，胡成走上前去制止："你们两个做什么？县太爷在此，有何冤情，都可以向他诉说！"两个走上前来，对包拯行了礼，那个年龄大些的便抢着对包拯说："小人姓吕，名佩，刚才好好地走在街上，这少年上来便说我腰间的这个珊瑚坠是他家传的宝贝，所以才争执起来。"旁边的少年也向前说："老爷，小人匡正，我家里有一个祖传的珊瑚坠，三年前丢失了，今天在这个人的腰间看到这个珊瑚坠，所以我才上来问他。"要知道后事如何，我们下回再见分晓。

第十回　遭贬谪包拯回乡
进山寨主仆被擒

　　上回说到包拯见两人在争执一件珊瑚坠，就问那个少年："你说这珊瑚坠是你家的，可有什么记号？"匡正回答说："老爷，小人也不敢一口咬定这个珊瑚坠就是我家的，可看起来的确是一模一样，小人家的珊瑚坠并没什么特别的记号，只是记得重一两八钱。"包拯又问吕佩："你可知你这珊瑚坠究竟多重？"吕佩摇摇头："这是小人从朋友那儿拿来的，近来一直挂在腰间，倒是从来没想过去称重。"

　　这时候包兴早就从旁边铺子里借来了一杆秤，包拯便让吕佩把珊瑚坠解下来，往秤上一放，果然是一两八钱。吕佩赶紧对包拯解释说："老爷，这珊瑚坠子是小人从朋友皮熊那儿拿来的，别的一概不知。"包拯看吕佩的神色不像撒谎，就对众人说："你们现在随我回县衙一趟。"然后又对胡成说："你去把皮熊也一并带来。"

　　众人刚刚回到县衙，匡正的叔叔急匆匆地赶来说："老爷，小人匡天佑，是匡正的叔叔，小人家里确实有一个祖传的珊瑚坠，三年前有个客人来我家铺子卖货，我把这珊瑚坠给他作为定金，没想到这个人后来不知去向，这珊瑚坠也就不知去了哪里，没想到今天小侄在路上遇到一个长得一样的坠子，这才有了这番争执。"包拯听了便问匡天佑："你可知那客人是什么来历，什

37

么身份?"匡天佑回答道:"那个人名叫杨大成,是外地的一个商贩,经常来回买卖东西,前几年我经常从他那里进货。不知道为什么,那次拿了我的珊瑚坠子之后,就再也没来过。小人也不知道他的去向来历。"包拯听完又问吕佩:"你是如何从你朋友那儿得到这个珊瑚坠子的?"吕佩回答道:"老爷,小人有个朋友名叫皮熊,是在城外开客栈的,我俩平日喜欢赌博,那天他输我二两银子,就把这个坠子给了我,抵那二两银子,至于这珊瑚坠子是皮熊从何处得来的,小人并不知道。"

正在这时胡成来报说,皮熊已经带到。包拯便让这皮熊上来,问他:"这珊瑚坠子是如何到你手上的?"皮熊回答道:是小人的一个朋友送我的。"包拯就问:"什么朋友?"皮熊说:"是一个经常在我这儿住店的客人,上次他来我店中,因为手边没钱,拿这个珊瑚坠子做了店钱。"包拯又问:"这客人姓什么?叫什么?"皮熊心里一慌,脱口而出:"此人名叫杨大成。"包拯一听,正是刚刚匡天佑提到的那个商人,顿时留神起来,追问道:"这客人是怎样一个人?"皮熊神色紧张,回答说:"他是个商人,前些年经常来我们这里做生意。"包拯就问:"他既是来往各地的商人,身边想必少不了行李盘缠,为何要拿这个珊瑚坠子给你付店钱呢?"皮熊赶紧解释说:"老爷,那天他想必是在县城里订下了许多货,所以身边钱都花光了,这才用这个珊瑚坠子结账。"

包拯还在沉思,匡天佑对他说:"三年前杨大成来我铺子卖货,当时我给他的定金除了这个珊瑚坠子之外,还有十两银子,当时天色已晚,他接过定金就着急出城去了,怎么可能就没钱住店了呢?"包拯听了脸色一沉,对皮熊说:"匡天佑说得有理,难不成是你谋财害命,杀了杨大成?"皮熊一听,故作镇定,不肯承认是自己杀了杨大成。

包拯大怒，一边命令用刑，一边派人到皮熊的客栈查看。过了大半日，衙役传回消息，在客栈后院发现了尸骨和一些已经腐朽的衣服。包拯还要再审，包兴急匆匆地奔上来对包拯说："老爷，那皮熊已经死在堂下了。"原来这皮熊好酒赌博，身子虚弱不堪，刚刚用刑，他支撑不住，居然死在了堂下。虽然皮熊的妻子后来也招认，确实是皮熊赌博输钱，见财起意，杀死了杨大成，但毕竟犯人在用刑的时候死在堂上，这个罪过也不算小。几天后，吏部传来一道公文，免去了包拯定远县县令的职务。

包拯在定远县一年，两袖清风，也没什么贵重财物，和包兴牵上两人的马，准备先回包家庄再作打算。

主仆二人不紧不慢地走着，一路上游山玩水，过得倒也自在。这一天就来到了一处大山前面，包兴看着这座山，不由得倒抽一口冷气，转过身来对包拯说："老爷，这座山地势险要，四处人迹罕至，恐怕会有拦路的强盗，咱们还是回头走另外一条道吧。"正说着，忽然听得一声锣响，一群强盗从四周的树木草丛里钻了出来，把两人捆了个结结实实。不一会儿，主仆二人被推到山上的大厅里，只见大厅正面有四个座位，分别坐着四位寨主。坐在上面的那个寨主拍了一下桌子，问道："你们是什么人，快快老实交代！"包拯回答说："在下包拯，原来是定远县的县令，如今被朝廷贬官为民，在回家途中经过山寨，请几位寨主高抬贵手，放我们过去吧。"坐在上面的大寨主还没说话，坐在最下面的四寨主一拍桌子站了起来说："好啊，原来是个当官的，小的们，给我把这狗官拉出去剁了。"要知道后事如何，我们下回再见分晓。

第十一回　见展昭山寨获救
　　　　　遇高僧寺庙治病

　　上回说到四寨主要杀包拯主仆，包兴一听急了，摆手说道："别别别，各位兄弟、寨主爷，大家有话好说，我家老爷那可是个清官。"那黑脸的四寨主一瞪眼睛说："说得好听，大宋满朝文武，哪个不是满口标榜自己爱民如子，两袖清风。可到抄家的时候呢？个个家私万贯，把圣贤书都读到了狗肚子里。今天落到你赵四爷手里，自然要先杀后商量。"包拯听了说道："各位寨主爷，要杀的话，杀我一人便是，能不能放我的仆人一条生路？"这时候坐在第三把椅子上的寨主说话了："那可不行。你们这些狗官为非作歹，全靠下面这些狗腿子给你们助长声势，有时候，这帮奴才狐假虎威，比主子还不是东西。今天你张三爷送佛送上天，等会儿亲手宰了你们两个。"几个喽啰把两人往柱子上一捆，这三寨主手提尖刀奔着他俩就走了过来。

　　就在这个时候，忽然有一个小喽啰跑到前厅高喊："报四位寨主，展公子求见。"不一会儿，一个武生打扮的公子走进大厅。包兴一看，正是当时在金龙寺救过他们的展昭，这下可把他乐坏了，心里暗说老天开眼，把这位大慈大悲救苦救难的活菩萨给送过来了。他想到这儿赶紧喊："展公子救命！"旁边小喽啰听他乱喊，过来就给他一巴掌骂道："你吵吵什么？"包兴笑嘻嘻地说："兄弟手下留情，都是自己人，你等会儿就知道了。"

原来这四位寨主分别叫作王朝、马汉、张龙、赵虎。他们带着一帮穷苦人在这里占山为王，平日里自耕自种，有些时候也出去劫富济贫，替天行道。展昭和他们是好朋友，这天因为经过这里，上山拜访，正好碰到了包拯主仆。包兴刚才那一嗓子声音特别大，展昭听得清清楚楚，他回头一看，这才发现柱子上捆着两个熟人。他一招手说："快点松绑。"旁边的喽啰知道展昭跟他们的寨主是好朋友，也没犹豫，不等几个寨主发话，就七手八脚地解开了包拯两人身上的绳索。

　　这时候王朝、马汉、张龙、赵虎他们几个也走下厅来。赵虎就问展昭："大哥，你认识这个黑炭头？"展昭点点头："不错，这是我朋友，四位贤弟怎么把他给抓来了？"包兴在一边说："四位寨主说我家老爷是个贪官，要宰了我们呢。"展昭一听就笑了说："这回你们几个可误会了，这位包大人可不是一般的清官。"大家一起走进了聚义厅坐下，展昭把自己认识包拯的事简单地说了一遍，然后又说："你们几个整天窝在山寨里，哪知道外面的事。"他把包拯两袖清风、断案如神的事情跟他们一讲，赵虎第一个从座位上跳了起来，走到包拯面前，深深行了个礼说："包大人，俺老赵行事鲁莽，错怪了您，您大人大量，千万别介意。"王朝、马汉、张龙也都站起来，向包拯致歉。包拯赶紧还礼，同时问："我看几位壮士都是英雄豪杰，为什么不肯出山，到朝廷上去做点事呢？"王朝叹了口气说："包大人，您有所不知，我和这位马汉兄弟当年去朝廷参加科考，但是主考官庞吉公开索要贿赂，我们没有给他送礼，他便把我俩的名字划掉了。张龙、赵虎本是当地的普通百姓，被土豪劣绅欺压，一怒之下杀了土豪，带着几个兄弟上了山，做起了山大王。后来我和马汉兄弟来到山下，被邀请上山。我们也曾想去边关投奔杨延昭元帅，跟着他守卫边疆，没想到还没动身，就听说杨元帅病故，老杨家

41

回山西老家守丧，所以我们也只好在这山寨里等待时机了。"

展昭听了，对他们几个说："包大人说得有理，占山为王，不是长久之计。像他这样的栋梁之材，早晚有一天会被重新启用，你们几个将来不妨投靠他的身边，跟随包大人一起为国效力。"几个人听了连连点头，转身对包拯说："包大人，我们几个虽然在这里占山为王，但都是被贪官恶霸给逼的，平时也没干过什么伤天害理的事儿，将来哪一天您重新为官，要用到我们的时候，随时招呼。"包拯也点了点头说："既然四位英雄看得起我包拯，我们就一言为定，日后我如果能官复原职，一定来请四位相助。"

包拯在山寨上住了两天，和众人告辞，带着包兴继续赶路。走了几天，包拯忽然眼前一黑，双腿一软就瘫倒在地上。包兴吓了一跳，扶起包拯连连呼唤，只见包拯面色苍白，双目微闭，紧咬牙关，已经是不省人事。包兴心里着急，看见前面有一座寺院，就扶着包拯来到寺庙前。正要叫门，庙门"吱呀"一声开了，走出一位老和尚，包兴上前对和尚说："大师父，我家老爷生病了，想到庙里休息一番。"和尚一点头说："施主快请进来。"说着就和包兴一起把包拯扶到后面的房里躺下，接着又给包拯把了把脉，对包兴说："你家老爷是劳累过度，休息一会儿便好了，不必担心。"说着又取出一枚丹药，为包拯服下。

过了一会儿，包拯"哎呀"一声，慢慢醒过来。包兴看见包拯睁开眼睛，悬着的心才算放了下来，对包拯说："多亏这位大师父的药，您才这么快醒过来。"包拯听了就要起身道谢，那和尚赶紧拦住说："施主身体虚弱，还需要静养几天，贫僧就在左面的房中，有什么事情，过去招呼一声就是。"

两天后，包拯气色渐渐好转，能够下床行走，于是就来到那和尚的房中向他道谢。和尚一摆手说："救死扶伤乃是出家人的本分之事，只是我看先生不像是出门在外的商人，倒像个微服私访的官员，不知为何来到这小庙之中呢?"包拯叹了口气，一拱手说:"不瞒师父，在下包拯，本是定远县知县，因为触犯了朝廷法度，被贬官为民。"说着就把珊瑚坠一案说给了这位和尚听。和尚听完微微一笑，对包拯说:"施主的性情跟贫僧年轻时倒有几分相仿。但恕老僧直言，这件事确实是施主做得不对。"要知道老僧是谁，我们下回再见分晓。

第十二回　说前事包拯受教
　　　　　　还故乡差人报喜

　　上回说到那老和尚认为包拯处理案子缺欠考虑，包拯听了，有些不服气，他对和尚说："师父有所不知，这皮熊谋财害命，有杨大成的珊瑚坠子为证，又有吕佩、匡天佑等人的证言，晚生判定他必然是凶手，但他却死不承认，着实可恶，如果不用刑，恐怕难以让他开口。更何况，后来又从他的客栈后院挖出了杨大成的尸骨，又有皮熊的妻子亲口招供，晚生哪里错了？"

　　和尚点点头说："如今看来，这皮熊谋财害命，确实该死，但我问你，你给他用刑之时，被害人的尸骨可曾挖出，皮熊的妻子又可曾招供？"包拯被问得一愣，摇摇头说："确实没有。"和尚叹了口气说："还好后来证据确凿，要不然施主仅凭两人的证言和你自己的判断，就对犯人动刑，还让犯人死在刑下，难免落个枉杀人命的罪过啊。我这里正好有个故事，不知道施主愿不愿意听？"包拯一拱手说："大师父请讲，晚生洗耳恭听。"

　　老和尚抬起头，微微闭上双眼，像是在回忆很久以前的事情，然后缓缓地说道："多年前，有外族兴兵南下，当时的皇上派两位重臣到前方指挥战事。没想到不久后主帅上书给皇上，说大将不听指挥，贻误战机，贪功冒进，结果全军覆没。但几天后，那员大将的儿子回到京城告状，说主帅陷害忠良，有意按兵不动。当时的皇上犹豫不决，便把那位主帅召回京城，一并审理。当时随同出征的还有其他几位将领，都有证言，说的确是那大将父子贪功冒进，导致失败。而那大将的儿子手中当时无凭无据，只是一口咬定说是主帅害他父子。"

说到这里，老和尚转向包拯，问道："如果是施主主审此案，应当如何审呢？""啊，这个……"包拯想了想，对老和尚说："大师父，只凭几个证人的证言，恐怕还难以审案，需要再进一步考察才是。"

老和尚听了不由得微微一笑说："不错，这也是刚才老僧劝施主的，只有证人证言，没见到真凭实据之前，万不可妄用大刑，说不定就会屈打成招，冤枉好人。历朝历代，不知有多少清白无辜之人，在重刑拷打之下被迫招认了那原本没有的罪名。而那下令行刑的人，也未必都是些昏庸贪赃的官吏。我看施主气度不凡，为人正直，将来终为国之栋梁，所以多说几句，唯愿施主将来为官之时，能够做到真正的明察秋毫，断案如神。"

这一番话把包拯说得心服口服，但他还有点好奇，忍不住就问："大师父，您刚刚说的那场官司，究竟是谁赢了，这到底是怎样一个故事？"老和尚站起身来，眼望西边："这就是太宗皇帝年间的潘杨一案。当年潘仁美公报私仇，害死金刀老令公杨继业，他的儿子杨延昭逃回京城告御状，但是潘仁美和他的几个亲信串通口供，反而诬告杨家父子贪功冒进，最后，还是寇准大人审明此案，还了杨家一个清白。"

包拯听了便好奇地问："不知道大师父究竟是什么人，怎么会对这个案子了解得如此详细？"那老和尚微微一笑说："贫僧俗家名称杨延德，就是金刀老令公的第五个儿子。"包拯大吃一惊，赶紧起身行礼。五郎把包拯搀扶起来，对他说："当年我们兄弟有七郎八虎，跟随父亲老令公，一口刀八条枪镇守边疆，如今只剩我一人。战马上平定的天下，还需要朝堂上的人来治理。如今我大宋朝四海升平，边关久无战事，朝中更需要阁下这样的良臣治理。据我推断，阁下不久后一定会重新被启用，希望阁下多加努力。"包拯恭恭敬敬地一拱手说："前辈教训的是，晚辈记下了。"

两天后，包拯感觉自己的身体已经恢复如初，于是就去同五郎告别。五郎杨延德念了一声佛语："阿弥陀佛，老僧也是四海云游，偶尔至此，与施主在此相会，他日有缘再见。"主仆两人继续上路，快到包家村的时候，忽然看到村口锣鼓喧天，几个公差满脸堆笑地迎上前来，对着包拯一抱拳："恭喜大人了！"这到底是怎么回事呢？

这还得从半个月前，大宋的都城东京汴梁说起。东京汴梁是皇亲国戚、达官贵人云集的地方，所以，在这个地方当知府非常不易。皇亲国戚或亲属家人犯法，知府会进退两难。前几天开封府的知府就因为得罪了太师庞吉，坐立不安，最后索性给皇上上了一道奏章，说自己身体不好，辞官回家了。

那么大一个京城，开封府知府的位置是非常重要的，该派谁去呢？由于八王赵德芳不在京城，皇上就找了老丞相王苞、太师庞吉还有天官寇准这几个人商量。寇天官这几年身体不好，一直在家养病，今天是硬撑着来的。皇上一看寇准病得这么厉害，非常心疼道："哎呀，寇爱卿，这一年多不见，你竟然病成这般样子！都快点坐下说话。"等三人都坐下了，皇上就问："如今开封府知府一职空缺，这个位置事关重大，不知道三位爱卿有什么看法？"老丞相王苞头一个站起身来，对着皇上一拱手说道："陛下，这开封府知府，非比寻常，在这皇城之中，来来往往的都是些达官显贵，必须选一个铁面无私、刚正不阿的人出来。"皇上点点头说："老丞相言之有理，不知道您是否有可推荐的人选。"王苞会推荐何人，我们下回再见分晓。

第十三回 王苞朝堂荐人才
寇准府中赠锦囊

上回说到皇上向王苞询问开封府知府的人选，王苞回答道："这几天，老臣也在为此事挂心，昨天去吏部借来了官员名录，翻阅了一番，确实发现了一个人才。"宋仁宗一听非常高兴说："老丞相，不知你说的此人是谁?"王苞回答说："此人姓包名拯字希仁，庐州合肥县包家村人，他原来在定远县做知县，为官期间断案如神，百姓安居乐业。但因为在任期间，对犯人动刑，导致犯人死在堂上，这才被免去官职。老臣认为，此人可以担任开封府知府一职。"

太师庞吉听说包拯如此厉害，便想阻止他入京城，他就对皇上说："老丞相推荐的这人虽然能力不错，但既然在公堂上致死人命，想必也是一个刻薄寡恩的人。我大宋朝以仁孝治天下，这种人恐怕不适合担任开封府的知府啊。"

宋仁宗听这两人说得都有道理，有些犹豫不决，就看了看寇准，寇准强打精神，气息微弱地对皇上说："陛下，老丞相看人向来不错，更何况这天子脚下，满城都是高官贵族，如果没有一个钢胆铁心之人担任开封府知府，只怕将来会导致有权有势之人为非作歹，普通黎民百姓无处申冤啊。"宋仁宗听完寇准的话，下定了决心，点点头对王苞说："既然如此，就烦请老丞

47

相草拟一道圣旨传往包家村，让包拯在家休息十日，然后前来开封府赴任。"

皇上的诏书传到包家村的时候，包拯还在路上，地方官不敢怠慢，派几个公差天天蹲在路口，只等着包拯回来。他们一看见包拯，就迎上前去，说明了原因。包拯听了心里非常高兴，心想，多亏老丞相的鼎力推荐，今后我一定要在这天子脚下大展身手。

这两天包拯家里早已经是喜气洋洋，到处张灯结彩。大爷包山招呼着家里人，二哥包海自觉心里有愧，对不起包拯，跑前跑后，比包山还卖力。这天听说包拯已经到了村口，兄弟两个急忙出来，把三弟迎回家门。包拯来到堂上，先跪拜了父母，告知前面的事情，把在隐逸村结亲的事详详细细和父母禀报了一番，又去见过了两位嫂嫂，这才回去歇息。

包拯在家里休息了几天，又给岳父写了一封信，向他说明自己已被任命为开封府知府，等到开封安顿下来，便去隐逸村迎亲。在这期间他还去拜访了自己的老师宁老先生。宁老先生见自己的学生如此有出息，非常高兴。他再三叮嘱包拯，在任为官，一定要不忘本心，把民间疾苦放在心头。包拯连连点头说："先生的嘱咐，弟子铭刻在心。"

一晃眼，皇上给的十天假期已满，包拯便带着包兴奔赴东京汴梁城。临行之前他拜别了父母兄嫂。长嫂王氏对他说："三弟此次入京，是在天子脚下为官，一定要谨慎行事，上要报效天子，下要不愧于万民对你的期望。"包拯点头说："嫂嫂的叮嘱，小弟记得。"

包拯入京当天，就去老丞相王苞的府上拜访，一是请他安排自己上殿面君，二是对他的推荐表示感谢。王苞听说包拯来了，命人把他请到大厅。包拯见了老丞相，扑通一声就跪下了说："多谢老丞相鼎力推荐。"王苞连连摆手说："为国选贤，这是公事，你不必谢我，我查阅过吏部的档案，你在定远县政绩卓著，是个难得的治世之才，开封府这个地方，在天子脚下，事务繁多，一般人难以胜任，所以我才向皇上推荐了你，但老夫可得跟你提前说一声，这可不是什么好差事啊。"包拯对王苞说："晚辈知道，但晚辈做官，不是为了什么功名利禄，只希望能上报天子，下拯黎民。"王苞听了非常高兴，连连称赞："好好好，如果我大宋朝的官员都像足下这样，何愁天下不能太平，百姓不能安居啊。今晚你就在我这府上住下，明天我带你上殿面君。"

闲聊之间，王苞见包拯确实是个人才，非常高兴，便对包拯说："以足下的学问，担任开封府的知府绰绰有余，但老夫对足下的期许远不止如此，如果足下不嫌弃的话，我想收你为徒，教你一些治国平天下的东西。"包拯一听非常高兴，立即跪下道："恩师在上，请受徒儿一拜。"王苞十分高兴，上前将他扶起。

师徒两人聊得投机，不知不觉聊了大半夜，等包拯告辞的时候，王苞忽然把他叫住："老夫是老糊涂了，差点忘了一件大事，这里有寇天官的一个锦囊，让我转交给你，特别叮嘱你，在上殿面君之前一定要打开。"说着就取出锦囊交给包拯。

当晚，包拯在灯下打开寇准的锦囊，把寇准写给他的信看了一遍，心里暗暗称赞：寇大人真是足智多谋，另外，他这是要考量一下我包拯的胆量啊。这锦囊里写的到底是什么呢？我们下回再见分晓。

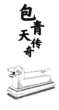

第十四回 金銮殿皇上定约 开封府包拯上任

上回说到包拯来到王苞的府上，王苞把寇准写的锦囊转交给他。他反复看了几遍，把里面的内容熟记在心。

第二天一早，王苞就带着包拯来到金銮殿上，向皇上说："启奏皇上，微臣已将包拯带上殿来。"宋仁宗微微点了点头，就问起包拯在定远县担任知县时的一些情况，包拯把定远县的人口土地、钱粮赋税、农桑教育、水利商业，说得清清楚楚，这可把皇上给高兴坏了。于是，他提起精神，坐直了身子问包拯："朕这次宣你来，是听了王老丞相的举荐，想让你做开封府的知府，你可愿意？"包拯就等着皇上问这句话呢，皇上话音刚落，他就毕恭毕敬地磕了三个头，对皇上说："启禀陛下，臣不愿。"

他这一句话说出来，老丞相王苞头上的汗"唰"的下来了。皇上听包拯这么回答也是一愣，不由得追问了一句："为什么？"

包拯又磕了一个头，对皇上说："回皇上，臣不愿意担任这开封府知府一职，不是害怕辛苦，而是怕没能把开封治理好，辜负了皇上的嘱托和万民的期待。"皇上一听包拯话里有话，于是就问包拯："你这话到底是什么意思?""回皇上，开封府乃是京城重地，天子脚下，一品①二品大员比比皆是，开封府知府只是一个普普通通的四品官，如果我要秉公执法，说不定哪天就得罪了某位大人或者王爷。如果我徇私舞弊，又对不起皇上您的信任，这就是臣不愿担任开封府知府的原因。"

宋仁宗一想，这包拯说得有道理："那依你之见，怎样才愿意担任这开封府知府呢?"包拯向前一步，对皇上说："皇上如果要让臣担任开封府知府，就请恩准臣的三个条件。第一，臣担任开封府知府一职，升降迁徙均由皇上一人决定，其他官员不得干预。第二，开封府内的人员选拔调派，均由臣一人决定，其他官员不得干预。第三，臣请万岁赐龙头令牌，开封府人员可以凭此令牌进入各家王公府邸，捉拿犯人。如果皇上答应，臣一定尽心尽力为国效力，如果皇上不答应，臣情愿回家种一辈子田，也不愿意有始无终，辜负皇上的重托。"

王苞在旁边听了包拯这三个条件，悬着的心才慢慢地放了下来，他看皇上还在犹豫，也上前一步说："启奏万岁，这包拯提的三个条件，其实正是以往的开封府知府做不长久的关键所在。如果皇上真的想让包拯放开手脚施展才华，把这开封府治理得夜不闭户，路不拾遗，就请答应他这三个条件吧。"这时候平东王高琼也站了出来，对皇上说："皇上，包拯之言合情合理，请陛下恩准。微臣的平东王府愿随时接受开封府人员进出查案。"王苞是自大宋开国以来的四朝老臣，平东王高琼是太宗皇帝的亲外甥，当今皇上的表叔，这俩人说话都极有分量。皇上见这一文一武两位重臣都站出来说话了，于是点了点头说："好，既然老丞相和平东王也都支持，包拯，朕就准

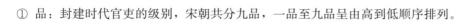

① 品：封建时代官吏的级别，宋朝共分九品，一品至九品呈由高到低顺序排列。

许你这三个条件。你即刻就任开封府知府一职。"包拯一拱手："谢万岁!"

当天晚上，包拯特意去天官府看望寇准并拜谢说："寇大人，多谢您给了我那个锦囊，皇上如今已经答应了我三个条件，我一定不会辜负皇上和各位前辈对我的厚望。"寇准点点头说："包拯啊，你在定远县的事情，我听王苞老丞相说过，但开封府的情况远比定远县复杂，你既要有一颗刚直之心，不畏权贵，还需要灵活应变，这样才是长久之策。你刚到开封府，身边需要有几个得力的人，我今天推荐一个人给你，此人复姓公孙、名策，足智多谋，是个难得的人才，你有事情可以多与他商量。"包拯一听非常高兴，赶紧问："请问寇大人，这公孙先生如今在何处?"寇准说："他前些日子回乡探母，估计下个月就会回来，到时我让他去开封府衙门找你。"

几天后，公孙策回到京城，告知了包拯寇天官的嘱托。两个寒暄之际，包拯给他看自己刚写好的一份告示，上面写的是：如今开封府新任知府包拯上任，通告全城，无论豪强权贵，王公大臣都必须按照大宋的律法行事，违者严惩不贷。公孙策就问："大人，您是要让差人把这布告贴满全城，让京城的人都知道?"包拯点了点头。公孙策摇摇头就对包拯说："这开封府豪强遍地，多年来风气不好，已成习惯，大人您张贴了告示之后，他们必定不会放在心上，继续为非作歹，到那时候您是管还是不管?"包拯一拍桌子站了起来说："当然要管。"公孙策一点头："大人一身正气，卑职佩服，但是大人新任知府，如果一上来就树敌过多，难免树大招风，以我之见，不如擒贼先擒王。"说着就低声对包拯说了一番话，听得包拯连连点头。要知道公孙策给包拯出了什么主意，我们下回再见分晓。

第十五回 包拯夜访东王府
高琼大义助贤臣

上回说到公孙策给包拯出了一个主意，包拯听了连连叫好。他对包拯说了八个字：敲山震虎，擒贼擒王。就是首先处置一两个关系比较硬，位置比较高的人，起到一个震慑作用。

接下来两个人又商量，那么该拿谁开刀呢？公孙策笑了笑，对包拯说："大人，咱们这敲山震虎本身是演给那些不法之徒看的，所以您得请一位位高权重的王爷来跟您演这出戏，这样才够分量。"包拯一听这话顿时明白过来说："好好好，可是我包拯初来乍到，和这里的各位王爷都不熟悉，该找谁帮忙呢？"公孙策就说了："我来开封府之前，寇天官跟我打过招呼，八王千岁、平东王、双王、汝南王，还有天波府杨家，都是国家的栋梁，可以依靠，但如今只有平东王在京城，咱们可以请他帮忙。"包拯一点头说："好，今天晚上我就拜访平东王府。"

这平东王高琼是皇上的表叔，当年和杨家将一起在边关屡建战功，如今年纪大了，平时也不上朝过问政务，在王府里颐养天年。这天晚上，忽然听家人报说开封府知府包拯求见，连忙吩咐："快请他进来。"包拯来到客厅上行了个礼道："下官包拯参见王爷。"高琼一摆手说："包大人快请坐，不知你深夜到我这王府有何要事？"包拯坐在椅子上拱了拱手说："王爷，下官奉

53

旨治理开封府，如今这京城内豪强遍地，恶奴横行，已经成了不好的风气，所以我想杀一儆百①，震慑一下这股气焰。但是由于我刚刚上任，根基不稳，贸然行动，容易带来后患。所以想请王爷帮我这个忙。"

高琼也是聪明人，一听就明白了说："包大人，你今天来我这王府求我办事，想必就是打算拿我当那个'一'来杀一杀吧？"包拯一点头："多有得罪。"高琼想了想，对包拯说："既然如此，我们就早点行动，明天晚上宵禁②之后，你亲自带人出来巡查，本王一定不会让你失望。"包拯赶紧行礼说："多谢王爷。"

晚上出来巡查有没有人违反宵禁，也是开封府的重要职责之一。包拯到任之前，宵禁在京城已经形同虚设，很多王公贵族，包括他们手下的家仆，经常喝得烂醉如泥，在街道上闹事，开封府的人也不敢随便去管。要想治理好京城之内的秩序，这严查宵禁是重中之重，所以高琼就帮包拯想了这么一出戏。

第二天晚上，包拯带着几个差人去街上查宵禁，果然有两个烂醉如泥的人，一路哼着小曲就奔他们这边来了。包拯一看勃然大怒："来人，给我拿下！"几个公差面面相觑，不拿也没办法，硬着头皮上去，把两人一捆，推到了包拯面前。包拯就问这两人："你们好大的胆子，敢目无王法，违反宵禁！"这两个人口齿不清回答说："你是什么人，竟敢如此大胆，老子可是庞太师府上的人，再不松绑，我砸了你们的饭碗！"包拯哼了一声，还没说话呢，就听见那边车马喧闹之声传了过来，于是对身边的几个差人说："那边是什么人，敢驾着马车在街上乱闯，去把他给我叫过来。"几个差人大着胆

---

① 杀一儆（jǐng）百：泛指惩罚一个人来警诫许多人。
② 宵禁：夜间戒严，禁止通行。

子走上前去，对着马车夫喊："把马停下来，我们老爷要问话。"就见马车里有人把帘子一掀，走了出来，此人正是平东王高琼。差人们哪里知道包拯和平东王是在这里演戏，个个胆战心惊。

就见平东王不慌不忙地对着包拯一拱手说："包大人拦下我的马车，是为何事啊？"包拯板着脸质问："平东王，您可知道这朝廷的法度？"高琼仰天大笑："我身为大宋平东王，岂有不知道朝廷法度的道理？""既然知道，那您为何还公然违反宵禁，驾着马车在夜间出行？""这个……"平东王犹豫了一下说，"本王有事要办，望包大人行个方便。"几个差人都在心里念叨：包大人，人家平东王都给你台阶下了，您快点说两句好话收场吧。没想到包拯严肃地说："平东王，您这话就说错了，我包拯身为朝廷命官，奉天子之令，执掌开封府，今日我给您行方便，明日我给他行方便，这朝廷的法度还要不要了？"

平东王听完这话脸色一沉质问道："包大人，听你的意思，难道还要把本王拿下不成？"包拯毫不退让地说："朝廷自有朝廷的法度，平东王知法犯法，自当按律处置，来人，请平东王下车。平东王违反宵禁，把他的马车收归国库，罚金五十两，三日内交至开封府。王驾千岁，就烦请您自己走回王府去吧。"高琼瞪了包拯一眼大声喝道："行，包拯，你给我等着。"说完，一转身，气冲冲地就走了。

包拯回过头来，又走到庞府的两个家仆面前。他俩是真吓傻了。两人也不敢胡说八道了，跪在地上磕头求饶："包大人，您高抬贵手，我们再也不敢违反宵禁了。"要知道包拯会如何处置这两个家仆，我们下回再见分晓。

第十六回 庞太师借刀杀人 指挥使犯禁行凶

　　上回说到包拯依公孙策之计，和平东王高琼上演了一出苦肉计，把跪在旁边的两个庞府家奴给看傻眼了，他们赶紧苦苦求饶。包拯一挥手说："既然已经知道错了，每人抽十鞭子，下次再犯，绝不轻饶。"

　　包拯夜查宵禁，没收了平东王马车的事，第二天上午就在整个汴梁城传得沸沸扬扬，所有人都瞪大了眼睛想看包拯的热闹。可一连两三天也没见到有什么新的消息传出来，大家纷纷感叹，这包拯真的是铁面无私、执法如山。从那以后，再也没人敢胡乱违反宵禁了。

　　但没过几天，包拯又撞上一件大事儿。这一天，太师庞吉正在府里闲坐，女婿兵部司马黄文炳来拜访他。黄文炳一坐下就对庞吉说："岳父大人，这开封府知府包拯，真是不得了啊。新官上任三把火，把平东王的马车都给收了。"庞吉冷冷一笑说："难道你也看不出来，这是那包黑子跟高琼演的一场双簧吗？""啊？"黄文炳吃惊地说："还请岳父大人指点。"庞吉手里端着茶杯，慢悠悠地说："这包拯想要一扫京城的不良之风，那他就得杀一儆百，可他一个新来乍到的开封知府，不可能一上来就树敌太多。你想啊，这包拯是王苞老丞相推荐的人，跟高琼、寇准他们都是一个鼻孔出气。一定是他俩商量好，演这么一出苦肉计来吓唬人的。"

黄文炳听了恍然大悟说:"岳父大人高见,您有没有什么好办法,让他别管这么宽了。"庞吉摇摇头深沉地说:"这事还不能硬顶着干。咱们得先找个替死鬼去投石问路。"黄文炳犹豫着问:"您是说找个人去触犯宵禁?"庞吉点点头:"不错,我听说禁军指挥使王吉跟你关系不好?"黄文炳说:"没错,那小子仗着执掌禁军,平时飞扬跋扈,不把我这个兵部司马放在眼里。"庞吉说:"既然如此,就让他去试试这包拯的斤两好了。如果他触犯了宵禁,包拯又不能拿他怎么样,以后这宵禁就没法严格执行了。如果包拯真的处置了他,那你又少一个对手,一石二鸟,怎样都是我们得利啊。"

黄文炳和庞吉商议已定,第二天一大早他来到朝堂外,正好碰上王吉。黄文炳上前一拱手说:"王大人辛苦了。"王吉一看是黄文炳,哼了一声:"黄大人平日里可没来这么早过,今天太阳打西边出来了?"黄文炳苦笑一声:"最近开封府的新知府严查宵禁,我天天晚上不敢出门,睡觉早了,起得也就早了。"王吉一听,哈哈大笑问:"你一个堂堂的兵部司马,二品大员,还怕他个开封府知府的宵禁?黄大人,你不是跟我开玩笑吧。"黄文炳脸色微微一红说:"王大人,你别在这儿跟我夸口,那开封府知府包拯执法如山,秉公无私,连平东王高琼都在他那丢了人。我跟你讲实话,我还真怕他。你要遇到他,也得乖乖低头。"

这王吉也是仗着皇上的宠信,飞扬跋扈惯了,一听黄文炳这话,顿时较上劲了说:"黄大人,就冲你这句话,我倒要看看这个开封府的知府能把我怎么样。"

这天下午,王吉就带着几个亲随去酒楼里喝了个酩酊大醉,到傍晚的时候,酒店要关门了,掌柜的过来说:"大人,时候不早了,您也该回去了,现在开封府查宵禁查得严着呢。"王吉冷笑一声,一摆手说:"再给我上酒来，你们怕那包黑子，老爷我可不怕他。"到了二更时分，王吉才站起身来，也不结酒钱，带着几个亲随一步三摇地走出了酒店。掌柜的看着他的背影，狠狠地啐了一口："这瘟神，但愿他撞上包大人。"这天晚上包拯也正好带着几个差人出来巡街，远远地就看见王吉带着几个随从摇摇晃晃走过来了，包拯一皱眉头问："什么人，还敢违反宵禁？"几个差人上去拦截："什么人？站住！"等王吉走近了，几个公差也认出他来了，赶紧换上笑脸，向前行了个礼说："王大人，您这是要去哪儿？"王吉瞪着眼睛问："怎么，我去哪儿还要和你们禀报不成？"差人们连忙解释："不不不，王大人，最近我们知府大人正在严查宵禁，这不正好碰上您了吗。"王吉冷笑几声："什么包大人包小人，开封府的历任知府，我就没有放在眼里过，识相的给我滚到一边去。"说完转身就要走。

包拯在一边听得清清楚楚，不由得脸色一沉，就问身边的人："这是什么人，敢如此嚣张？"旁边的差人低声对他说："老爷，这是禁军指挥使王吉，近来深得天子宠信，就连太师庞吉有时候都要让他三分，今天撞上他了，您可得多加小心。"包拯冷笑一声："我不管他是什么人，凡是违反了朝廷禁律的都要依法拿问，你们去把他给我拿下。"

王吉做梦也没想到包拯敢捆他，一边挣扎一边大骂："你个黑炭头，敢捆本将军，小心你的脑袋！"包拯一挥手说："来人，把他押回开封府。"回去的路上包拯就问几个差人："这王吉身为禁军统领，怎么如此目无法纪，他平日里也是这样嚣张跋扈吗？"几个差人点点头回答说："包大人，您有所不知，这王吉仗着皇上的宠爱，平日里为非作歹，京城一带的百姓可都被他害苦了。"包拯听了一皱眉头，对几个差人说："此人既然作恶多端，本府就不能不管，明天一早我要开堂审案，你们去贴出告示，附近的百姓，凡是受过这王吉欺压的，都可以来开封府告状。"这几个差人中有一个叫刘大的，听包拯说完这话，眼泪就下来了，气愤地说："老爷，您都不用找别的受害人，我表弟就是死在这王吉手里的。"要想知道刘大接下来要对包拯申诉什么，我们下回再见分晓。

第十七回 惩恶徒包拯审案
杜胆量百姓鸣冤

上回说到包拯派人把王吉捆回了开封府，然后要张贴告示，让受王吉欺压过的人都来开封府申冤。他旁边的一个叫刘大的差人，一听就哭了。

原来这刘大有个表弟，家里有几亩良田，日子过得也自在。但不巧的是，王吉看上了这块地，就动了坏心思，诬告刘大的表弟勾结江湖盗贼，把他关进了开封府。刘大没办法，只好劝说表弟把这块地让给了王吉，他表弟虽然出了狱，但心里憋着一口气，没过半年就去世了。刘大说着说着，抬起袖子擦擦眼泪，又对包拯说："老爷，我在开封府当差，都没办法为表弟申冤，我娘她老人家整整三年都不肯回老家，说回去没脸见父老乡亲。"包拯听完刘大的话，强压怒火，对刘大说："你让张师爷给你写张状纸，明天一早交给我，我一定办理此案。"

刘大得了包拯的安排，就去找开封府的张师爷帮他写状纸。张师爷"久经沙场"，帮他分析了利弊，断定包大人不能把二品大员王吉怎么样，劝他放弃。刘大闷闷不乐之时，遇上了公孙策。公孙策一听就知道一定是张师爷说了些什么，不由得微微一笑说："刘大呀，我告诉你，我公孙策上知天文，下知地理，能掐会算，我算准了这王吉明天准得倒霉，你尽管放心大胆地申冤，我保你无事。"接着公孙策一招手说："来来来，我来给你写这张状纸。"

他带着刘大走进屋里，摊开一张纸，一边听刘大诉说，一边笔走游龙，不到片刻就把状纸写好。他把状纸递给刘大，对他说："明天你就按包大人吩咐，把这张状纸递上去。"刘大走了以后，公孙策就去找包拯，把刚才的事跟包拯说了一遍，接着又对包拯说："包大人，王吉作恶多端，很多人害怕他的权势，估计有冤屈也会压在心里。而且如果皇上知道您要处置王吉，说不定也会下旨来讲情，到时候您可得把持住大局。"包拯郑重地一点头说："先生尽管放心，包拯心里自有分寸。"

第二天一大早，包拯来到开封府的大堂之上，传令差人把王吉带上来。这王吉在牢房里关了一晚上，窝了一肚子火，一听包拯传他，几步就来到大堂上，对着包拯大骂："好你个大胆的包黑炭，敢捆我，还不快快给我松绑。"包拯一见他这么狂妄，严肃地一拍桌子："大胆的王吉，我这开封府知府虽然品级比你低，但是却是皇上所封，你咆哮公堂，藐视的不仅仅是本官，还有皇上。来人，先给我重责二十大棍！"衙役们一听心里高兴，这么多年来，开封府的知府总是被这些达官贵人压着一头，大家干事心里都憋屈，今天碰到个胆子大的老爷，正好也出出这口气，于是操起水火棍就给了王吉二十棍子。王吉平日里为非作歹，骄横跋扈惯了，大家都恨他，因此这顿棍子谁手下也没留情，二十棍下来打得王吉是皮开肉绽，龇牙咧嘴。

开封府知府要公开审问禁军统领，这可是一件大事。一大早，附近的百姓就把开封府的大厅围得水泄不通，看着王吉挨了二十棍子，大家心里高兴，有些人就忍不住在人群中喊了声"好"。包拯听着这些喊好的声音，微微点了点头，他扫了一下站在公堂外的百姓，提高了声音说："本官奉天子诏命，为民申冤，堂下的百姓如有冤情，都可以上前诉说。"

刚开始的时候，堂下的百姓你看看我，我看看你，谁也不敢出这个头。

包青天传奇

过了一会儿，有个胆子大点的小伙子憋不住了，分开众人冲到堂上扑通一声就跪下了，喊道："大人，小人有冤。"包拯一点头说："你慢慢说来。"那小伙子就对包拯说："小人父子平日里卖菜为生，一个月前这王吉喝醉了酒，纵马乱闯，踏烂了小人的菜，老父亲气愤不过，与他理论了几句，被他一脚踢得口吐鲜血，小人冲上去阻拦，又被他手下几个恶仆痛打一顿，我父亲本已年迈，抬回家没几天就死于非命。请包大人为小人做主，还我父亲一个公道！"说完就趴在地上放声痛哭起来。

包拯听了脸面沉如水，对着王吉问："王大人，他所说的可是实情？"王吉这时候有点哆嗦了，心一横说："是又怎样？大不了本官赔他几两银子便是。"包拯一听这话可火了："王吉，你可知道，这杀人偿命欠债还钱的道理？"王吉一听，不在乎地说："怎么着，包拯，你难道还要杀我不成？"包拯冷冷一笑道："王子犯法，与庶民同罪，你身为朝廷命官，不遵法度，勾结盗匪，栽赃陷害，害死人命，不杀你的话，怎么能正法度，平人心？"

堂下的百姓一听包拯说要杀王吉，可高兴坏了，一个个壮起了胆子，纷纷拥到堂前，诉说自己的冤情。包拯让人一一记下，一上午下来，王吉总共犯了十八件案子，害死三条人命。王吉在旁边听着，汗珠"噼里啪啦"地从脸上下来了，他服软说道："包大人，下官知错了，还望您高抬贵手从轻发落。"包拯看着王吉问："王吉，你如今可知罪？"王吉连连点头说："下官知罪，下官知罪。"包拯一点头说："知罪就好，来人，把他推出去斩了！"包拯话音刚落，大堂内外"哗"的一声就乱了，谁也没想到这包拯如此有魄力，说杀就杀，就连公孙策也吃了一惊。要知道包拯是否杀得了王吉，我们下回再见分晓。

第十八回　开封府王吉伏法　金銮殿庞吉胆寒

上回说到包拯在收集了王吉的罪状之后，决定将他开刀问斩，这王吉一听可吓坏了："别别别，包大人您刀下留情。下官知罪了，还请您从轻发落，再说了，下官是皇上的禁军指挥使，您要开刀问斩，总得跟皇上打个招呼吧。"包拯摇头说："皇上既然委任我做开封府知府，那么本官断案，就不必再向皇上请旨，王吉你作恶多端证据确凿，不杀不足以平民愤，给我推出去斩了。"王吉这会儿可傻眼了，平时的嚣张气焰也不知道去了哪里，两腿一软，像一堆泥瘫倒在地上。几个差人把他架出去。三声炮响，王吉人头落地，外面围观的百姓是欢声雷动。

随后，包拯进宫面圣。庞吉在旁边听说包拯求见，顿时来了精神，他还以为包拯是为了王吉的事，来向皇上请旨的。他两眼一转，趁着内侍出去传唤包拯的时候，走上前对着皇上拱手说："皇上，您用人算是用对了，老臣听说这包拯执掌开封府之后，那是清正无私，不畏强权，老百姓提起他都赞不绝口啊。"这天寇准和王苞都没上朝，只有双王呼延丕显和平东王高琼在，他俩听庞吉这么说，都觉得他不怀好意。

皇上听了庞吉这番话非常高兴说："如果这包拯真如太师所言，在民间有如此好的口碑的话，朕将来倒是要对他多加重用才是。"

63

正说着，包拯来到殿上，给皇上磕了个头说道："陛下，微臣是来向您请罪的。""请罪？"皇上奇怪地问："你何罪之有啊？"庞吉在旁边听了以为包拯使出以退为进的策略，赶紧站出来对包拯说："包大人，你治理开封府，有口皆碑，老夫都深感佩服，你能有什么罪？想必是哪家达官贵人触犯法度，得罪了包大人吧。你有话直说，皇上向来圣明，一定会为你做主的。"

皇上一听庞吉说得在理，就点点头说："包爱卿你有话直说，别跟朕在这绕圈子，朕既然已经命你执掌开封府，维持京城秩序，那么不管什么样的达官显贵，你都可以依法处置。"包拯拱手说："多谢皇上信任。昨夜禁军指挥使王吉酒后行凶，触犯宵禁，殴打开封府公差，今天开堂审案，微臣又查明他有十八项大罪，如今已经按律将他斩首。微臣处决二品官员，未曾事先向皇上禀报，特来请罪。"包拯这番话一说完，殿上大臣都愣了。庞吉也没想到包拯居然这么干脆，说杀就杀，把他吓得一哆嗦。

皇上更是大吃一惊，一拍桌子说："大胆的包拯，那王吉是朕的禁军统领，你怎么敢不打招呼就把人给杀了？"包拯向前躬身道："陛下，这王吉平日里为非作歹，无恶不作，今天臣公开审案，本来也是想杀一杀他的威风，敲打他一下，没想到许多百姓上前告状，字字血泪，王吉本人对此也供认不讳，这样的人如果不杀的话，不足以顺天意平民愤，以后也不会再有人把我大宋的法度放在心里。所以微臣斗胆，斩了那王吉，现在特来向皇上请罪。"

说着从袖子里掏出百姓的供状呈给皇上。皇上拿起来翻了一番，不由得倒抽了一口冷气。皇上正在这犹豫不决，平东王高琼站出来了说："陛下，这王吉平日里为非作歹，微臣也有耳闻，如今包拯查明实情，将他正法，合乎天理人情，以微臣之见，包拯不但无罪，反而有功。"

双王呼延丕显也上前一步，对皇上说："陛下，刚才微臣在一边听庞太师夸奖包拯公正无私，皇上也亲口叮嘱他，任何达官显贵都可以按律处置，想必微臣没有听错。如此说来，包拯前来请罪，大可不必。"说着又回过头来对包拯说："包拯，你为此事来请罪，难道是怀疑陛下会包庇那王吉不成？"包拯听了拱手说："王爷教训的是，的确是微臣的不对。"

皇上见平东王和双王都支持包拯，王吉也的确是罪孽深重，于是一摆手说："包拯，既然如此，朕就不追究你的罪过了，你退下吧。"

包拯自从斩了王吉之后，名震京城，那些当地豪强都知道了包拯的厉害，都不得不夹起尾巴，老老实实做人。几天后开封府重新建造完成，这座面北背南的衙门，成了这京城中的一景。包拯也在开封府安顿好了之后，就去李员外家迎娶了自己的夫人。包拯不畏权贵，秉正无私，又有双王呼延丕显、平东王高琼、老丞相王苞等人的支持，几个月来，开封府的老百姓过上了少有的太平日子。

这一天，开封府外又有人击鼓鸣冤。来人自称是张致仁，说自己做买卖的堂弟张有道突然去世了。堂弟家住在七里村，他去七里村询问弟妹堂弟去世的原因，弟妹却说堂弟是忽然得病去世的，还没来得及给他送信。张致仁觉得可疑，便去县衙告状，仵作①验尸后并未发现异常，于是就很快结案了。张致仁说："我思来想去，还是觉得我这兄弟死因不明，所以来到老爷面前，请老爷查明真相，还死者一个公道。"要知道包拯如何审理此案，我们下回再见分晓。

65

———————————

① 仵作：旧时官府中检验命案死尸的人。

第十九回　公孙策行医查案　众英雄夜访古庙

　　上回说到张致仁怀疑自己的兄弟死得不明不白，于是就来开封府告状。包拯听了案情，也觉得张致仁怀疑得有道理，于是点了点头说："你说的案情，本官知道了，你暂且回家等候消息。"说完就派人传张有道的妻子刘氏来开封府询问。刘氏来到大堂，给包拯行了个礼说："那天晚上我丈夫回家吃了晚饭，过了没多久就睡了，到了半夜忽然惊醒过来，满地打滚，说身上剧痛，当时也没地方去找大夫，没想到天不亮他就死了。"说着就用袖子遮住脸哭了起来。

　　包拯看着刘氏虽然在哭，但没有悲伤的神色，心里更添了几分怀疑，于是一拍惊堂木，对刘氏说："如今你丈夫的哥哥告到这里，说你丈夫死因不明，本官问你，既然你丈夫得急病而死，为什么不告诉他哥哥，就自行埋葬呢？"刘氏对包拯说："大人实不相瞒，张家兄弟过去关系虽然好，但近年来因为账目的问题渐渐断了来往。张致仁一直盯着我家家产，如今出来诬告，无非是想把我逐出门外，好夺取弟弟的家产。县里的太爷也已经开棺验尸，我丈夫并无任何外伤，实在是张致仁颠倒黑白，还请青天大老爷为我做主。"

　　包拯看着刘氏口若悬河，滔滔不绝，更加可疑，便对刘氏说："如此说来，你是被人无缘无故地陷害了。那张致仁实在可恶，我自有惩治他的办法，你先回去等候消息。"刘氏听了磕了个头说："多谢青天大老爷。"说着一转身，得意扬扬地走了出去。

刘氏刚走，公孙策就从后堂转了出来，他对包拯说："大人，我刚刚看了张致仁的状纸，又观察了这刘氏的言行举止，觉得张致仁怀疑得不差。但现在无凭无据，需要慢慢查访。"包拯一听公孙策和自己想的一样，十分高兴，他问公孙策："以先生之见，应该如何是好？"公孙策微微一笑："在下可以假扮一个江湖郎中，到那七里村和邻村去访查一番，看看能不能找出什么线索。"

公孙策来到七里村，四下走了半天，却一点消息都没打听到，他一想，今天一无所获，回开封府也没什么用处，索性就在附近的镇上住下。安顿好后，他又琢磨起这件案子，不知不觉到了天黑，忽然听到外面传来一阵争吵声。他往外面一望，就看见一个黑脸大汉在高声叫嚷："赶紧给我们找个住处！不然我就把这房子给拆了！"旁边一个人训斥他一句："四弟不可胡来。"接着又对着掌柜的说："掌柜的，我这四弟是个粗人，您不必在意。只是如今天色已晚，我们无处可去，您看看能不能找个地方让我们住下。"

掌柜的十分为难，连连行礼，对着几人说："各位客官，不是小的有意为难，实在是这客栈本来就小，都已经住满了。"公孙策听得清清楚楚，一推门走出来对这几个人说："各位不嫌弃的话，就来我房中凑合一晚上如何？"那几个人一听，对公孙策连连道谢。公孙策见他们气宇轩昂，知道都是些英雄好汉，也一拱手说："区区小事，不足挂齿，不知道这几位好汉从何处来，要往何处去？"为首的一个就走上前来对公孙策说："我们兄弟四个分别叫作王朝、马汉、张龙、赵虎，本来在山上落草为寇，后来得到南侠展昭的引荐，让我们追随包拯包大人，如今我们听说他在开封府做了知府，特来投奔，今晚打扰了先生，实在抱歉。"

公孙策一听非常高兴，对王朝说："实不相瞒，在下公孙策，现在开封府跟着包拯大人做事，今天打扮成这副样子是为了探查案情真相。"王朝一听，忙招呼其他几个兄弟过来向公孙策行礼，接着又让店家摆上酒席。在酒席上，公孙策把这几日整顿宵禁、处决王吉的事情说了一遍，几个人连连点头称赞："好个包大人，果然是钢胆铁心，公正无私。"赵虎本来就是个性格鲁莽的人，听到这忍不住重重地拍了一下桌子，说道："好好好，今日投奔开封府，跟了包大人，把那些贪官污吏杀得干干净净，还老百姓一个朗朗乾坤。"王朝一摆手示意他不可乱说，又对公孙策说："我这兄弟向来鲁莽，先生不要见笑。"公孙策一笑说："赵四爷虽然举止上鲁莽了些，倒是一副疾恶如仇的好心肠，公孙策实在钦佩。"

几个人酒足饭饱，看着天色已晚，于是各自回去休息。赵虎多喝了几杯，躺在床上不一会儿就睡着了，过了几个时辰，他一睁眼看外面天色已亮，急匆匆跳起身来喊醒其他人："快起来，快起来，天色已亮，我们要早早赶去开封府呢。"其他几个人起来一看，都是哭笑不得，原来这天正是农历十五，圆月高挂，赵虎误以为是大清早，其实才刚刚凌晨。但众人既然都已经起来，于是就听了赵虎的，简单收拾一下，结了店钱，出门奔开封府而去。几个人边走边聊，在林中走了一会儿，忽然看到有一座寺庙，微微透出灯光。公孙策就说："这寺庙位置如此偏僻，这个时刻又有灯光，实在是有些奇怪，我们不妨先去探查一番。"赵虎听了，也不同几个人商量，便飞奔到寺门前，挥起拳头就去砸那寺门，大叫："开门。"

过了片刻，两个小和尚神色慌张地打开大门问："什么人在此吵闹?"公孙策走上前去，对着两个小和尚行了个礼说："两位小师父，在下是个郎中，其他四位是要进京做买卖的商人，我们结伴同行，走到这里实在累了，想借贵寺一席之地歇息片刻。"两个小和尚听了对望一眼，就对公孙策说："请各位施主稍等，我们去禀报一下师父。"说完转身飞奔进去，没一会儿，一个僧人走了过来，他满脸堆笑，对几人说："各位施主快快请进。"说着便把他们几个让进大厅，然后连声催促小和尚快去取茶来。这时候，公孙策对王朝、马汉他们几个使了个眼色，王朝便站起来对大和尚等人说了声"我去方便"转身就出去了。赵虎也跳了起来，叫道："我也憋坏了，大哥我跟你一起去。"说着就跟了出去。

　　两人一前一后走出大厅，悄悄地来到后院，看见有一间房子透着灯光。他们趴在窗上往里面一看，发现地上有一条麻袋，麻袋里好像装着一个人。两人闪身进屋，把麻袋打开一看，不由得大吃一惊，要知道那麻袋里装的是什么，我们下回再见分晓。

第二十回　群侠解救落难人　公孙二访七里村

　　上回说到王朝和赵虎发现后院一间房内有一条麻袋，两个人进到房里，打开麻袋一看，不由得大吃一惊，原来这麻袋里装着一个六十多岁的老人。这人被捆成一团，嘴里还塞着一块破布。两个人赶紧把这老人从麻袋里救出，解开绑绳，掏出嘴里的破布。

　　王朝就问："老人家您是什么人？怎么被装到麻袋里了呢？"那老人爬起来对两个人行了个礼说："多谢两位壮士救命之恩，小人名叫田忠，是陈州人氏。这两年陈州大旱，民不聊生，当地官员把情况上报给朝廷，皇上派安乐侯庞昱前去陈州救灾。可那庞昱仗着自己是太师庞吉的侄子，在陈州为非作歹，无恶不作，不但不肯从仓库里放粮，救济百姓，反而四处惹是生非。小人的主人田启元，是位秀才，那天他带着夫人一起去庙里烧香还愿，不巧正好遇见庞昱。庞昱见色起意，抢走夫人，还把我家主人关进监牢，说他勾结盗匪，图谋不轨，要让州里治他的死罪。我家老夫人得知以后，又气又急，发病身亡。我打算进京告状，来到庙里借宿的时候，却被这和尚捆住。幸亏老天有眼，让两位壮士救了小人。"

　　赵虎听了义愤填膺，忍不住叫了起来："像这样害民的恶贼，早晚让他死在赵四爷的刀下。"这时候王朝往旁边一看，见一个小和尚正躲在旁边水缸后面偷看，王朝一个箭步冲上前去，抓住他的后领子，"咔嚓"一下摔倒在地，接着一脚踏在他的胸前，低声说道："你要敢大声叫嚷，我就一脚踩死你。"说完，他脚上微微用力，这小和尚顿时感觉有千斤巨石压在胸前一般，慌忙低声求饶："壮士饶命。"王朝就问："我来问你，你们为何要加害这位老者？"小和尚说："我家师父名叫肖首盛，他与安乐侯庞昱关系很好，安乐侯特意派我们师徒几人在这庙里住下，如果有人从陈州来进京告状，就把他们杀死。"

赵虎听得心头火起，叫道："好一群贼和尚，竟然勾结贪官残害良民。"说着抢拳要打，王朝把他拦住，对他说："先把这小和尚捆住，明日交给开封府包大人仔细审问。"赵虎拿过刚才捆绑田忠的绳子就要绑小和尚，忽然听得背后风声，他一闪身，躲过一刀。再一看，原来是肖首盛来了。

刚刚王朝和赵虎离开之后，公孙策为了拖延时间，就跟肖首盛攀谈起来。公孙策学识渊博，三教九流无一不通，把江湖郎中身份掩饰得天衣无缝。谈了半天，肖首盛才发现王朝、赵虎迟迟未回，不觉生了疑心，于是推说去准备斋饭离开大厅。

他先到后面房中提了一口刀，然后匆匆赶到后院。一进后院，就见王朝、赵虎已经救了老人，捆住小和尚，他顿时大怒，举刀就砍，三人打作一团。这个时候前面的马汉、张龙都听到后面的打斗声，一起赶了过来。路上撞上另一个小和尚，试图阻挡，被张龙一脚踹飞在地上，动弹不得。

两人来到后院，见和尚手挥利刃，杀得王朝、赵虎连连后退，忙加入战团。四人空手与和尚打斗，不敢碰他的大刀，一时间难以取胜，打了几个回合，赵虎突然一收身子跳出圈外，转身走了。

没一会儿，就见赵虎转了回来，纵身跳到这和尚面前，大叫一声："和

71

尚，看你赵四爷的法宝！"说着，赵虎一扬手，一团白雾过来，这和尚一下两眼难睁，连气都喘不过来。马汉趁机在他小肚子上狠狠一脚，和尚站立不住，扑通一声摔倒在地。赵虎赶上前去一步，抡起铁锤一般的拳头对着他下巴就是一拳，那和尚"哎呀"一声昏死过去。几个人七手八脚把他捆住，王朝、马汉等人擦着额头上的冷汗，连说"好险！"

张龙就问："四弟你这是用的什么法宝？"赵虎咧嘴一笑说："刚才我去前厅的香炉里抓了一把香灰，这和尚终日供奉佛祖，如今也让他享受点香火。"其他几人听了哈哈大笑。他们把这和尚绑了起来，拉到前厅，又把刚才听到的话和公孙策说了一遍，公孙策不由一皱眉头说："前几日我和包大人也聊过陈州放粮之事，我就担心这安乐侯庞昱不尽心办事，没想到他竟然如此无法无天，看来这事还得回去跟包大人仔细商议。"

一行人押着和尚，带上田忠回到开封府，公孙策随即带着王朝、马汉等人去见包拯。包拯见公孙策一夜未归，正在担心，忽然包兴跑来说公孙策带着王朝、马汉他们一起来了。包拯又惊又喜，急忙把几人迎进大厅。公孙策把昨晚发生的事情及田忠的遭遇跟包拯说了一通。

包拯听后吩咐包兴，让他在开封府里为田忠安置一个偏僻的住处，平日里不要露面，免得走漏风声。于是田忠就暂且在开封府住了下来。公孙策见包拯已经安排好了田忠的事，就对包拯说："庞吉、庞昱都是奸猾之徒，大人先不必急在这一时，在下还要继续去七里村访查，就此先告辞了。"说完，他和王朝、马汉等人告别，继续前往七里村。

刚到七里村的村口，公孙策才想起自己江湖郎中的身份，便摇铃叫喊起来。"有病早来医治，莫要耽搁延误，凡有疑难杂症，保管手到病除，若有

贫苦人家，治病分文不取！"他一边摇铃一边念念有词，正走着，就有一位老婆婆走了过来，叫道："先生请往这边来。"要知道公孙策能否查问到消息，我们下回再见分晓。

第二十一回　公孙治病得线索　包拯升堂问案情

上回说到公孙策假扮江湖郎中，被一位老婆婆叫住，公孙策就问："这位老婆婆，您叫在下，可是家里有人需要医治？"老婆婆点了点头说："正是，我那儿媳妇最近有病在身，求先生医治医治。"公孙策点点头说道："老人家您尽管放心，在下虽然只是个江湖郎中，却也跟随名师学过艺，请您在前面带路吧。"

那老婆婆领着公孙策来到一处院子，公孙策迈步进屋，见这间堂屋也是四面漏风，东边房里似乎躺着一个人。老婆婆请公孙策在炕上坐下，对公孙策说："先生贵姓？"公孙策拱了拱手说："在下姓张，不知道老婆婆您贵姓？"老婆婆说："我姓尤，我那当家的已经去世，只有一个儿子不成器，镇上人都唤他二狗。"公孙策又问："不知道令郎做什么生意？"老婆婆摆摆手，叹了口气说："他在这七里村的陈大户家做长工，前两年好不容易给他娶了媳妇，还好这媳妇对我非常孝顺，明白事理，比我的儿子不知道强了多少倍。"公孙策问："那病人现在什么地方？"老婆婆一指东边说："就在这房里。"

说着站起身走到东边屋里，她先进屋和儿媳说了一番，紧接着走出房门，对着公孙策行了个礼说："先生请进来吧。"公孙策跟着老婆婆来到中间，看见那儿媳坐在炕上，一脸病容。公孙策便走到炕边坐下，为病人把了把脉，心里有了底，然后走出房间，回到原来的屋里坐下。老婆婆就跟出来问："先生，你看这病要不要紧？"

公孙策对着老婆婆说："老婆婆，看脉象，您这儿媳的病好像是因为生气气出来的。"老婆婆惊讶地对公孙策说："先生真是个活神仙，实不相瞒，我这儿媳的病的确是因为生气得来的。我那混账儿子在陈大户家里做长工，媳妇觉得这陈大户平日里为富不仁，经常劝诫我儿子，让他不要跟着陈大户做坏事，他总是不听。前两天我儿子忽然带了两个银元宝回家，我见了那两个银元宝，不觉得生了疑心，就问他元宝从哪儿来的。他一开始支支吾吾，被我逼问得急了，才说是陈大户和一户姓张的妻子私通，觉得她丈夫碍事，就让我这儿子给那姓张的下毒。我儿媳妇苦劝他不要作孽，他只是不听，最后说得急了，一脚把媳妇踢倒，转身走了。后来听说村里的张有道死了，我这儿媳更加担心，就得了这场病。"

公孙策听完心里暗暗高兴，真的是踏破铁鞋无觅处，得来全不费功夫，没想到这行医治病，反倒了解了案子的真相。他提起笔来，根据病人的症状开了一个方子，递给老婆婆，然后又问老婆婆："您儿子帮陈大户做这件事情，难道只得了两个银元宝吗？"老婆婆摇摇头说："那天他还说陈大户许给他六亩田地，只是空口无凭，没有什么字据。"公孙策担心这尤二狗帮着陈大户害人性命，难免一死，但是这婆媳二人都是善良的好人，总要帮他们一把，免得将来无依无靠。

于是他就对老婆婆说："既然如此，我为您写个字条，将来如果陈大户赖账的话，您就把这字条呈给开封府的包大人，请他为您做主。"说完就提起笔来，为老婆婆写了一张字据，老婆婆双手把字据接过来，小心藏好，千

75

恩万谢地把公孙策送出了门。

公孙策回到开封府，把密访的情况跟包拯叙说了一遍。包拯十分高兴，便派刘大去七里村传尤二狗来开封府候审。快到中午时分，刘大前来回话："老爷，尤二狗已经带到。"包拯来到堂上，只见尤二狗跪在下面，于是一拍桌子说："尤二狗你如何与陈大户串通，害死了张有道？快快如实招来！"

尤二狗一听这话大吃一惊，跪在地上连连叩头回答："老爷您真是神人，既然您都已经知晓，小人也就实说了。小人的主人陈大户和张有道的妻子私通，那一天正好被张有道撞见，我那主人翻墙逃回家里，总担心留下后患，于是就把我找来，让我去坟地里找一种叫尸龟的东西。说完他给了我一张图，让我照着这个图形去找，接着还给了我两个银元宝，对我说，找到之后还有重赏。我在坟地里找了三天三夜，才找到这么两个虫子，拿回去交给了主人。后来就听说张有道突然死了，想必是这种东西起了作用，小的就知道这些，不敢隐瞒，还请大老爷手下留情。"

包拯听他说完，点了点头说道："等会儿你那主人陈大户到了之后，你可愿与他当堂对证？"二狗磕了个头回答道："小人愿意。"此前包拯已经派人去传了陈大户和刘氏以及尤二狗的母亲、妻子一起来开封府对质。听二狗说愿意对质，于是便命人把陈大户先带上堂，这陈大户姓陈名应杰，包拯见他被带上堂，就一拍惊堂木，问道："陈应杰，你为何谋害张有道，还不从实招来！"这陈大户一听可吓坏了，赶紧对包拯说："小人实在是冤枉。那张有道是突然得急病，半夜死了，全村人都知道，跟小人毫无关系啊。"

包拯见他抵赖，于是就命尤二狗上来对质，两人互相抵赖。二狗眼看得不到好处便又把陈大户家里的教书先生供出来，说是他把这土方子告诉陈大户的。包拯听了，就命王朝、马汉骑上快马去提教书先生，不多时，那教书先生上堂，包拯就问：“那土方子，可是你告诉陈应杰的?”教书先生连连点头说：“小人前几日翻阅古书，说这方子可以用作下毒而不易被察觉。当初我随口对东家一说，没想到他就记在心里，拿来害人。”包拯听完转过头来对着陈大户说：“你还有何话说?”陈应杰见人证物证都在，知道没办法再抵赖，只好招认。刘氏上堂后见陈大户已经招认了罪行，也只好乖乖招供画押。这时候那尤二狗的母亲对包拯说：“包大人，我还有一事想请您做主。”要知道尤二狗的母亲对包拯说些什么，我们下回再见分晓。

第二十二回

勇包拯直言犯上
封学士陈州放粮

上回说到尤二狗的母亲对包拯说："我这里还有一件事要请大人为我们做主，这陈大户教唆我儿子去寻找毒物害人，曾经许过要给他六亩地，但至今未给，还请老爷为我们主持公道。"说着便递上一张纸去，包拯看了这字据的笔迹，知道是公孙策所写，点了点头，就问陈大户："你雇人行凶，许他六亩地，却又没给，这是什么道理？"陈大户知道无可抵赖，说道："是小人的不是，这就写一张字据，把那地给他。"包拯命他写了契约，接着派人去办理此事，把这六亩地割让给尤氏婆媳两人，作为将来的依靠。然后写下文书，陈大户与刘氏勾结，害死人命，尤二狗知情不报，助纣为虐，三人即刻关入死牢，等秋后处斩。

办完这个案子，包拯回到后堂，叫包兴把田忠叫来，对他说："你所说的冤情我已知晓，但不知道如今这陈州的灾情如何？"田忠还没说话，就已经落下泪来说："老爷，您有所不知，陈州连年大旱，田里颗粒无收，百姓都在卖儿卖女。可恨的是那安乐侯庞昱到了陈州，不但不开仓放粮，反而霸占田园，为非作歹。老百姓更是没有活路了。"田忠走后，包拯来到书房，提起笔来，给皇上写了一封奏章，说明了如今陈州的灾情，指责皇上不该偏听偏信那些皇亲国戚，建议派真正能干的大臣到陈州放粮。

第二天，包拯的奏章就送到了皇上的龙案上。皇上打开奏章看了一遍，气得脸上变色，把他的奏章摔到地上，一拍桌子站了起来骂道："好你个包拯，好大的胆子！"这天在皇上身边的正好是大太监陈琳，他把包拯的奏章捡起来，恭恭敬敬地放回到龙案上，问道："不知道是谁惹皇上生这么大的气？"

皇上站起身来走了两步，指着书桌上的奏章说道："这包拯当了开封府知府才几天呢，就变得如此嚣张，杀了朕的禁军统领不说，现在又直接把矛头对准了朕，说朕不该偏听偏信，任用皇亲国戚，导致陈州民不聊生，好像要把一切责任都怪在朕的头上。朕能让他做开封府知府，难道就不能罢了他的官，砍了他的脑袋？"

陈琳想了想，小心翼翼地回答说："陛下，朝廷上有包拯这样的人，那是国家的幸运，如果皇上只能听到自己喜欢听的话，那国家就危险了。"皇上听陈琳这么一说也冷静下来。过了半晌，他回到书桌前坐下，对陈琳说："传旨，召包拯明日上殿。"

第二天包拯来到殿上，皇上就问："包拯，你说这陈州灾民遍地的情况，可是实情？"包拯对皇上说："陈州的灾民田忠，因为卷入一场案件，现在开封府内，他对我亲口叙述了陈州现在的情况，所以微臣在奏章中所写的句句属实，请皇上派得力大臣前往陈州，以救万民于水火之中。"皇上听说陈州的情况这么严重，也有些着急。忽然，眼前一亮皇上就对包拯说："既然如此，包爱卿，你可愿意担此重任？"包拯恭恭敬敬地对皇上说："赈济灾民，这是微臣分内之事，只是前去陈州放粮，涉及多方关系，微臣区区一个开封府知府，怕应付不来。"

皇上一听心里明白，虽然包拯没有明说，但陈州那个地方靠近京城，有

79

不少达官贵人在那里有田产，去陈州放粮，少不了得和这些人打交道，别人不说，那安乐侯庞昱就还在陈州呢，包拯凭着一个开封府知府的身份，的确压不住他们。

他想了想，对包拯说："既然如此，我加封你为二品龙图阁大学士，兼任开封府知府一切事务，前往陈州督办赈灾一事。在此期间，陈州地区的一应事务都由你管理。另外，朕再赐你御札①三道，任何豪强亲贵，你都可以依法处置。"

包拯接了皇上的旨意，回到开封府。大家看到包拯回来了，都松了口气，公孙策带头上去问："大人，怎么样？"包拯说："皇上已封我为龙图阁大学士，让我处理陈州放粮。另外，皇上还赐了我御札三道，麻烦先生帮我想一想，这御札的内容该怎样书写。"

公孙策听完包拯的话，就问包拯："皇上赐大人这御札三道，究竟是皇上的口谕，还是有文字的诏书？"包拯想了一下对公孙策说："这是皇上亲口说的，并没有文字诏书。"公孙策听了微微一笑说："既然如此，在下知道该怎么做了。只是这御札三道做起来可能要费一些时间，请大人给我三天的时间。"要知道公孙策为什么需要三天时间，我们下回再见分晓。

———————————

① 御札：帝王的书札；手诏。

第二十三回　公孙策巧制三铡
展熊飞义闯庞府

上回说到公孙策对包拯说要给他三天时间来准备这三道御札，原来他另有打算。既然皇上传的是口谕，那就可以来个以讹传讹①。他便把"札"改成了"铡"，给包大人打造三口铡刀。

三天之后，公孙策就叫人抬着这三口铡刀去见包拯，包拯一见公孙策来了，连忙问："如今陈州放粮事情紧迫，先生这三道御札准备得怎么样了?"公孙策满面笑容，用手一指说："大人请看，御铡在此。"包拯愣了一下问："先生，你这是什么意思?"公孙策不慌不忙，走到这三口铡刀前，掀起油布，对着包拯介绍："大人请看，皇上亲赐'御札'三道，我已经按照旨意把它做好。这三口铡刀分别按照龙、虎、狗的形状做成，龙头铡专铡皇亲国戚，虎头铡专铡文武大臣，这狗头铡专铡土豪劣绅。"

包拯心领神会，一拱手对公孙策说："先生真是高人。"接着回头对包兴说："安排人手，明日抬着这三口铡刀，随我上殿面君!"

这天早晨，包拯就带着这三口铡刀来到朝堂之上，对皇上说："启禀圣上，前日皇上赐臣御札三道，已经制作完成，请皇上预览。"说着一挥

81

① 以讹传讹：把本来就不正确的话又错误地传出去，结果越传越错。

包青天传奇

手，几个人就把这三口铡刀抬到了大殿之上，皇上不解地问："包拯，你带来的是什么东西？"包拯一躬身："陛下，这是您赐给臣的三道'御铡'，臣已经将它设计明白，打造成型，皇上请看。"说着，包拯向皇上介绍了三口铡刀的用途。

皇上觉得朝廷里有这样胆大正直的大臣，不是什么坏事，于是点点头称赞道："好好好，包拯，你果然是有胆有识。朕就赐你这三口御铡，另外，这龙头铡不但可以铡皇亲国戚，就是龙子龙孙，若有违反法度之处，你也可以照铡不误。"包拯一听此言赶紧跪下："臣谢过皇上。"

包拯从殿上退下来，来到街市之上，忽然有十几个百姓，跪在轿前，口称冤枉。包拯在轿子里接过状纸一看，原来这些人都是陈州的百姓，平日里深受安乐侯庞昱的欺压，实在忍无可忍，相约来京城告状，他们听说包拯要去陈州放粮，所以就在此等候，状告安乐侯。包拯看完之后，把状纸撕得粉碎，丢出轿外，对包兴说："这些刁民以下犯上，随意诬告朝廷大臣，实在可恶，给我赶出城去。"等回到开封府，包拯叫过包兴对他说："你出城截住那十几个告状的百姓，告诉他们，请两位年长的来我这里，其他人暂时回家等候，等我到了陈州再来告状，不要再在京城逗留。"包兴答应一声，匆匆去了。

包拯知道，京城里耳目众多，他一旦接下状纸，庞吉那边马上就能知道，他一定会派人给庞昱通风报信，这样不利于办案，于是假装出一副官官相护的样子，不接状纸，还把告状的人赶走。

那十几个被赶出京城的百姓听急追而来的包兴说了包拯的顾虑，都放下心来。他们公推了两位老者随包兴一起回开封府，其他人回陈州等候消息去了。

几日后包拯就传令前往陈州，沿途之上，凡有冤屈的百姓纷纷拦轿喊冤，包拯一一秉公处理，"包青天"这个称呼也开始在民间慢慢流传起来。

展昭自从那天在山寨里救了包拯主仆两人之后，就回自己的老家探望母亲，过了大半年，打算再次出去闯荡。他听说包拯做了开封府知府之后清正廉明，秉公办案，如今前往陈州赈灾放粮，于是打算赶往陈州，暗中相助。

这一天，他途经一片林子，就看见一个老婆婆正在坟前烧纸，哭得十分伤心，便上前询问。老婆婆对展昭说："老身姓王，我家少主人名叫田启元，是个秀才，前些日子带着少夫人金玉仙进庙烧香的时候，正好撞上了安乐侯庞昱，他见我家少夫人长得美丽，就诬陷我家少主人私通江湖盗贼，把他打入大牢，然后又把少夫人抢到他的府中。我家老夫人本来病重，一急之下就去世了。好好一家人，如今是家破人亡。平日里老夫人对我不薄，所以今天在这里为她老人家烧几张纸。"

展昭听了眉头紧皱，就问这老婆婆："如今田府还有什么人？"老婆婆摇摇头："管家田忠为少主人打抱不平，进京告状至今未回，说不定也遭了奸贼毒手。"展昭听了决定出手相助，又向老婆婆打听了庞府地址便告辞了。

这天晚上展昭换上夜行衣，悄悄地进了庞昱的府中，正好一个打更①的更夫从他旁边经过。展昭看看四下无人，一个箭步冲出来，威逼他说出了田秀才夫人的被关之地。展昭见该打听的事情都已经打听明白，于是便把这更夫捆起来，嘴里塞上破布，对他说："你先在这里委屈一晚上。"说完就直奔后花园而去。

展昭到了后花园，悄无声息地上了楼，正巧听到两个丫环正在苦苦地劝说："夫人您何必如此想不开，安乐侯位高权重，您要是做了他的小妾②，包您后半生荣华富贵。"可不管她们怎么劝说，金玉仙不为所动。要知道展昭怎么救出少夫人，我们下回再见分晓。

---

① 打更：旧时把一夜分作五更，每到一更，巡夜的人便会打梆子或敲锣报时。
② 妾：旧时男子在正妻以外娶的女子。

第二十四回 恶徒商议害知府 展昭跟踪遇英雄

上回说到南侠展昭来到了庞昱的花园，打算救出金玉仙。他悄悄把窗户纸上的洞又捅得大了一点，然后取出一只袖箭，对着房间的灯火，就是一箭。

两个丫环正在劝说金玉仙，突然房间里的灯灭了，不由吓了一跳。一个丫环便站起身来对另一个丫环说："你在这儿等着，我去楼下取火。"另一个丫环也有些害怕，站起来对她说："咱俩一起去。"两个人一起走下楼，在一楼的炉火边重新把灯点上。刚要上楼，灯火又灭了，接着她们又听到一个女子哭泣的声音隐隐约约地传了过来。这可把两个丫环吓坏了，两人把手里的灯笼一扔，跌跌撞撞地逃出了这座小楼。

展昭做完这一切又重新回到二楼，解开了金玉仙的绑绳，对她说："我受你家仆人王婆婆之托，前来救你，这里不是久留之地，请快跟我走。"说着他们趁黑悄悄出了庞府，来到王婆婆的住处。

庞昱一大早兴冲冲地去后花园去找金玉仙，却见两个丫环惊魂未定地哆嗦成一团，一问才知道金玉仙已经逃走，他顿时大怒，把两个丫环责打了一番。

当天晚上，他正坐在房中生闷气，忽然家人来报，说陈州太守蒋完求

85

见。蒋完来到书房，对他说："侯爷，如今前方传来消息，说开封府知府包拯升任龙图阁大学士，前来陈州放粮，听说此人铁面无私，不好对付，所以下官先来找侯爷拿个主意。"庞昱一摇头，满不在乎地说："我那叔叔已经给我来过书信，说这包黑子极难对付，但我就不相信，他能把我一个侯爷怎么样？"蒋完连忙对着庞昱说："侯爷啊，那包拯有御赐的御铡，能铡凤子龙孙，您一个侯爷比那凤子龙孙如何？这些日子侯爷在陈州做了不少事情，难免会被人拿住把柄，不可不防啊。"

庞昱是个纨绔子弟，平日里骄横跋扈惯了，想不到那么多，听蒋完这么一说，也有些慌了："听你的意思，这包黑子真的铁了心要跟本侯作对了？"蒋完苦着脸对庞昱说："这包拯初掌开封府的时候，不请圣旨斩了禁军统领王吉，早已是名动京城。如今他又有了三口御铡在手，那是如虎添翼。侯爷您可真得早作打算啊。"

庞昱背着手在书房里走了几个来回，对蒋完说："蒋太守，你可有什么好的主意吗？"蒋完摇摇头无奈道："侯爷，这包拯是软硬不吃，除非他死了，否则一定会来找我们麻烦的。"蒋完这句话倒是提醒了庞昱，他冷冷一笑说："蒋太守尽管放心，本侯已经有主意了，包拯敢来这陈州，我就让他有来无回。"说完他就派人去把府里一位武艺高强的好汉项福叫到了自己的书房中。

这项福虽然武艺不错，但却是个鲁莽无知的人，平日里庞昱用小恩小惠笼络他，他却觉得庞昱是礼贤下士，所以深受感动，愿意给庞昱卖命。他听了庞昱的话之后，当即站起身来答应说："请侯爷放心，区区一个开封府知府的脑袋，我是手到擒来。只是不知道那包拯现在在什么地方？"庞昱看看蒋完，蒋完对项福说："如今包拯因为几个案子，停留在三星镇，壮士可以赶到前面的天昌镇等着下手。"项福一点头退下了。

展昭安顿好金玉仙，晚上再次溜进庞府，来到庞昱的书房，庞昱和蒋完如何定计谋害包拯，项福如何大包大揽地同意去刺杀包拯，他都听了个一清二楚。后来他看见项福和蒋完告辞出来，便悄悄跟着项福，一路往天昌镇而去。

到天亮的时候，两人一前一后来到了天昌镇的地界。中午时分，展昭悄悄跟着项福走进了镇上的一家酒楼。吃饭时，忽然听到楼梯响，走上了一个武生打扮的少年，展昭仔细一看，这人面如冠玉，目若朗星，不由得暗暗称赞：好一个少年英雄。

令人意想不到的是，项福和这少年竟然是故交。说话间，展昭了解到这少年叫白玉堂。他忽然想起，这江湖上有五个行侠仗义的好汉，他们结拜为兄弟，住在陷空岛上，平日里劫富济贫，做了不少好事，江湖人称"陷空岛五鼠"。老大到老四分别是钻天鼠卢方、彻地鼠韩彰、穿山鼠徐庆、翻江鼠蒋平，还有一个老五，就是这白玉堂，外号锦毛鼠，虽然他在五鼠中年龄最小，但论本领却是兄弟中最高的。

展昭正在凝神听两个人说话，忽然又见一个老人走上楼来。那老人衣衫褴褛，面容憔悴。他来到一个财主模样的人面前，跪在地上，口中苦苦哀求什么，但那个财主却不理他。展昭本想过去询问，这时候就见白玉堂一拍桌子站了起来，几步来到那老人面前，问道："老人家，您为何向他行这样的大礼？"那老人看了看白玉堂，见他气度非凡，于是对他说："公子有所不知，只因为小人欠下了这位员外的债务，他要拿我的小女去抵债，还请公子帮我劝说一番。"要知道白玉堂是否会帮助这位老者，我们下回再见分晓。

第二十五回 白玉堂仗义救难 两侠客默契探宅

上回说到白玉堂从老人口里听到了事情的缘由，不由面色一沉，问道："您一共欠他多少钱？"老人叹口气："我欠他纹银五两。"白玉堂顿时火冒三丈，对那个员外厉声说道："只欠五两银子，就要人家女儿抵偿，实在过分！"

这时候那个员外站起身来，指着那老人对白玉堂和其他酒楼上的人说道："你们不要听这老头胡言乱语，他欠我五两银子是不假，但他一拖再拖，如今已经三年过去，少说也欠了我五十两银子。"白玉堂听了一皱眉头："这五两纹银如何三年就变成五十两了？"老人叹了口气对白玉堂说："公子有所不知，苗员外的利息向来很高，前年老伴病重，我不得不找他借了五两银子，后来实在无力偿还，一来二去就变成了今天的五十两。"

白玉堂听了又问苗员外："这老人当时借银子的时候可有借据？"苗员外点点头："有有有，本来约定他今日找我还钱，所以我正好带在身上。"说着就拿出来给众人看。

白玉堂看完借据，从腰间掏出一块金子，在手里掂了掂，递给苗员外："这块金子可抵得了这五十两银子吗？"苗员外看到这块金子，两眼放光，一把抓在手里，先是掂了掂，又翻来覆去地看了看，满脸堆笑着对白玉堂说：

"足够，足够。"白玉堂提醒他把借据还给老人并不再找老人麻烦。苗员外连连点头，把这借据递给了老人，一溜烟似的下楼走了。老人跪在白玉堂面前连连道谢，白玉堂摆摆手，把他扶起来，转身回到桌上，接着去和项福说话。

展昭把刚才一切看在眼里，并暗暗佩服白玉堂的为人处世。他本就是个行侠仗义之人，想到今天苗员外的张扬跋扈，便决定趁包大人来天昌镇之前去苗宅探个究竟。他来不及与白玉堂结交，便结了账匆匆下了酒楼，问清楚道路，用了不到半个时辰就赶到了苗家集。

展昭在苗家集上转了一圈，暗暗探访了一下苗员外的平日作为。苗员外叫苗秀，他的儿子苗义，在太守手下当个小官，他们平日里便仗势欺人。展昭心想，既然如此，今晚上少不了要去这苗员外家里闹上一闹了。到了晚上，展昭来到苗宅后院，翻过后墙，他看见中央客厅里灯火明亮，于是就悄悄来到窗下，纵身一跃跳上屋顶，倒挂在屋檐上偷听。原来员外正和他的儿子苗义说话，只听苗秀说："今天上午我去找那李老汉要债，没想到跳出一个年轻公子，掏出一块金子帮他还了债，我回来估算了一下，这金子少说也得值六十两银子，可是捡了一个大便宜。"说完哈哈大笑起来。

之后又听见他的儿子苗义对他说："父亲，您只得了六十两银子就这么高兴，如今我可是一文钱不花，白白得了三百两银子。"苗秀听了顿时两眼放光问："你怎么得了这么多银子？"苗义对他说："父亲有所不知，我虽然在蒋太守手下当差，但如今却是跟着庞侯爷做事。安乐侯前几日抢了一个女子叫金玉仙，不知怎么就逃走了，她的丈夫田启元如今被关在大牢中，侯爷为了斩草除根，让我给蒋太守送一千两银子，让他除掉这田启元。"

苗秀听到这里不由得问："在牢中害死人命，这也是大事儿，蒋太守真

89

的敢做?"苗义笑道:"我给太守出了个主意,让他明天派人押解着田启元进京候审,咱们陈州城外面二十里处有一片树林,安排人在树林里伏击,就说是有盗匪拦路谋财害命。太守夸赞我这个主意好,赏了我三百两银子。"

展昭在外面听得仔细,恨得暗暗咬牙。这时候他忽然看到另一边墙角下有个人影,仔细一看竟然是白玉堂。他也恨苗秀为富不仁,于是白天在酒楼上替那老人结清了债务,这天夜里要来苗家闹一闹。

此刻他也看见了展昭倒挂在屋檐上,暗暗赞叹。他见苗秀父子还在客厅里聊天,于是悄悄地先转向后院去了。过了没一会儿,一个丫环急匆匆地跑进书房叫道:"老爷不好了,夫人房中起火了。"父子两人很惊讶,跟着丫环冲了出去。展昭心里暗笑,知道这把火一定是那白玉堂放的,他趁此刻屋里没有人,从房檐上跳下来,闪身进了屋。拿起笔来先在这客厅中堂的画上写了几个字,然后心念一动,又写了几行小字,放在那一堆银子下面,自己转身走了。

那把火果然是白玉堂放的,他见苗秀父子已被这把火引到后院,于是转身来到前面,走进客厅。看见桌子上的银子还在,只是下面多了一张纸条,他打开一看,上面写着:明日陈州城外,书生有难,在下要事在身,还请白兄弟相助,桌上银子也烦劳兄弟拿去赈济灾民,多谢。白玉堂看完纸条上的字,心领神会。他把纸条收起来,又把桌子上的银子一包,一转身扬长而去。"这屋里的火势如何?"妻子摇摇手说:"我正在屋里闲坐,不知道什么人从外面丢进一个球来,顿时浓烟滚滚,却没有什么火光。"苗秀恍然大悟:"不好,中了调虎离山计了。"他们赶回书房,银子已经无影无踪,客厅中央的字画上写着几个字。要知道展昭留下了什么字,我们下回再见分晓。

第二十六回　三星镇展昭送信　天昌镇项福遭擒

上回说到苗秀父子知道中了调虎离山之计，急匆匆赶回客厅，却发现桌子上的银子已经不翼而飞，抬头一看，客厅正中的字画上写着十个大字：再行不义，小心项上人头。父子两人对望一眼，吓得身子一软，瘫坐在椅子上。

太守蒋完得了庞昱的一千两银子，又听了苗义的主意，决定要害田启元。那天他便命人把田启元带到堂上，对他和颜悦色地说："田启元，我知道你是受冤枉的，只是那安乐侯想要害你，本官也保护不了你，如今我把你送到京城中去审问，再写封书信给那边的官员，让他们为你洗清罪名。"田启元是个书生，没见过什么世面，一听太守这样说，赶紧拜谢："多谢太守大恩大德，田启元永世不忘。只是我的妻子如今不知道怎么样了？"蒋完笑着把田启元扶起来："你不必担心，本官自会想办法保护她。"

第二天一早，两名差人就押送着田启元上路，快到中午的时候，两个差人对田启元说："田秀才，我们到前面的林子里歇歇脚，然后再往前赶路，你看如何？"田启元点点头："就听二位的"。三人走到树林深处，两个差人看看四下无人，其中一个拔出刀来，向田启元头顶砍去，结果刀还没落下，忽然"哎呦"一声倒在地上。另一个差人吓了一跳，还没来得及往四下张望，也"哎哟"一声，跌倒在地。

这正是白玉堂干的。他从苗家集离开之后，便急匆匆直奔陈州，快天明的时候，就来到了陈州城外的一片树林中。他在树林边找了一棵大树，爬到树上，远远地向陈州方向张望。等了两个多时辰，才看到两个差人押着一个书生走了过来，白玉堂悄悄地跟在后面，当那个差人要拔刀行凶的时候，他抛出手中一块飞蝗石，把他打得昏了过去，接着他又扔出一块，把另一个差人也打昏了过去。田启元回过头来，见两个差人倒在地上，不由得大吃一惊，这时候就见白玉堂大步流星地走上前来，对他说："安乐侯庞昱勾结太守蒋完，想要害死你，让这两个差人在树林里行凶，如今他俩已经被我打昏，你快快逃命去吧。"

说完白玉堂用刀劈开了田启元身上的枷锁镣铐，又对他说："如今开封府的知府包拯，正在赶往陈州的路上，你可以去投奔他，让他帮你申明冤情。"说着他从怀里掏出几锭银子递给田启元，又把两个差人捆在树上，转身去了。

展昭把救人的事委托给白玉堂之后，连夜奔往三星镇。包拯正好处理完了三星镇上的案件，准备次日动身。这天早上，包兴起来打水，一推开门，就见门上钉着一封书信，上面写着：天昌镇上小心刺客。

包拯看了书信把公孙策、王朝、马汉等人叫过来商量。公孙策看了书信，就对包拯说："既然我们知道有刺客行刺，不妨将计就计。提前设下埋伏，把那个刺客擒住，然后宣称大人被刺客刺成重伤。这样那安乐侯庞昱一定会放松警惕，而我们昼夜兼程赶到陈州，查明他的种种罪行，将他就地正法。"

包拯听了，连连点头称赞，于是启程前往陈州。这天下午包拯的车驾来到了天昌镇上，当地的官员早已收拾好了公馆，请包拯入住，包拯来到公馆，公孙策就吩咐下去，让王朝、马汉守住前门，张龙、赵虎看住后门，又选了几个能干的差人守在院内。

三更天已过，赵虎百无聊赖，走到院子里的大榆树下，抬头看了一眼，突然高声叫道："不好了，树上有人。"树上那个黑影正是项福，他纵身一跃跳到房上，顺着屋顶就跳到前厅去了。眼看那人到了正厅，赵虎急中生智，捡起一块石头便扔了过去，项福一闪身躲过这块石头，却忽然腿上一软，扑通一声栽倒在地，从房上滚落下来，王朝、马汉冲上前去，把这人按住，张龙、赵虎接着跟上，用一条绳索把他捆得结结实实。这时候他们才发现，那人腿上中了一支袖箭，王朝把这袖箭拔出来，仔细一看，对几个兄弟说："这好像是南侠展昭的暗器。"马汉接过来仔细看了看，点头说："大哥说得不错，看来昨天给咱们留书信的也一定是展大哥。"

说话间几个人把项福推上大堂，来到包拯面前。包拯一看项福身材魁梧，虽然腿上挨了一箭，但依旧挺立在那里，知道他是个吃软不吃硬的脾气。于是换上一脸笑容，对王朝、马汉等人说："如此一个胆大的侠义之士，怎么能用绳索捆绑着押上来？快快给他松绑。"王朝、马汉知道包拯的用意，快步走上前去，给项福解开绳索，然后一抱拳，说道："好汉，得罪了。"项福一时间是丈二和尚摸不着头脑，瞪着眼睛问包拯："我来刺杀大人，大人不仅不怪罪我，反而解开我的绳索，这是为何？"包拯就对项福说："我看壮士相貌非凡，想必也是个侠义之人，只是不知道包拯犯了什么错事，惹得好汉要来杀我？"

项福虽然是个粗鲁的人，但也不是完全是非不分。他从陈州往天昌镇的路上，听到百姓们称颂包拯如何公正清廉，为民做主，再想想安乐侯庞昱平时的所作所为，已经是犹豫不决。他便把安乐侯派他行刺的事告诉了包拯。包拯正在沉吟不语，公孙策上前一步对项福说道："刺杀钦差大臣，这可是重罪，我这里倒有一个办法，可以帮壮士赎罪。"要知道公孙策有什么办法，我们下回再见分晓。

赴陈州书生得救
探口供包拯用谋

上回说到项福行刺包拯不成，被王朝、马汉等人捉住。公孙策走到包拯身边低声说了几句，包拯点点头，又对项福说："我知道壮士是受了小人的蒙蔽，如今你既然愿意弃暗投明，就请助本官一臂之力，如何？"项福连连答应："请大人尽管吩咐，小人赴汤蹈火，万死不辞。"包拯对项福说："等会儿我写一封信，你带着这封信回去，就对庞昱说，你在行刺我的时候，得到了这封书信，然后把信转交给他。"说完提起笔来，想了片刻，写成一封书信。项福双手接过这封信，对包拯又行了一个礼，转身走了。

项福走后，包拯又对公孙策行拱手礼说："后面的事就请先生安排。"公孙策点点头，随即传令下去："任何人不准把今天发生的事泄露出去，对外就说来了刺客，包大人受了伤，需要在这里休养，暂时不能前往陈州，所有的官员、百姓一律不见。"接下来，包拯打扮成普通百姓，带着王朝、马汉等人，还有田家仆人田忠一起，悄悄前往陈州。

天昌镇离陈州本来就不远，包拯等人走了大半天，眼看就到了陈州地界。正走着，王朝伸手一指说："那沟里好像有个人。"赵虎一个箭步窜了过去，俯下身一看，这个人是书生打扮，他把手往这人的鼻子上一放，发现还有微弱的气息，于是把这个书生抬到路边，田忠上前一看，不由惊叫一声：

"这不是主人吗?"公孙策走上前,拉过田启元的手,为他把了把脉,然后转头要来一碗热水,灌了下去。过了小半会儿,田启元缓过气儿来。他微微睁开双眼,看到田忠,不由大吃一惊,问道:"老管家,怎么在这儿见到你了?"田忠热泪盈眶,把前面的事情一说。田启元跪到包拯面前说道:"求包大人为我等做主,惩治恶贼庞昱,拯救陈州百姓于水火之中。"包拯点点头说:"你尽管放心。"

包拯留下田忠照顾田启元,自己带着其他人继续赶路,到了傍晚时分,他们进了陈州城,找了家客栈住下来,对外只说是来做生意的商人,第二天一早,就分头出去访查打探,搜集安乐侯庞昱的种种罪证。

项福回到安乐侯府去见庞昱。庞昱听说项福回来了,迎出去问:"项福,你去行刺包拯,结果怎么样?"项福对着庞昱一抱拳说:"侯爷,这包拯手下的护卫十分厉害,我刚刺了包拯一刀,他们就冲进来了,我看局势不好,只好先撤了,但是在混乱中得到了包拯桌上的一封书信,我看这封信是写给您叔叔庞太师的,也没敢拆开,特地拿回来给您看看,说不定跟您有关。"

庞昱拿过信来一看,信封上写着:恩师庞太师亲启。再把信打开一读,可把他高兴坏了。包拯在这封信里这样写着:您的侄子安乐侯在陈州期间,很多老百姓都来告他的状,请您给他写封信,让他把所有的罪状都招认下来,我再帮他开脱,这样一来,我对天子和百姓都有交代,不会伤到您的面子,还能保护好您侄子。看完信,庞昱欣喜不已。

三天后,庞昱让人备好车马,亲自前往天昌镇去探望包拯。这边包拯等人早已收集好了庞昱的各种罪证,又接到项福的密报说庞昱要来,也已经赶回天昌镇等他。庞昱一下轿,公孙策就满脸堆笑地迎上前去说:"侯爷,我家大人前几天被刺客刺伤,不便出来迎接,您快请进。"庞昱来到客厅,包拯装出一副无精打采的样子，对着庞昱拱拱手说："侯爷，下官有伤在身，实在不能站起来行礼，您多多恕罪。"庞昱笑着一摆手，就坐到了包拯的对面，对包拯说："听说大人是我叔叔的门生？"包拯点了点头说："正是，当初我进京赶考的时候，正是太师爷主考，所以他老人家就是我的恩师。"庞昱一听包拯这么说，更加高兴了，说道："既然如此，以后有什么事就要请包大人多多关照了。"

包拯听了微笑着说："希望侯爷能够跟我实话实说，我好为您想万全之策。我在开封府接的第一份状纸，是告您诬陷秀才田启元勾结匪徒，把他关在狱中，然后又抢走了他的妻子金玉仙，可有此事？"庞昱点点头说："确实有这件事，本来这件事情我做得非常周密，没想到他有个叫田忠的老管家，居然逃去京城告状，还望包大人帮我想个主意。"包拯微微一笑道："这个简单，另外还有人告您抢夺田产闹出人命，这事是真的吗？"庞昱想了想说："确实有那么两次，有几个刁民闹事，本侯一怒之下让人狠狠教训了他们。"接着包拯又问了十几件事，庞昱都一一承认。

包拯见他这么积极配合，于是又问道："侯爷，前些天来行刺下官的刺客，与您有没有关系？"庞昱正在犹豫，这时候包拯又对庞昱说："侯爷，其实我伤得并不重，如果真是您干的，承认了也无妨，咱们自家兄弟，一场误会，谁也别往心里去。"庞昱一听包拯这么说心里顿时轻松了许多，对包拯说："这刺客确实是本侯派的，当时本侯也是一时糊涂，还望包大人不要见怪。"要知道包拯准备如何处置庞昱，我们下回再见分晓。

除奸佞①庞昱伏法
见贤臣老妪鸣冤

上回说到这庞昱中了包拯的计策，把自己在陈州所犯下的罪行一五一十地招认了，还主动签字画了押，包拯看他中了计，于是又对着庞昱说："侯爷，如今您犯的罪行这么多，按照常理是要押送到京城去处置的，可是我想，如果这样的话，有三个不方便的地方。"庞昱不解地问："大人，您说这三个不方便指的是什么？"

包拯不慌不忙地对着庞昱说："第一，从陈州到京城，路途遥远，侯爷坐在囚车里，难免要受些颠簸，吃些苦头。第二，到了京城以后，侯爷您犯的罪这么多，一定要被送到大理寺去审问，就算他们看在庞太师的关系上手下留情，也难免要受一些皮肉之苦。第三，到了京城，如果皇上亲自审问的话，侯爷便已无力回天。"庞昱听到这里，满脸堆笑地对包拯拱手说："多谢大人为我考虑得如此周全，既然如此，本侯愿意听大人安排。"

包拯听他这么说，点了点头说："好，既然侯爷这么说了，那么接下来就请听包拯的处置。"接下来，高声对外面说："升堂！"接着就看见几个差役带着十几个陈州的老百姓走了进来。庞昱正在发愣，包拯又说话了："庞

---

① 奸佞（nìng）：奸邪谄媚的人。

昱，你辜负圣恩，到了陈州，不但不开仓放粮救济百姓，反而抢夺田产、杀害无辜、强抢良家女子、刺杀钦差大臣，按大宋律当斩！"庞昱这个时候才知道自己中了包拯的计策，双腿一软，跪在地上，连连叩头求饶："包大人法外开恩，看在我叔叔的份上，您就饶我一命吧。"包拯坚定地说："王子犯法与庶民同罪！莫说是你一个安乐侯，就是庞太师本人，我也照样处置。来人，把龙头铡抬上来。"

下面王朝、马汉、张龙、赵虎齐声答应了一声"是！"王朝、马汉抬出龙头铡，张龙、赵虎走上前去把庞昱拿住，双臂往背后一拧，把他按倒在这龙头铡的铡口上。包拯微微一点头，说了声："用刑。"马汉双臂用力，把铡刀往下一按，只听得"咔嚓"一声，庞昱人头落地。包拯铡了庞昱，又派人去传陈州太守蒋完，不久差人回报，说蒋完听说庞昱被龙头铡铡死，知道自己也罪责难逃，已经自杀身亡。之后，包拯将项福发配充军，希望他能用心悔过。

包拯铡了庞昱，一边写下奏章禀报皇上，一边开仓放粮。包拯办事向来认真，又加上公孙策在旁边筹划，几天工夫就把放粮赈灾的事情处理妥当。陈州百姓无不感恩戴德。这期间，皇上的圣旨也到了陈州，对他斩杀安乐侯庞昱的事情赞扬了一番，称赞他不畏权贵，能够秉公执法，命他放粮之后就近巡视一番，体察民情。

这一天，包拯的车驾来到一个叫作草桥的地方。他在当地的公馆住下之后，照例令人贴出告示，告知这一地带的父老乡亲，如果有冤情都可以前来告状申冤。村长范华宗接着包拯的命令，不敢怠慢。经过一座破山洞的时候，忽然一个老婆婆拄着拐杖走了出来，对他说："我有冤枉，你领我去吧。"范华宗不由得一愣。当年他父亲在一个大户人家打杂，这位老婆婆对

包青天传奇

他父亲非常照顾，后来那户人家败落了，老婆婆不是那家人的亲戚，无处可去，于是他父亲把这位老婆婆带到他们村的山洞里安身，平日里经常送些柴米油盐过去。他父亲去世前又专门叮嘱他，要好好照顾老婆婆。范华宗是个孝子，一直对老婆婆十分照顾，加上当地百姓为人善良，知道老婆婆是富贵人家落难，都同情她，平日里也或多或少地帮上一些忙。

今天范华宗听老婆婆说要告状，就问："老婆婆，您老人家在这儿住了十多年了，也未见与别人说过自己有什么冤枉的事，今天这是怎么了？"老婆婆对他说："你只管带我去见那位包大人，等我见了他自然有话要说。"范华宗带着老婆婆来到了包拯所居住的公馆，对包拯说："包大人，小人按照您的吩咐，在这村里走了一圈，只有一位住在山洞中的老婆婆要告她的儿子。"然后把这老婆婆的情况跟包拯简单介绍了一下，包拯听了有些纳闷，对范华宗说："你先把那位老婆婆请进来，待本官仔细地询问。"

老婆婆进了大厅，看见包拯坐在上面，她不但没有跪拜，反而对包拯说："包大人，老身有一事相求，请您先让左右人回避。"包拯点点头，让左右退下，只留包兴一人在身边，然后问道："老人家，您要见我，究竟有何冤屈？"这时候只见老婆婆热泪直流，说了一句："包拯，哀家①委屈啊！"老婆婆这一句话，把包拯吓得从座位上站了起来，包兴哆嗦着后退了好几步。

包拯也不敢坐着了，走下大堂，恭恭敬敬地一拱手，问："老婆婆您究竟是什么人？"老婆婆并不回答，反而问道："包拯，你可知道先帝真宗皇帝有几位贵妃？"包拯回答说："先皇帝真宗陛下有李、刘两位贵妃。李贵妃已

---

① 哀家：旧小说、戏曲中太后或皇后在丈夫死后的自称。

经去世，那刘贵妃乃是我当朝天子之母，如今的太后。"这时候只见那位老婆婆热泪长流，过了半天才说出一句话："包卿家，哀家就是那已死的李贵妃啊。""啊?"包拯大吃一惊。要知道这是怎么回事，我们下回再见分晓。

刘妃争宠换太子
陈琳秉忠救储君

　　上回说到一位住在草桥山洞里的老婆婆来到包拯面前，自称是先帝的贵妃娘娘。包拯赶紧问："不知道老人家您说这话可有凭证？"老婆婆点点头，说着从怀中掏出一个小包递给包拯。包拯接过小包，一层层打开，看到最里面是一个黄色锦囊，再打开锦囊一看，里面是一个金丸，上面刻着"玉宸宫"三个大字以及李贵妃的名号。包拯明白，这是当年皇上赐给贵妃专用的物品。

　　包拯来到李贵妃面前，行了大礼，然后问："娘娘为何沦落至此？"李贵妃长叹一声，对包拯讲出一段往事，包拯听得惊出了一身冷汗。

　　这事要从到二十年前说起，当年杨家将大破天门阵，辽国被迫求和。宋真宗在京城接到消息十分高兴，在宫里摆下宴席，让李、刘两位贵妃相陪。宋真宗多喝了几杯，有了些醉意，对着李、刘两位贵妃说："如今两位爱妃都已经有孕在身，谁先生下男孩，朕就立谁做正宫娘娘。"李贵妃平时善良诚实、淡泊名利，但是那刘贵妃却动起了心思，她回到自己的金华宫中，召来总管郭槐，商量对策。郭槐听刘贵妃和他商量此事，转了转眼珠说："娘娘，这事倒也不难，在玉宸宫的产婆尤氏，是我的同乡。娘娘您可以多花些金银财宝，把她收买过来，如果李娘娘先生下太子，我自有办法。"刘贵妃一听大喜，当下就赏了郭槐五百两银子，然后又交给他一千两白银，让他去收买尤氏。

一晃眼一个月过去了，这天早上李贵妃忽然一阵腹痛，宫女飞报皇上，皇上知道李贵妃要生了，非常高兴。刘贵妃来到玉宸宫，装出一脸关心的样子，守着李贵妃问长问短。尤氏则悄悄地准备了一个大盒子，装进一只剥掉了皮的狸猫。到了中午，李贵妃生下了一个男孩，自己精疲力尽，晕了过去。在此之前，刘贵妃已经命令周围的宫女全部退出，尤氏趁机把那孩子装到盒中，把狸猫拿出来换了太子，接着把盒子交给郭槐，郭槐提着盒子悄悄返回金华宫。另一边刘贵妃装出一副惊恐的样子，把守在宫外的宫女全部叫了进来。众人一看狸猫，大吃一惊，都以为是李贵妃生下了一个怪物。

此时的郭槐提着盒子回到金华宫，把它交给了刘贵妃的贴身侍女寇珠，对她说："你把这个盒子提到金水桥边，把那个孩子扔到河里淹死。"寇珠接过盒子，于心不忍。她提着盒子边走边想，到了金水桥边，忽然迎面来了一个人，这人正是大太监陈琳。寇珠一看陈琳来了，喜出望外，她知道陈琳为人忠厚正直，一定会出手帮助自己。

原来过几天是八王赵德芳的寿辰，陈琳提着皇上送给八王的果品盒，正往外走，便看见一个小宫女在金水河边徘徊。寇珠急匆匆迎上前去，也顾不上行礼，压低声音把这刘贵妃和郭槐的阴谋诡计向陈琳说了一遍，并恳求他救救小皇子。

陈琳听得两眼发直，倒抽一口冷气。他也心疼小皇子，便对寇珠说："你先别着急，我有一个办法。我手里这个果品盒和你那个盒子差不多大，你把小皇子放到我这果品盒里，我就说是去给八王爷送寿礼，先把小皇子带到八王爷府中。八王爷虽然不在，但他的王妃是仁厚善良的人，一定会帮咱们保护好小皇子的。"寇珠一点头，二人急匆匆地打开盒子，把小皇子放到了陈琳提的果品盒中。

他俩刚把小皇子放进去，孩子"哇"的一声就哭了，把两个人吓得魂飞魄散。寇珠连拍带哄，好不容易把小皇子哄安稳了，这才盖上盒盖，贴上封条。陈琳拎着果品盒，急匆匆地向外走去。走了一会儿，他碰巧遇到了刘贵妃。刘贵妃看陈琳手里提着一个大盒子，就问："陈公公，你拎着盒子，这是要去哪里？"陈琳跪下磕了个头，不慌不忙地说："回娘娘，过几日就是八王爷的寿辰，前日里皇上安排奴才去采办一些珍稀果品，送到八王府上，为他祝寿。"

刘贵妃也知道过几天是八王爷的寿辰，但她毕竟刚刚干了坏事，做贼心虚，难免有些多疑，于是又多问了一句："你这盒子里夹带着什么别的东西吗？"陈琳断定刘贵妃不敢碰皇上给八王的赏赐，于是心一横，对着娘娘磕了个头，说道："启禀娘娘，这里边的确是皇上赐给八王爷的果品，如果您不相信的话，奴才给您打开查看一番便是。"说着，伸手就要去撕封条。要知道陈琳是否真的撕掉了封条，我们下回再见分晓。

第三十回　见狄妃皇子脱险
　　　　　入冷宫太子说情

　　上回说到陈琳把小皇子放在礼盒之中即将赶往八王府，碰巧遇到刘贵妃，刘贵妃心虚地问他提的是什么东西，陈琳故作镇定地要去撕封条，刘贵妃看他面色如常，便摆手斥责道："难道你不懂规矩吗？皇上的封条，谁敢随便打开？你还不快快前去，不要耽搁了时间。"陈琳应了一声提上盒子再次走出金华宫，他强压着心中的焦急，走了几百步之后，看着后面没人跟随，这才快步如飞地走出宫门，一路急奔到八王府上。

　　八王不在府中，狄王妃——八王的王妃，性格温和仁厚，她听说陈琳奉皇上旨意送来果品为八王祝寿，就命人把陈琳请到大厅。陈琳原本是八王府的人，狄王妃了解他的为人。陈琳来到大厅，看周围人多，对狄王妃说道："奴才还有要事要禀报王妃，请让四周的人暂时回避一下。"王妃摆摆手示意其他人退下。陈琳看看四下无人，扑通一声跪在地上，泪如雨下，对狄王妃说："王妃快救太子！"他把事情经过说了一遍，然后打开盒子抱出皇子。王妃把小皇子接过，思索一番，对陈琳说："陈公公，此事我已知晓，如今我们也无力回天，万幸如今小皇子已被你们救出，在王府中，我可保他万无一失。你回去千万不要走漏消息，其余事情等八王回来之后再商量。"陈琳连连磕头谢恩去了。

105

第二天一早，狄王妃派人上朝打听消息，这才知道皇上听说李贵妃生下怪胎，龙颜大怒，把李贵妃打入了冷宫。还好负责监管李贵妃的太监秦风，也是个忠厚老实的人，平日里经常受李贵妃的照顾，所以李贵妃虽然被打入冷宫，但是也没有受到太多的为难。狄王妃和李贵妃一向关系很好，听说李贵妃受了这样的冤屈，也是叹息无奈，只能等八王回来再作商议。又过了几天，刘贵妃也生下了一位皇子，皇上非常高兴，立刘贵妃的儿子为太子，封刘贵妃为正宫娘娘。从此以后，刘贵妃把郭槐看作身边的得力助手，事事都与他商量，对尤氏和寇珠也是重重封赏。

一个多月之后，八王回到朝廷，狄王妃把刘贵妃定下毒计、狸猫换太子的事情一五一十地跟八王说了一遍，最后说："多亏陈琳忠义，冒死救出小皇子，如今养在咱们王府，等您回来再从长计议。"八王听完这一切是又气又怒。

八王思来想去，对狄王妃说："如今太子之位已经昭告天下，我们不必再去惹什么事端，先把小皇子养在咱们府中，就说是咱们的孩子，将来也委屈不了他，以后再找个机会，慢慢地解救李贵妃。"从此，八王夫妇就把这小皇子当做自己的亲生儿子一般抚养。

几年后，刘贵妃生下的那个孩子生病去世。为此，真宗皇帝非常地烦恼，眼看着后继无人，自己百年之后，没有人能继承皇位。

某天，两个人喝酒聊天的时候，真宗问八王："皇兄，如今你有几个孩子?"八王回答说："我现在有两个儿子。大的七岁，小的不满三个月。"说着就叫长子出来见驾，八王的长子其实就是当年的小皇子，小皇子一来到皇上面前，皇上一惊，觉得他跟自己很像。接着聊起天来，这孩子谈吐清晰，对答如流，皇上是越看越喜欢。皇上想，如今我年纪也不小了，也没有孩子继承皇位，难道老天有意让这江山再回到皇兄那里去吗？想到这儿，他就对八王说："如今太子已去世，大宋江山后继无人，我想把皇兄的孩子立为太子，让他继承皇位。"八王一听非常高兴，这真是老天保佑皇子，于是一口答应下来。

第二天皇上颁布旨意，立八贤王的长子为太子，收养在宫中，命刘贵妃做他的养母。太子性格仁爱宽厚，知书达理，对刘贵妃当年陷害他母亲，试图害死自己的事情，一无所知，所以把刘贵妃当做自己亲生母亲一般尊敬。

宋真宗因为太子刚刚入宫，平日里也嘱咐大太监陈琳多带着太子在宫中转转，让他熟悉宫中的各项事务。这一天，太子闲来无事，让陈琳带他四处转转，不知不觉来到了囚禁李妃的冷宫。太子就问："这里面住的是什么人？"陈琳回答说："这里住的是先前的李贵妃，她因为生下一个怪胎，陛下一怒之下把她打入冷宫。"

太子听说这里关押的是皇上的妃子，就对陈琳说："如今我已被皇上收为太子，李贵妃虽然有罪，但也是我的长辈，自然应当前去拜见一番。"于是便命人打开冷宫，去向李贵妃行礼。也许母子连心，虽然太子不知道李贵妃是自己的亲生母亲，但说起话来感觉非常亲切，他看见李贵妃被关在冷宫之中，非常同情。回到后宫，他就对刘贵妃说："母亲，孩儿今天经过冷宫，见到了李贵妃，我看她在冷宫中十分可怜，母亲有空的时候向父皇说个人情，放她出来吧。"

说者无心，听者有意，刘贵妃听太子这么一说，吓了一跳，心想，他与李贵妃素不相识，怎么反倒同情起她来了？她开始怀疑当年李贵妃生的孩子没被淹死在金水桥中，反而被人救到八王府上。

人一旦产生了怀疑，就总是会想方设法地去证明自己的怀疑。于是刘贵妃把郭槐找来商量，他们一起审问了寇珠，寇珠严守秘密，不肯招认。郭槐一看寇珠不承认，又有了坏主意。要知道郭槐出了什么主意，刘贵妃是否察觉了真相，我们下回再见分晓。

余忠报恩救国母
包兴送信回京城

上回说到因为太子去探望李贵妃，引起了刘贵妃的怀疑。从寇珠那里问不出什么消息，这时候郭槐又出了个坏主意，他对刘贵妃说："娘娘您把陈琳叫来，让他去审问寇珠，如果这俩人真的是同谋的话，陈琳一定不忍心下手，到时候一眼就能看出破绽。"于是刘贵妃就命人把陈琳叫了过来，寇珠一看陈琳，猜出了刘贵妃和郭槐的毒计，趁着大家不注意，猛地撞向了大殿中的一根柱子，顿时气绝身亡。刘贵妃只好摆摆手让陈琳退下了。

李贵妃在冷宫中见了太子，也觉得亲切，于是就向秦风打听太子的来历。秦风跟陈琳是至交好友，知道太子的身份，今天李贵妃一问，他悄悄地告诉了李贵妃，李贵妃知道以后非常高兴，于是每天都在冷宫中焚香祷告，祈盼自己的孩子平安无事。没想到这么一来反而招来了一场大难。

自从上次太子在刘贵妃面前求情之后，刘贵妃就起了疑心。这几天听人说，李贵妃天天在宫中焚香祷告，她眼珠一转，生出了一条毒计。她来到宋真宗面前，对宋真宗说："皇上，那李贵妃生下怪胎之后，您宽宏大量，没有处死她，只是把她打入冷宫，没想到她最近天天在冷宫里焚香祷告，盼着皇上早死，实在是罪大恶极。"宋真宗一听大怒，当即传下一道圣旨，命李贵妃自尽。

圣旨传到冷宫，秦风不由得大吃一惊，正束手无策之时，他的徒弟余忠走了过来，问："师父您可是为皇上要处死李贵妃的事情发愁？"秦风点点头说："不错，李贵妃受人陷害，囚禁在冷宫中已是悲惨，如今皇上又听信谗言，要处死她，这可如何是好？"余忠对他说："徒儿有一个计策，可以救出娘娘。"秦风一听问："你有什么办法？"余忠说："徒儿的身高和面貌都与娘娘有几分相似，我愿意换上娘娘的装束替死。再让娘娘扮成我的样子，悄悄地逃出宫中。"余忠说："当年我在宫中，因为老母病重，偷了宫里的东西，被拿住之后，李娘娘宽厚仁慈，饶我性命不说，还赐我银两，救了我母亲一命，如今正是我舍命报答她的时候。"

秦风想来想去，也没有更好的办法，于是带着余忠去见李贵妃。一开始李贵妃不答应，秦风师徒再三苦劝，李贵妃这才答应下来。于是，余忠换上李贵妃的衣服，悲壮自尽。来验看尸体的宫女，一来胆小，二来平日里知道李贵妃宽厚待人，如今见她无罪被杀，十分难过，所以看了一眼就哭着离开了。接着秦风安排人把余忠的尸体火化，然后把打扮成余忠的李贵妃悄悄地送出宫中，安置在自己的老家陈州。几个月后，为了斩草除根，郭槐又给刘贵妃献计，一把火把冷宫连同秦风烧为灰烬。

又过了几年，宋真宗驾崩①，太子继位，就是宋仁宗。他尊刘贵妃为国母，把八王夫妇当做自己的亲生父母。八王本来想跟宋仁宗说明真相，但后来一想，如今和这事情有关的人基本上都已经去世，没有什么有力的证据，真正追究起来，一个弄不好，就会让人怀疑如今皇上的出身，说他不是皇家血脉，这样一来，一定会动摇大宋的根基。所以他也只好闭口不言。

———————————————

① 驾崩：君主时代称帝王死去。

另外，八王在宋仁宗继位之后不久，就远离朝中，只是说去五台山烧香还愿，不归京城。他这是为了免得让皇上为难，毕竟有个父亲在京城里盯着，皇上无论做什么都难免有顾虑。自己躲得远一点也好，让皇上放开手脚自主发挥。但八王不在朝中，有些奸佞小人立刻飞扬跋扈起来，比如太师庞吉这样的人。

秦风死后几年，秦家家道中落，李贵妃流落在外，直到今天包拯陈州放粮来到草桥。李贵妃听百姓的交口称赞以及各种传说，知道包拯是个忠直的大臣，这才来到包拯面前告状，把事情的前因后果对包拯说了一遍。包拯听了背后一阵阵发凉，等李贵妃说完之后，他站起身来，对着李贵妃拱手道："娘娘千岁，此事事关重大，如今天子尚不知道真情，刘贵妃又已经被封为太后，所以，您还在人世的消息，一定不能泄露出去，微臣斗胆请娘娘暂时委屈一下，假装臣的母亲，随微臣一同回开封府，然后再从长计议。"

李贵妃微微一笑说："我在山洞里这么多年都过去了，假装你的母亲有什么好委屈的。"于是包拯一招手，叫来包兴，对他说道："我给夫人写一封书信，你连夜回开封府，让她按照我信上说的去准备。"包兴知道事关重大，路上也不休息，第二天中午就赶到了开封府。包拯的妻子李氏见包兴急匆匆进来，以为出了什么大事，忙问道："老爷可好？"包兴点点头说："夫人放心，老爷身子骨好着呢。"

李氏打开包兴送来的书信，仔细地看了一遍，一点头，对包兴说："我知道了，你回去告诉老爷，我这就准备，让他好好侍候老夫人。"包兴不敢耽误，说完飞身上马，向陈州急奔而去。要知道包拯会如何安顿李贵妃，我们下回再见分晓。

111

第
三
十
二
回

南清宫故人相见
开封府奸贼中计

上回说到包兴把信交给李氏之后便快马加鞭地赶回陈州，他向包拯转述了夫人的话。公孙策想了想，对包拯说："大人，如今天子对这件事并不知情，刘贵妃又是当朝太后，一旦走漏风声，后果不堪设想。依我之见，先请娘娘回京城，在您府上暂住，然后想办法见到八王千岁，让八王千岁安排皇上母子相见，到时候皇上必然会命大人严查此事，您再从郭槐那边查起，一定能够得知事情的真相。"

几天后，包拯的车驾返回京城。按照规矩，钦差大臣在见到皇上之前不能回家，于是包拯就住在城外的大相国寺，等着第二天见了皇上之后再回去。他命包兴用一辆马车将李贵妃先行送回家中，包夫人赶紧迎上前来行礼："母亲，儿媳李氏迎接来迟，请您恕罪。"她搀扶着李贵妃来到内室，准备行君臣之礼，李贵妃笑着摆摆手，对她说："孩子你不必客气，我这次能回到京城，重新见我的皇儿，全靠你们夫妇，你也不必多礼，你我本是同宗，我就收你做我的义女如何？"李氏听了重新跪下说："母亲在上，请受孩儿一拜。"李贵妃自从逃出宫中之后，一直是孤身一人，今天忽然收了一个干女儿，又看李氏知书达理，性格温婉，非常高兴。两个人一直聊到深夜，方才前去安歇。

第二天，包拯来到殿上，见了皇上，把陈州放粮的事情详详细细地回奏了一番。宋仁宗听了非常高兴，给了包拯半个月的假期，让他在家好好休息一番。包拯回到府中，见了李贵妃，对她说："娘娘，您这几日先在微臣这里好好休养，微臣再想办法和八王爷联系。"李贵妃点点头说："包拯，我知道你一片忠心，哀家与皇儿重新相见的事就拜托你了。"包拯连连称是，又宽慰了李贵妃一番，这才退了出去。

此时的八王爷已从五台山回来，他得知包拯回京后，便差人去请包拯来南清宫一趟。八王问他陈州放粮的事，包拯对答如流，八王听得心里高兴，心想，大宋朝有这样的忠臣，何愁江山社稷不稳。聊了一会儿，包拯对八王严肃地说他此次去陈州放粮，还带回来一位熟人。八王好奇，邀请熟人来见。包拯拱了拱手说："微臣遵命，只是请千岁对此事守口如瓶，等见了那熟人，您就明白了。"第二天傍晚，包拯亲自陪同李贵妃来到南清宫，八王爷让人把包拯他们请进来，自己和狄王妃在大厅里等着。不一会儿，包拯搀扶着一位老妇人走了进来，八王一看这位老妇人，不由得倒退两步，揉了揉眼睛，还没等他回过神来，狄王妃就对两边的人说："你们都先退出去。"等到大厅里只剩下他们四个人了，狄王妃赶紧上前两步，抓住李贵妃的手："李妃姐姐，真的是你?"这时候李贵妃忍不住了，抱住狄王妃放声痛哭。

八王惊得是目瞪口呆，快步走到包拯面前问道："包卿家，这究竟是怎么回事儿?"包拯这才把如何在草桥遇见李贵妃，如何假装李贵妃是自己的母亲，一同进京的事，和八王说了一遍。八王听完包拯的话，双手合十，举在额头说："谢天谢地，果然是老天开眼。"李贵妃也逐渐平静下来，对八王说："王爷，哀家受人陷害，多亏了秦风、余忠等人相救，这才得以逃脱性命，流落在民间，如今又多亏包拯，才能与大家相见。只是不知道如何能见

113

到我那皇儿。"

狄王妃想了想，对李贵妃说："姐姐，我这里有个办法，当今皇上一直以为我才是她的亲生母亲，我如果装病的话，他一定会前来探望，姐姐这几天就住在南清宫，等皇上来的时候，您便可以与他母子相见。"李贵妃点点头说："既然如此，就依妹妹。"

第二天八王报知皇上，说狄王妃病重。皇上一听自己的亲生母亲病重，十分着急，命人备好车驾，急匆匆地赶到了南清宫。听八王说，狄王妃病得厉害，正在静养，宋仁宗便只带了陈琳一人前去问安。

狄王妃从床上起来给皇上行了个礼，并把此次装病的来龙去脉，当年宋真宗如何酒后失言，刘贵妃"狸猫换太子"，寇珠、陈琳救出小皇子，余忠舍命替李妃的事情，详详细细地告诉了皇上。皇上听完狄王妃这番话，整个人都愣住了。在皇上身边的陈琳，想起已死的寇珠、秦风等人，泪如雨下。

皇上知道狄王妃一向正直，不会骗人，再一看陈琳的反应，就更相信了。他问："既然母亲您不是孩儿的生母，那孩儿的生母李贵妃如今又在何处？"皇上话音刚落，从外面就走进一位老妇人，陈琳一看就跪下了说道："奴才参见娘娘，老天保佑，娘娘您还在人世。"这时候狄王妃对皇上说："陛下，这才是您的生母，玉宸宫的李贵妃，有金丸为证。"这时候李贵妃取出了贴身的金丸，皇上接过来一看，扑通一声跪在李贵妃面前说："孩儿不孝，让母亲受苦了。"

母子相认，抱头痛哭。八王对他说："陛下，天子无小事。刘贵妃作为太后多年，如果忽然冒出一个新的太后，那么无论是朝廷还是民间，一定会惊疑不定，谣言四起，所以'狸猫换太子'一案必须彻底查清，把整个事情的来龙去脉昭告天下，还娘娘一个清白，对寇珠、余忠等人明令褒奖，把奸

邪之人明正典刑①。但此案事关重大，普通人难以胜此重任，臣保举开封府

包拯主持审理此案。"皇上点点头说："父王说的是。"接着回过头去对陈琳

说："陈公公，传朕口谕，宣包拯即刻来南清宫。"

　　包拯接到旨意后，向皇上行了礼，并建议李贵妃暂住南清宫，免得走漏

————————————

① 明正典刑：依照法律公开治罪，多指处以极刑。

风声。皇上点点头，转过身来对李贵妃说："包拯说得在理，就请母亲在南清宫委屈几日，等水落石出之后，孩儿亲自来接母亲回宫。"皇上说完，又叮嘱了八王夫妇一番，起驾回宫去了。

皇上回到宫中，本想直接下旨拿下郭槐，送交开封府审理，又担心太后从中阻拦。后来他灵机一动，写下了一道圣旨，第二天天一亮就召来陈琳与郭槐，命他二人前往开封府去宣旨。包拯听外面差人说陈琳与郭槐来开封府宣旨，心里就已经明白了七八分。于是就带着开封府众人，来到前厅摆下香案，跪在地上等着陈琳与郭槐宣读圣旨。

郭槐手捧圣旨，得意洋洋地读了起来："奉天承运，皇帝诏曰：今有太监郭槐……"他忽然读到自己的名字，不由得大惊失色，再往下一看顿时魂飞魄散，手里哆嗦得连圣旨都拿不住了。这时候旁边陈琳上前一步，一把拿过圣旨，接下来宣读："今有太监郭槐，居心叵测，暗助宫中贵妃争权夺利，谋害先皇太子，诬陷国母，罪大恶极。如今命开封府知府包拯主持审理此案，务必查出实情，将其明正典刑。"包拯恭恭敬敬地磕了三个头，说了声："微臣接旨。"接着站起身来，对左右说："把郭槐拿下！"王朝、马汉上前把郭槐擒住，包拯请陈琳坐在一边，一拍惊堂木，喝道："大胆郭槐，你是如何勾结刘贵妃陷害国母，用狸猫换了太子的？还不从实招来。"

郭槐跪在下面是又害怕又吃惊，他摇了摇头说："包大人，你这是从哪儿听来的谣言。你诬陷我也就罢了，居然还连带上当今的太后，你这罪过可是不小啊。"包拯见他还在抵赖，不由大怒："郭槐，你既然也知道刘娘娘不是皇上的亲生母亲，那我问你，皇上的亲生母亲究竟是谁？"要知道郭槐接下来准备如何诡辩，我们下回再见分晓。

第三十三回 开封府郭槐招供 古寺庙包拯中毒

上回说到包拯在开封府审问郭槐，郭槐继续抵赖说："包大人，你这话我就听不明白了，皇上的亲生父母可是八王千岁和狄妃娘娘，因为先皇无子，所以才把八王的长子，也就是当今的皇上抱入宫中，作为太子，后来继承皇位的。难道你想暗示我们皇上不是皇家的血脉吗？"

陈琳在一边听着郭槐胡搅蛮缠，忍不住站了起来喊道："郭槐你这个奸贼！还敢在此胡言乱语，当初李贵妃生下皇子，是你串通产婆，用狸猫换了太子，然后又把装太子的盒子交给寇珠姑娘，让她把盒子丢到金水桥下。这件事情我就是人证，你还有什么好抵赖的？"郭槐听后一脸惊恐：原来陈琳很早就知道一切，当今圣上下旨让包拯主持审理此案，必定也是掌握了其中的证据。他见大势已去，便只好招认了一切。他把当初如何跟刘贵妃狸猫换太子的前因后果，交代得清清楚楚。

包拯拿着郭槐的口供交给皇上，皇上一看气得是浑身发抖说："这奸贼实在可恶，差点害死朕与母后！"他当即传下旨意，把狸猫换太子之事昭告天下，迎国母回宫。三天之后，皇上发布旨意，郭槐欺君犯上，即刻斩首示众。刘贵妃虽有死罪，看在先皇的份上，又加上国母宽宏大量为她求情，免去死罪，令其出家修行，终生忏悔。寇珠、余忠为救太子和国母而死，重赏

他们的家人，为他们设立了一座祠堂，名为双忠祠，四时祭祀，香火不断。秦风保护国母有功，重赏其家人，范华宗赏银五千两，草桥一带民众免交赋税①十年。包拯促成皇上母子相认，大功一件，加封龙图阁一品大学士，兼管开封府一切事务。这一道旨意下来，赏罚分明，人人高兴。

包拯自觉身上责任重大，忽然想起上次给自己及时送信的展昭，于是回到开封府后，就写了一封信，派人送往展昭家中，请展昭来开封府相助。

这天，包拯等人走到一座小庙前，里面刚好走出一个和尚，他看到包拯，上前行礼说："没想到在这里遇见包大人，请进小庙一坐。"包拯见天色已晚，点了点头说："既然如此，就多谢师父了。"说来也怪，庙里只有这一个和尚。没一会儿，这和尚端出两杯茶，送到包拯面前，包拯正准备伸手，忽然王朝在旁边说了一句："大人且慢。"说着走上来，先拿起一杯茶递给和尚说："还是请师父先喝一杯。"那和尚先是一愣，接着笑了笑，拿起杯子一饮而尽，王朝见和尚喝了茶并无异样，也放下了心，对和尚一抱拳，说："在下也是为了包大人的安全着想，请师父不要见怪。"包拯喝了茶，在寺庙里休息了片刻，这才带着王朝、马汉等人回到开封府。

这天晚上吃完晚饭之后，包拯刚刚站起身来，忽觉一阵天旋地转，顿时晕倒在地。包兴一看可吓坏了，他把包拯扶到床上，然后叫来了公孙策等人。公孙策给包拯把了把脉，断定他中毒了。王朝一惊，便把今天的事告诉了公孙策。公孙策说："我想他那两杯茶里一定都有毒，只是这毒药发作得慢，这和尚喝完之后，只需要服下解药就平安无事了。"赵虎在旁边一听可气坏了："这个贼和尚实在可恶，我这就去找他。"公孙策点点头说："我看

---

① 赋税：指田赋（农业税）和各种捐税的总称。

大人的脉相，几天里内没有生命之忧。你们想办法找到那和尚，取回解药，就能救大人一命。"可几个人在小庙周围观察了几天，也没见那和尚。

到了第六天早上，忽然有人进来说："包管家，展公子来了。"包兴赶紧迎了出去，一见到展昭眼泪就忍不住落了下来。展昭自离开陈州后，一路上听老百姓传说包拯查清狸猫换太子一案，迎回了当朝的太后，心里也为包拯高兴。收到包拯来信，他便安顿好母亲，赶往开封府。碰见包兴，知晓包拯中毒的事，展昭也是大吃一惊。公孙策对展昭说："此事很有可能是太师庞吉所为，但是我们拿不到真凭实据，不敢声张，怕他狗急跳墙，只能暗中行事。"展昭眉头一皱，对几个人说："事不宜迟，今天晚上我就夜探太师府，看看能不能找到什么蛛丝马迹。"

这天晚上展昭换上一身夜行衣，悄悄地溜到了太师府后面的书房，只见书房里灯火通明，还有人在说话。此时四下无人，他轻轻地在纸窗上戳了一个洞，便看到太师庞吉和他的女婿黄文炳正在喝酒。这时候就听黄文炳问："岳父大人，这包拯快要归天了吧。"庞吉冷笑一声说："他中的毒叫'七日断魂香'。今天已经过去整整六天了，明天傍晚就是他的死期。"要知道包拯能否获救，我们下回再见分晓。

第三十四回 除恶徒展昭寻药
识英雄包拯荐才

　　上回说到展昭夜探太师府，在书房里听到了庞吉和黄文炳的对话，庞吉说包拯中的毒叫'七日断魂香'，到明天傍晚就是整整七天了。这时候就听黄文炳说："岳父大人，包拯眼看就没救了，您还留着那个假和尚做什么，当心哪天走漏了风声。"庞吉思考了一下说："你说得没错，如今包拯眼看就没命了，留着那和尚也没啥用，你替我去安排一下吧。"黄文炳点点头回答说："既然如此，我就派两个家丁今天晚上去解决了他。他还住在后花园的偏房里，对吧？"庞吉说："不错，他夫妇俩都住在那儿，让你的家丁动手利索点，就假装成是强盗抢劫杀人的样子，两个人一个都不要留。"

　　他俩在这儿说话，展昭在外面听得清清楚楚，他悄悄离开书房，直奔后花园的偏房而去。他来到那偏房的窗外，就听见里面有一男一女在说话，男的叹了口气说："夫人，事到如今，我就跟你说实话吧，庞太师给了我五百两白银，让我假扮成和尚，用咱家祖传的'七日断魂香'来害死他的一个仇人。"原来这对夫妇男的叫张能，妻子巧玉，家里是开医馆为生的，庞吉把张能招过来，让他假扮成和尚，给包拯下了毒。巧玉为人正直，一向不主张自己的丈夫跟太师府上的人有什么来往，这几天三番五次地追问丈夫，张能实在是躲不过去了，才跟她说了实情。

展昭正想迈步进去，又听到巧玉问："庞太师名声向来不好，你怎么就肯给他出力呢？他要害的是什么人？"张能支支吾吾地说："是开封府的包拯。"巧玉顿时着急了："你害的是开封府的包大人？相公你是真糊涂啊，你跟我都是普通老百姓，难道你就不知道那开封府的包大人爱民如子、两袖清风、刚正不阿？他中毒几天了？"张能正要回答，房间的正门"咔嚓"一声被人踹开，冲进两个蒙面人，每人手提一把鬼头刀。这夫妇俩吓了一跳，张能问："你们是什么人？竟敢夜闯太师府？"其中一个冷笑一声道："实话告诉你，我们就是庞太师派来取你俩性命的。"说着举刀就砍。

夫妇二人闭上眼睛，吓得直哆嗦。这时候就听见"哎哟""哐当"两声，两人睁眼一看，只见举刀的那个蒙面人正捂着手腕连连叫痛，那把鬼头刀也掉到了地上。这时候从后窗跳进一个人，这人正是南侠展昭。他摆开宝剑就奔着两个蒙面人而去。一个提刀的蒙面人上前招架，打了没两个回合，就被展昭一剑刺死。另一个蒙面人吓坏了，跪在地上，捂着受伤的手腕，连连磕头求饶："好汉爷爷饶命，好汉爷爷饶命，小人是受了太师爷的指派，不得不来，您千万手下留情。"展昭对这个蒙面人说："我不杀你，你回去告诉庞吉、黄文炳，以后如果再敢用什么阴谋诡计陷害朝廷忠良，我就亲自来取他俩的脑袋。快滚。"说完，展昭转过身，对张能夫妇说："我是来给包大人找解药的，如今这七日断魂香的解药在哪里？"张能从怀里掏出一个小包，双手交给展昭。展昭接过解药，对张能夫妇两人说："你们俩跟我来，我送你们出太师府。"

在太师府派出更多人来之前，他们从太师府的后门溜了出去。

三个人又走出一段路，展昭看看安全了，对这两个人说："如今庞吉要杀你们，你们在京城留下来很危险，还是赶快投奔其他地方去吧。"张能、巧玉夫妇二人千恩万谢一番之后，匆匆离去。展昭一看时候不早了，也带着解药，回到了开封府。

展昭把此前的事情跟大家详细地说了一遍。赵虎就在旁边问："展大哥，你既然已经找到了解药，查明了真相，为何不把张能夫妇留下做个人证，等包大人好了以后，我们上朝去告那老贼。"旁边公孙策回答说："庞吉这人阴险狡诈，如果我们只是带着这两个证人上殿去告他的话，他说不定会反咬一口，说我们诬陷好人，毕竟我们手里没有其他有力的证据。所以展兄弟留下一个刺客，让他回去吓唬庞吉几句，让他在短时间内不敢再想什么坏主意，也就够了。"

包拯服下解药之后，气息平顺了许多，又继续休息了两天。第三天，包拯走出后堂，到前厅与大家见面。一见展昭，包拯就要下跪拜谢展昭的救命之恩，展昭赶紧把他拦住。早朝的时候，宋仁宗一看包拯来了，也非常高兴，亲自问候了他的病情。

宋仁宗这边高兴，庞吉却在旁边暗暗咬牙。这时就听见包拯说："微臣想向皇上举荐一位贤才。他姓展名昭，字熊飞，是一位江湖侠士。他文武双全，善恶分明，剑法、暗器、轻功无一不精，以前就多次帮助微臣，最近我专门请他来开封府助我一臂之力。"皇上一听非常高兴，就对包拯说："包卿家，既然开封府里有这样的人才，何不宣上殿来让朕看看。"包拯点了点头说："既然皇上想见他，我明日就带他一起上殿。"

包拯第二天带着展昭来到金殿，展昭行了三跪九叩的大礼，等他站起来，皇上仔细一看，果然一表人才，心里顿时就多了几分喜爱。皇上希望展昭能在大殿上演示一番武功，展昭知道在大殿上禁用兵器，一下子犯难了。要知道谁来化解这场尴尬局面，我们下回再见分晓。

第三十五回 射铜钱英雄扬威
封"御猫"展昭探亲

上回说到皇上让展昭在大殿上展示武艺，展昭碍于大殿禁止带兵器的规则再三推辞。在这尴尬时刻，黄文炳一看机会来了，上前一步对皇上说："陛下，展公子不想在大殿上犯禁忌，说明他对您有敬畏之心。听包大人说展公子轻功、暗器都是一流，何不让他到殿外展示一番。微臣听说暗器好的人，白天打金钱眼，晚上打香火头，都是百步之内，百发百中，我们也可以在大殿前的柳枝上挂上一串铜钱，让展公子显露一下他的本事。"皇上听了点点头。

寇准知道黄文炳想让展昭当众出丑，于是笑着说："黄大人，你如此相信展昭的功夫，要不你用手提着一串铜钱，站到一百步外，让展昭用暗器打铜钱，你看如何？"黄文炳一听，脸都吓白了，他连连摇头说："寇大人你是开玩笑吧，这么危险的事我可不敢做。"这时候皇上也明白过来了。

他不满地瞪了黄文炳一眼，转过头来正要说话，展昭上前一步对皇上说："启禀皇上，黄大人说的这个方法，草民倒是可以试试，只是如果打不中的话，请皇上不要怪罪。"皇上听了非常高兴地说："好好好，你只管放手去试，朕也想开开眼界。"宫人按黄文炳说的方法把铜钱挂到柳枝上，皇上和文武百官来到大殿外，远远一看，这一百多步之外的铜钱，在阳光照射之

123

下若隐若现。再看展昭，气定神闲，不慌不忙地从怀里掏出三支袖箭，一扬手，"啪啪啪"三声，接着转过身来，对着皇上一拱手说："陛下见笑了。"展昭出手速度这么快，大家都还没看明白怎么回事呢，面面相觑。

这时候，一个小太监拿着那串铜钱飞奔过来，双手捧着举到皇上面前。原来展昭发出的三支袖箭，分别嵌在了三个铜钱的方孔之中。大家一看，忍不住一起喊了声"好！"皇上心里高兴，对展昭连连称赞。

太师庞吉想要再给展昭出个难题，想到这就走到前面说："陛下，展昭的暗器的确是精彩绝伦，想必轻功也已经到达了登峰造极的地步，如果不演示一下实在可惜。"皇上一听庞吉这话说得也对，点了点头，就问庞吉："那么以太师之见，应当如何演示轻功呢？"庞吉往大殿里四下扫了一眼，指着这大殿上方正中央的横梁对皇上说："陛下，这大殿上的横梁，已经多年没有修整过，不知道坚固程度如何，正好让展昭显显他的本事，上去检查一番，您看可好？"

大家抬头一看，心里都为展昭捏了把汗，因为这横梁的位置不仅高，而且四周空荡荡的，连个可以借力攀登的地方都没有。皇上也有些拿不定主意，看了看展昭，问："展昭，这个地方你上得去吗？如果不行也不要勉强。"展昭抬头看了一下这个横梁，心里盘算了一下，点点头，对皇上说："陛下，草民可以试试。"

说完他后退几步，来到大殿的一根柱子旁边，脚尖一蹬，提了一口气，纵身往上一跃，双手抱住盘龙柱。"嗖嗖嗖"就上了大殿的顶上，接着在空中一个翻身，左脚一蹬柱子，身子顿时向前飞了一丈①多远，接着他右手撑

———————————

① 丈：长度单位，一丈约合 3.33 米。

住大殿顶部一按，又把身子往前一蹿，就来到这大殿正中的横梁上。他稳住身子，在这横梁上敲打了一番，看看无事，接着纵身往下一跃，等快落地的时候，忽然一翻身，在空中翻了两个跟头，然后左脚在地上一蹬，身子斜飞出去，卸去了大部分力量，接着就地一滚，纵身站起来，上前几步，来到皇上面前跪下磕头说："启禀皇上，这大殿横梁非常坚固，万无一失，请陛下放心。"

皇上看展昭神情自若，十分高兴地称赞道："展昭你身手不凡，特别是这身轻功，在大殿里上下自如，简直就是朕的御猫啊。"接着皇上传下旨意，封展昭为御前四品带刀侍卫，就在开封府助包拯办差，又赐封号"御猫"。展昭一听皇上要封他官职，回头看了包拯一眼，包拯就走上前来对皇上行了个礼，说道："启禀陛下，展昭本是江湖中人，平日里来去自由，如今皇上

开恩，封他官职，只怕会约束了他。"皇上听了点点头，对展昭说："展昭，朕封你这个官职并不是为了约束你，你依旧可以在江湖和朝堂之间自由来往，不必受朝廷命官的制度约束。"展昭心里高兴，赶紧跪下谢恩。

下朝之后，包拯和展昭回到开封府，公孙策、王朝、马汉等人围上去问长问短，大家听说展昭被封了四品护卫，还得了个封号"御猫"，都非常高兴，连连向展昭祝贺。这时候包拯对展昭说："如今开封府暂时无事，你可以先回家探亲，顺便禀明老伯母皇上封官的事，让她老人家放心。"

当天晚上开封府里摆下酒宴，一来祝贺展昭，二来为他践行。三天后，展昭辞别了包拯和众家兄弟，回乡探母去了。展昭的离开又引出了不少的风波。要知道后事如何，我们下回再见分晓。

行侠义英雄救人
抱不平壮士赠金

上回说到展昭被皇上封为御前四品带刀侍卫，赐封号"御猫"。包拯看开封府近来无事，就让他先回乡探望母亲，临走之时两人约定，三个月后再回开封府。

展昭一路上快马加鞭，昼夜兼程，没过几天就回到了自己的老家。周围的邻居听说展昭封了官，纷纷前来祝贺，一连十几天，展昭家门前是门庭若市。展昭不喜欢官场应酬，他看母亲身体康健，于是就对母亲说想出去走走。母亲点点头说："你是个闲不住的人，在家里日子久了，难免憋出病来，你和包大人约定的时间还早，不妨四处走走，多去结交些朋友也是好的。"

几天后，展昭拜别了母亲，直奔杭州而去。早在北宋，杭州西湖就已经是天下有名的美景，展昭到了杭州，找了间客栈安顿下来，就一个人慢慢步行到西湖边上游览。当他来到断桥亭上，远望风景的时候，忽然看到对面堤岸上有一个老人，这老人先是在岸边来回走了几圈，然后一转身投入湖中。展昭一看大吃一惊，他虽然剑法轻功暗器样样精绝，但偏偏不会水上功夫。就在他无计可施的时候，远处一只小船箭一般地赶了过来，船上的渔人，纵身一跃跳进水中。没过多久，就看那渔人把老人拖起来慢慢地来到岸边。展昭赶紧帮着渔人把老人拖上岸来。这时候展昭才来得及仔细打量，只见这渔人二十岁出头的样貌，气度不凡，一看就不是普通的渔人。

过了一会儿，那个老人逐渐清醒过来，一张嘴吐出几口水，喘息了几声，一脸惭愧地说不出话来。渔人问他："老人家，不要这么想不开，您投湖自尽，一定遇到了什么让您为难的事，不妨说出来，看看我能不能帮您。"这时候展昭也忍不住走上前来对老人说："老人家，这位兄弟说得有理，您不妨把自己的麻烦事说出来，我们一起来想想办法。"

那个老人叹了口气，慢慢地说："二位，我叫周增，本来在西湖边上开了一座周记茶楼，如今却被人夺走了，我一时想不开，才要投水自尽。"展昭听了，不由一皱眉头，说道："什么人如此无法无天，敢强夺您的茶楼？"老人连连叹气说道："这事也怪我糊涂，三年前的冬天，天降大雪，我在茶楼门口看到一个人昏倒在地上，我当时好心，让伙计们把他扶到屋里，给他喝下热姜汤驱寒。他醒过来之后，说自己姓郑名新，因为父母双亡又遇到连年大旱，不得已来到杭州投奔亲戚，偏偏这亲戚几年前就已经搬走，不知去向，他冻饿之下，昏倒在我这铺子前面，被我救起。"

展昭和渔人都点点头说道："老人家您这是好心，那后来又怎么了？"老人接着说："我看他当时很可怜，就把他留在茶楼里做事，他聪明能干，又会写字算账，我对他十分喜爱，慢慢地就让他做了茶楼上的大伙计，我妻子早早去世，只留下一个女儿，我看郑新勤快，就招他做了女婿，把女儿嫁给了他，后来索性把这茶楼也给了他夫妇，把周记茶楼改成了郑记茶楼。"渔人听到这不解地说道："既然如此，您怎么说茶楼被人占了呢？难道是他们不孝顺，把您赶出来了？"老人摇摇头，并把女儿病逝，郑新重新娶妻，霸占茶楼把他赶出去的事告知了二人。

渔人冷笑一声，对老人说："老人家，您在这儿投湖自尽，不正好合了他的心意？以我之见，您不如再开一家周记茶楼，和他打个擂台。"老人不由得一愣，说道："我如今连下顿饭在哪里吃都没有着落，哪来钱开一家茶楼和他赌气？"渔人说："老人家别急，我先问您，开一间茶楼，需要多少银两？"老人看着渔人不像是跟他开玩笑，于是认真盘算了一下，对渔人说："开一间茶楼，少则八十两银子，多则一百两银子。"

渔人一点头，对老人说："老人家，既然如此，我借一百两银子给您做本钱，您只管去开茶楼，将来也不必还钱，等我到您茶楼上喝茶的时候，泡壶好茶也就是了。"展昭心中暗想，此人一定不是一个普通的渔人，于是也在旁边对着老人说："老人家，我看这位小兄弟不像是有意跟您开玩笑，这样，我来给你俩做个保人，如果明天中午这位小兄弟拿不来银子，我取一百两银子给您。"渔人看了一眼展昭，笑了笑，对老人说："一言为定，明日午时我们在对面断桥亭相见。"说完又对展昭拱了拱手，撑开渔船飞也似的走了。

展昭见渔人走了，就问："老人家，您这女婿如今住在什么地方？"老人叹了口气："他哪里还是我的女婿，如今他就住在我的茶楼里。我那茶楼一共有三层，一楼是散客，二楼是雅间，三楼如今就是他和新妻子住的地方了。"说着远远地往西边一指。

展昭辞别了老人，向郑记茶楼走去。他问了店伙计一番，伙计听展昭说和老东家有些交情，于是叹了口气，把郑新如何忘恩负义的事说了一遍，末了还加上一句："要不是生计所迫，家里还有双亲要供养，谁愿意替郑新这种负心人做工。"

展昭听了暗暗点头，知道周增老人说得不假，这时候忽然有人一挑帘子进了雅间，对伙计说："你既然如此有情有义，你那老东家正要开一家新茶

129

楼，到时你可以去那里帮他。"展昭抬眼一看，正是那渔人。他走到展昭面前行了个礼，对展昭说："没想到在这儿遇见兄长。"要知道此人究竟是谁，我们下回再见分晓。

第三十七回

放火球兆蕙盗银
结好友展昭受邀

上回说到渔人一挑帘子走了进来，对展昭行了个礼，接着对伙计一挥手："快去准备一桌上好的酒菜，我要和这位兄长在这里小酌一番。"说着掏出一锭银子递给伙计，伙计答应一声去了。这时候渔人又转过身来对展昭说："我看兄长气度不凡，敢问尊姓大名?"展昭一拱手，回答说："在下姓展名昭字熊飞，常州府展家村人。"那渔人一听，问道："莫非兄长就是皇上新封的四品带刀护卫，又赐封号'御猫'的南侠展昭展大人?"展昭点点头说："正是在下，不过大人两个字，在下实在不敢当，还不知兄弟尊姓大名?"渔人笑了笑，回答说："在下是松江府丁家庄人士，姓丁名兆蕙。"展昭听了一愣，急忙问道："兄弟你是不是还有个哥哥名叫丁兆兰，你们就是江湖上并称双侠的丁家兄弟?"这丁兆蕙一点头回答说："正是兄弟。"

原来这丁家兄弟，本都是官宦子弟，为人仗义疏财、抱打不平，从小习得一身好武艺，兄长丁兆兰性子沉稳能主持大局，二弟丁兆蕙则喜欢四处游历，在江湖上被并称为双侠，与南侠展昭、北侠欧阳春齐名。两人一见如故，在酒楼上喝酒谈天，眼看太阳西沉，丁兆蕙就对展昭拱拱手说道："兄长，小弟还有件事情要去办，明天午时在这断桥亭相见，千万别忘了。"然后就下楼去了。

131

郑记茶楼里，郑新夫妇正在说话。只见郑新把一个包袱放在桌上，打开一看，是几十个银元宝，郑新的妻子就问："你从哪儿弄来这么多银元宝？"郑新得意洋洋地说道："那周老儿一生勤俭，经营茶楼几十年，攒下了不少钱财，我今天清点了一下，足有二百两，我想拿这些钱再去买些田产，将来把这茶楼一卖，我们也去过过神仙日子。"

两人正说着，突然一个丫环气喘吁吁地跑上楼来，说道："老爷、太太不好了！我刚才在一楼打扫，忽然有一团火球滚到墙角里去了。"郑新不由得一愣，问她："你可看清楚了？"丫环连连点头，这时候就听郑新的妻子说："我听说，火球出现的地方通常都有财宝，说不定是周老儿还埋了什么宝贝在地下，我们去看看。"于是三人一起下楼。

刚才放火球的正是丁兆蕙，见郑新夫妇下楼他便把银子包好背在身上准备离开。此时就听到郑新等人就要走上楼来，丁兆蕙急中生智，把屋里的灯熄灭了。郑新等人眼前一黑又走下楼去，丁兆蕙趁机溜走。

第二天午时，展昭来到断桥亭上，就看见周增老人正坐在一边打盹。周增看展昭来了，赶紧起来行礼："公子来了，我在这等候多时了。"展昭笑着问他："那渔人还没来吗？"老人摇摇头，一脸的担忧。展昭微微一笑，对老人说："老人家尽管放心，我料定他一定会准时前来。"正说着，只见远处走来一位年轻公子，展昭往那边一指："那不是来了吗？"老人一愣，揉揉眼睛，这才认出这位公子就是昨天的渔人，他上前行礼，丁兆蕙摆手拦住，先对展昭点点头说道："展兄也来了。"接着又对这老人说："老人家，银子已经在这里了，但是您开茶楼还需要人手，不知道身边有没有得力的人？"那老人叹了口气说道："有有有，是我的外甥，他十分勤快，一直在我茶楼里帮忙，只是性子倔了些，还提醒我说郑新这人未必地道。我当时不觉得他是好意，一怒之下把他赶走了。昨天他听说我落魄了，特意找到我，把我接到他家居住，看来我的晚年也要靠他了。"

这时候，丁兆蕙打开包裹摊在亭子的石桌上，对老人说："这里一共是二百两银子，您只管拿去使用。"老人看了，千恩万谢。丁兆蕙又对老人说："如果有人问您银子是哪里来的，你就告诉他是松江府丁家庄的二公子丁兆蕙给的。"展昭也在旁边叮嘱说："如果有人问你保人是谁，你就告诉他是御前四品带刀侍卫展昭。"老人听得目瞪口呆，连连行礼，说："不知是两位贵人，此前多有失礼，还望恕罪。"丁兆蕙和展昭把这老人扶起来，笑着对他说："老人家不必客气，以后我们来到您茶楼上，免费招待我们两壶好茶就是了。"老人连连称谢，捧着银子走了。

丁兆蕙和展昭做了行侠仗义的事，心里都是无比的畅快，这时候展昭就问丁兆蕙："兄弟，你出来游玩，为何带这么多的银两？"丁兆蕙咧嘴一笑："不瞒兄长，这银子是从一个人那儿借来的，兄长可知道这人是谁？"展昭一笑，心领神会。

过了一会儿，丁兆蕙问："兄长这几天来杭州，可是有什么公务吗？"展昭摇摇头对他说道："实不相瞒，兄弟作为江湖人自在惯了。多亏包大人奏请皇上，说我受不得约束，皇上恩准我不必随时在职。这次我向包大人请了三个月的假，一是回家探亲，二是顺便在江湖上走走。"

丁兆蕙听了眼珠一转，就问展昭："不知道展大哥家中有什么人？"展昭回答说："家父早逝，现在只有老母在堂。"丁兆蕙就对展昭说："我兄弟二人平日里仰慕南侠北侠声望，一直没有机会相见，如今既然兄长无事，何不去我家中坐坐，也见见我大哥。"展昭一点头说："既然如此，就要打扰兄

133

弟几日了。"丁兆蕙一听非常高兴。他们两个雇了艘船沿江而行,欣赏沿途

风光。一进松江地界,展昭就看见河边有很多身材魁梧的大汉,向丁兆蕙举

手行礼。要知道这都是些什么人,我们下回再见分晓。

第三十八回　识宝剑英雄叙旧　见女侠庭前比武

　　上回说到展昭和丁兆蕙一见如故，应邀去他家小住几日。到了松江地界，展昭看见这河边有许多身材魁梧的大汉向丁兆蕙行礼，忍不住就问："贤弟，这都是些什么人？"丁兆蕙说道："大哥有所不知，这江里鱼虾丰富，所以有许多人在江中打渔为生，日子久了，打渔的人越来越多，难免就会起些争执。官府也是头疼，于是召集我们地方的大户人家，把江面分成两片，一南一北，各有二百只渔船，谁都不许越界打渔。北边这一片由我大哥和我两人掌管，我们给这些渔户定下规矩，平日里打上鱼来，大家均分，不得争抢。刚才在河边向小弟行礼的，就是那些渔户。"

　　说话间船已经靠岸，一座大庄园就在面前。丁兆蕙对展昭说："小弟前几日已经让随从通报了我家兄长，想必此时他已经在庄内等着迎候展大哥了。"两人来到庄门前，丁兆蕙的大哥丁兆兰已经带着几十个人迎了出来。丁兆兰上前一步对展昭行了个礼说："不知道兄长大驾光临，有失远迎，还望恕罪。"展昭赶紧回礼，三个人说说笑笑走进庄去。眼看要进屋了，丁兆蕙悄悄拉了哥哥一把，低声问："兄弟所说的事，哥哥看怎么样？"丁兆兰微微一笑，点了点头。

　　三个人来到大厅，丁兆兰就问展昭："刚才兄长说包大人对你不薄，我

135

也听说兄长曾几次救过包大人，不知道你们二人是如何结识的？"于是展昭就把当初在金龙寺救包拯等事情说了一遍。丁家兄弟听后连连称赞。后来展昭还说到如何面见皇上，被封四品带刀侍卫。

这时候丁兆蕙就插了一句："既然能被封带刀侍卫，想必展大哥的剑法非一般人可比。不知道展大哥用的宝剑，能否借我一看？"展昭点点头，把剑交给丁兆蕙。丁兆蕙接过宝剑，抽出剑来，这剑一出鞘，顿时感觉寒光扑面，杀气逼人。丁家两兄弟连连称道："好剑。"丁兆蕙又仔细地端详了一番，忽然问展昭："兄长，这把宝剑莫非是巨阙①？"展昭点点头："正是。"

丁兆兰一笑，站起身来对展昭说了声失陪，就进里屋去了。没过一会儿，他捧出一把宝剑对展昭说："展兄可认得此剑？"展昭把这把宝剑拔出来一看，不由得很惊讶，问道："这可是湛卢剑？"丁兆兰点头说："不错。"

这时候又听到丁兆蕙说："这把宝剑的主人，平日里目中无人，连我兄弟两个也不放在眼里，不知道展大哥可愿与她较量一番，让她也知道，天外有天，人外有人。"展昭听了想，丁家兄弟并称双侠，平日里行侠仗义，江湖上人人尊重，居然还有人不把他俩放在眼里，这人未免有些自大了。想到这里他不由得说道："既然如此，展昭倒想领教领教这人的武功。"丁兆蕙听了一笑，就对展昭说："兄长稍坐片刻，小弟去去就来。"

丁兆蕙来到后院就去找湛卢剑的主人去了。这主人不是别人，正是他的妹妹丁月华。月华姑娘兰心蕙质，武艺高强。当初丁兆蕙见展昭一表人才，又没有娶亲，就动了把自己妹妹许配给他的念头，他先写了书信，和哥哥、母亲商量，然后今天才来找妹妹。他知道，自己的妹妹虽然性格好，武艺

---

① 巨阙（quē）：巨阙剑、湛卢剑，古代宝剑名，相传为春秋时期铸剑名师欧冶子所铸。

高，但是心高气傲，一般人看不上眼，所以得让她下场跟展昭比试比试，一方面让她见识一下展昭的能耐，另一方面也让展昭看看自己妹妹的本事。

丁兆蕙来到后院找到丁月华，对她说今天找到了她湛卢剑的克星——巨阙剑。丁兆蕙对妹妹使出了激将法，说持那把巨阙剑的人看不起湛卢剑的主人，他当即提出让二人比试一番。巨阙剑主人自是答应了，不知道湛卢剑主人是否敢比试。月华气得牙关紧咬，"噌"就站了起来说："二哥你不必多说了，我倒要去看看，这人有多大的能耐！"丁兆蕙心里暗笑，就对妹妹说："既然如此，你随我来。"

兄妹两一前一后来到大厅之上，展昭一看来了一位姑娘，不由一愣。这时候丁兆兰笑着对他说："这就是湛卢剑的主人，也就是小妹月华。"展昭站起身来，对着月华一抱拳说："三小姐，在下展昭，有礼了。"这时候就听兆蕙说："巨阙、湛卢同时在庄上出现，这也是缘分，也是个机会，小妹你何不向展护卫讨教几招？"月华本就不服气，她对展昭拱了拱手："既然如此，展公子，月华得罪了。"

事到如今，展昭不比也不行了，点点头说了声"得罪了"，走下场来。两人各亮兵器，斗到一处。两个人一交手，展昭就暗暗赞叹，月华姑娘果真是女中豪杰。那边月华心里也吃惊，没想到展昭的剑法如此精妙。打了三十多个回合，展昭纵身一跃跳出圈外，拱了拱手说道："姑娘剑法高超，在下认输了。"大家一看，原来展昭头上的头巾已经被削去一块，丁月华正在高兴，丁兆兰却站起身来，笑着对展昭说道："这一场还是小妹输了。"丁月华一愣，二哥丁兆蕙使了个眼色，然后指了指耳朵。丁月华这才发现，自己耳朵上的一个银坠子已经无影无踪，她脸一红，转身溜了。丁兆蕙在旁边鼓掌大笑说道："小妹平日里心高气傲，如今终于碰到克星了。"

137

这时候，丁家兄妹的母亲由两个仆人扶着，从后面走了出来。展昭一看见双侠的母亲来了，赶紧行礼。老太太笑着对他说："贤侄快快请起，不必多礼。"老太太和展昭聊了几句就回后房去了，这时候丁兆兰就问展昭："我听二弟兆蕙说，展大哥如今尚未娶妻，我们和母亲商议过，有意把小妹月华许配给展大哥，不知道展大哥意下如何？"要知道展昭能否喜结良缘，我们下回再见分晓。

第
三
十
九
回

丁家庄展昭定亲
陷空岛卢方赔礼

上回说到丁兆兰对展昭说想把小妹月华许配给他，问展昭是否愿意。展昭自己对月华姑娘很有好感，又与丁家兄弟意气相投，于是点了点头说："只要月华姑娘看得上展昭，展昭自然答应。"丁兆兰、丁兆蕙一听都十分高兴。丁兆蕙站起身来说："兄长，你陪展大哥在这聊天，我这就去找咱小妹，问问她的意见。"

丁兆蕙来到后院看见月华，还没来得及说话呢，月华一瞪眼睛说："二哥，刚才你是不是蒙我呢？我看那展公子人品极好，怎么可能说那样的大话？"丁兆蕙一笑说："妹妹呀，哥哥错了，你别见怪，不过哥哥也是一番好意。我问你，你觉得那展公子人怎么样？我已经跟咱母亲和大哥说过了，如果你看得上他，就把你许配给他。"

月华一听这话，脸"唰"的一下子就红了，低着头一句话也不说。丁兆蕙知道妹妹不好意思，就对月华说："如果你不摇头的话，就算是答应，我就到前面去跟他说定这门亲事。"他看见妹妹一直低着头，也不摇头，知道妹妹是同意了，于是就对她说："把你的湛卢剑再给我。"月华一愣问："为什么？"丁兆蕙说："你们两个既然已经定下婚事，自然应该交换信物，江湖儿女交换宝剑，岂不是最好的信物？"月华红着脸把宝剑递给哥哥。

139

丁兆蕙捧着湛卢剑，喜气洋洋地走到前厅，对展昭说："展大哥，我妹妹也同意了婚事。我想咱们江湖儿女，也没必要行一些虚礼，我把她的湛卢剑拿来，跟你的巨阙剑交换一下，就算是交换了信物了，你看如何？"展昭站起身来一拱手："就听兄弟的。等我回家，禀明母亲，选择良辰吉日，就来迎娶令妹。"说着从腰间解下自己的巨阙剑交给丁兆蕙，然后又接过湛卢剑配在身上。

第二天早上，丁家兄弟陪着展昭在客厅里说话，又聊到了皇上赐官的事情，兆蕙在旁边叹气说道："皇上赐什么封号不好，偏偏用"御猫"两个字，这少不得要给展大哥招来一些麻烦。"展昭一愣，问丁兆蕙："兄弟此话怎讲？"

丁兆蕙还没来得及说话，就听见外面有脚步声，几个打渔人急匆匆进来，对丁兆兰丁兆蕙说："两位公子，出事了，江南那边有人跑到咱们这边来打渔，兄弟们和他理论，他们不但不讲理，反而伤了我们好几个兄弟。"

丁兆兰听了，不由一皱眉头，说道："这卢员外平日里不是个不讲理的人，今天是怎么回事？"那个打渔人对他说："今天跟我们争执的不是卢方卢员外，而是另外一个新来的头目，好像叫邓彪。"

展昭在旁边听了就问丁兆蕙："贤弟，这是怎么回事？"丁兆蕙对他说："大哥，你还记得昨天来的时候我跟你说的吗，当初官府把这江面一分为二，北边我兄弟掌管，南边有个陷空岛，在岛上有个卢家庄，那卢家庄的庄主卢方富甲一方，为人乐善好施，人人佩服，所以南边一带就由他掌管。这人轻功极好，绰号钻天鼠，另外他还有四位结拜兄弟，分别是彻地鼠韩彰、穿山鼠徐庆、翻江鼠蒋平，还有锦毛鼠白玉堂。其中又数排行最末的锦毛鼠白玉堂武艺高强，少年英雄。他虽然年轻气盛，下手有时候未免狠毒一些，但也不是不讲理的人。所以几年来江南江北一直相安无事，没想到今天却惹出这种事来。"

展昭一听白玉堂三个字，就对着丁家兄弟说道："这白玉堂也和我有几面之缘，今天正好陪两位兄弟一起前去，如果他在的话，我也好为大家劝和。"

三人说着就到了江边。丁家兄弟看来者不善，不愿与对方讲理，便用暗器将对方打落水中，捆了起来。不一会儿，就见对面飞也似的来了一条渔船，船头一人高声喊道："二位兄弟，是我卢方管教不严，惹出这一场纷争，我向二位兄弟赔罪来了。"没一会儿，那小船靠近，展昭躲在船舱里，看卢方身材魁梧，却是一脸和气。他跳到丁家兄弟的船上，对这兄弟俩说道："这邓彪是新来到岛上的头目，不遵守约定，是为兄管教不严，我甘愿受罚，千万不要伤了咱们两边兄弟的和气。"丁家兄弟也连忙回礼说："卢大哥不必自责，好在没有闹出大事。"说着就催着手下把邓彪放了。

这时候丁兆蕙就问卢方："其他几位兄弟都在家吗？"卢方叹了口气说道："我那三个兄弟都在家，只是这五弟白玉堂年少气盛，只因为前些日子江湖上盛传皇上赐南侠展昭一个名号'御猫'，他非常不高兴，对我们说，陷空岛五鼠在江湖上也是有名头的，展昭和他也有几面之缘，如今却接下一个'御猫'的名号，这不是分明要压我们一头吗？他非要去和展昭争个高下，前几天离开陷空岛，不知去向。"双方又聊了几句，各自拱手告辞。

展昭看着卢方走远了，这才从船舱里出来，皱皱眉头与丁家两位兄弟说道："二位贤弟，'御猫'这个称号是皇上赐的，我也不便推辞，没想到就惹恼了白玉堂。他去京城寻我，又不知道会惹出些什么是非来，我得赶紧回开封府。"几人就此告别。

141

展昭昼夜兼程往回赶，这天晚上来到一片树林，忽然听到有人大声喊："快来人呀，抢东西了！"展昭顺着声音迎上前去，就看见一个老人正背着包袱，气喘吁吁地在前面奔跑。后面有一个身材魁梧的大汉手提一根木棍，大喊着"留下买路财"在后面紧追。展昭跳下马来，拦在那大汉的面前，要知道展昭遇到了什么人，我们下回再见分晓。

第四十回 奔京城书生结友
颜查散酒楼散财

上回说到展昭在路上遇到一个强盗。他眉头一皱，拦在强盗面前，那强盗见展昭拦住去路，勃然大怒，挥棍要打。展昭不慌不忙把身子一闪，飞起一脚把他踹倒在地。强盗吓得赶紧跑了。展昭转过身来就问老人东西丢了吗，为何一人走此路。老人连连称谢，对展昭说："小人颜福，住在武进县榆林村，我家小主人准备进京投亲，因为家里穷困，就派我到他的朋友那里借一些盘缠。我带着银子连夜往回赶，走到树林里，就碰见这个强盗拦路，多亏壮士相救，银子才没被抢走。"展昭听了对他说："榆林村也是我必经之路，我护送您回去。"

快天亮的时候，展昭和颜福到了榆林村。颜福再次向展昭道谢，然后匆匆赶回家去，一进门他的小主人就迎了出来。颜福的小主人姓颜名查散，今年二十二岁，他父亲做过一任知县，两袖清风，后来因病身故，所以家道败落。好在颜查散自幼勤学苦读，满腹经纶。颜查散母亲告诉他，他姑母家在京城，他父亲在世时曾与姑父约定他与表妹的亲事，所以希望他进京投亲，顺便准备第二年的科举。颜查散是个孝子，听从了母亲的建议，考虑到家庭穷困，便派颜福去朋友家借盘缠。颜福幸得展昭相救，保住了进京的银两。

中午时分，颜福听到有人敲门，打开一看是个十五六岁的少年，他说自

143

已是颜公子朋友的书童，名叫雨墨，朋友让他陪颜公子一起进京，说着，拿出了一封信给他。颜查散母子听了十分高兴，当下收拾行装。第二天颜查散就告别母亲，带着雨墨进京，临走前又悄悄地留下十两银子交给颜福，要他好好供养母亲。

主仆两人赶了一天路，进了一家客栈，正准备休息，突然就听到外面传来吵闹声。一个人在院子里大声嚷嚷："这店家实在是可恶，看我穿得破破烂烂，就以为我没钱住店吗，分明是藐视我们天下读书人！"颜查散听到是个读书人，于是掀开帘子，就见一个穿着破衣烂衫的书生正在和店小二争吵。

这名穷书生看见颜查散出来了，上前两步，对颜查散说道："这位公子，你来评评理，他看我穿着破烂，就跟我说这客房都已经住满了，让我去其他地方看看，如今天色已晚，让我去哪里投宿？"颜查散见这个书生眉宇之间有一股英气，知道不是寻常人，于是就对他说道："如果这位兄长不嫌弃的话，今晚就在我这里暂住一夜可好？"穷书生点点头，对颜查散说："既然如此，小弟就不客气了。"

两个人一起走进上房，互通了姓名。原来这书生名叫金懋叔，颜查散便问："金兄可曾用过晚饭？"金懋叔笑了笑，对颜查散说："颜兄不说，我几乎忘了，今日一直忙着赶路，已经一天水米未进了。"颜查散听了对雨墨说："快去叫店小二来，让他准备晚饭。"金懋叔拦住雨墨，接着又对颜查散说："颜兄，我来的时候看见这附近有一家酒楼，我们不如去那酒楼上小酌几杯，你看如何？"颜查散点点头说："如此更好。"于是就招呼雨墨一起出门。

三个人来到酒楼上坐下，金懋叔就自顾自地叫了一桌上等酒菜。没过多会儿，一桌丰盛的酒席摆了上来，两个人边吃边聊，不知不觉已经是酒足饭饱。金懋叔问那伙计:"这顿饭总共花了多少银两?"伙计回答说:"总共是八两四钱银子。"这时候颜查散站起身来,对金懋叔说道:"兄长,这顿酒钱还是小弟来付吧。"

雨墨不情愿地下楼去结了账,回来就对颜查散说:"公子,咱们进京总共带了二十两银子,再吃两顿这样的酒席,咱们进京的盘缠可就不够了。"一边说一边瞪着金懋叔。但是金懋叔却跟没听见一样,和颜查散有说有笑地回了客栈。等到第二天,用过早饭之后,金懋叔就对颜查散说:"颜兄,我还有点事,先赶路去了,有缘分的话咱们路上再见。"颜查散一拱手说:"金兄请自便。"

等到了晚上,主仆两人来到一个叫作兴隆镇的地方,找了一家客栈住下,刚刚安顿好,店小二就走了进来,笑着问:"敢问这位公子是姓颜吗?外面有一位姓金的公子,说是颜公子的好友。"

颜查散一听,说道:"快快有请。"雨墨不由摇头说道:"真是冤家路窄,他倒是吃定我们了。"颜查散一摆手说:"不准胡说。"这时候就见金懋叔走了进来,笑着对颜查散说:"我来到这家店里投宿,随口一问,没想到颜兄果然在这里。昨天和颜兄聊得投机,今晚再秉烛夜谈如何?"颜查散连连点头高兴地说:"这样最好。"

金懋叔又像上次一样,叫了一桌上等好菜,两人聊到深夜。第二天,他以有事为由先告辞了。金懋叔走后,颜查散就让雨墨去柜台上结账,这一结账把雨墨吓了一跳,昨天夜里这一顿酒席花了十二两银子。两天下来,他们的路费花了个干干净净。

雨墨无精打采地走出院子,对颜查散说道:"公子,咱们让这姓金的给害苦了。现在眼看离京城还有五六天的路程,咱们却已经没了银两,这如何是好?"颜查散一听盘缠已经用光了,也有些发愁,想了想就对雨墨说:"你看看这包袱里还有几件衣服,趁着在镇上,先找家当铺去当了,换些零碎银子,将就着也能到京城。"两个人当了衣服,换了些散碎银子,继续前行。两人刚刚在一家小客栈安顿下来,店小二跑进来说外面有一位姓金的在找颜公子。

正说着,金懋叔已经走了进来,对颜查散说:"颜兄我们一见如故,又如此有缘分,不如结拜为兄弟,你看可好?"颜查散似乎忘了盘缠花光的事,连连点头说:"小弟和金兄意气相投,金兄既然不嫌弃小弟,结为兄弟实在是再好不过。"只有雨墨在一边暗暗生闷气。要知道金懋叔还要做些什么,我们下回再见分晓。

第四十一回　识义士懋叔赠银　入京城查散投案

上回说到金懋叔提出要和颜查散结为兄弟，颜查散一口答应下来。两人当即让店家准备了祭礼酒席，在香案前结拜为兄弟。论年龄，颜查散还大金懋叔两岁。两人结拜完回到座位上吃饭。雨墨看此情此景，心想，只怕今天晚上连典当衣服的钱也不够用了。

第二天早上，雨墨悄悄走到颜查散边上说："公子，你这位结拜兄弟昨天又花了许多银子，如果住店费还让咱们付的话，只怕今天下午小的就得去讨饭来给公子吃了。"正说着，里面帘子一挑，金懋叔走了出来，他打了个哈欠便招呼店小二："快把昨晚的账算一算。"接着他又问颜查散："兄长去京城投亲，穿得如此简朴，就不怕你那亲戚嫌贫爱富，把你拒之门外吗？"颜查散叹了口气道出了缘由。就在这时，只见店小二带了一个人走进来，这人走到金懋叔面前行了个礼，对金懋叔说："公子爷，您不打个招呼就走了，庄主实在不放心，派我骑快马来给您送来了盘缠，以供路上花销用。"

金懋叔笑了笑，叹口气说："我这大哥，也太小心了，至今还拿我当小孩子看待。既然你带来了银子，我就拿来借花献佛吧。"接着他取出五十两银子递给雨墨，对他说："替你家公子好好收着。"颜查散连连推辞说："贤弟这如何使得？"金懋叔摆摆手，笑道："我与兄长结拜为兄弟，理应互相照料。另外，兄弟说句不中听的话，这世上的人大多嫌贫爱富，兄长的亲戚恐怕也不能免俗。兄长拿这些银子置办几套像样的装束和礼品，风风光光地上门，或许能少些麻烦。"

这位金公子正是锦毛鼠白玉堂。他在得知了展昭被封为"御猫"之后，心里不服气，去京城想找展昭的麻烦，在路上碰到了颜查散。他见颜查散仪表不俗，于是故意装作落魄书生的样子，三番两次地试探他，见颜查散果然忠厚老实，宽以待人，这才提出和颜查散结为兄弟，并且仗义赠金。

第二天一早，白玉堂向颜查散辞行，颜查散主仆雇了两头驴，又到附近的店铺置办了两身上好的衣服。两人有了代步的牲口，速度快了许多，三天后就来到京城外的祥符县双星桥镇。

颜查散的姑父名叫柳洪，虽然家境富裕，但处处精打细算，有些吝啬。

当初他看颜查散的父亲是堂堂的知县，便主动提出把自己的女儿柳金蝉许配给颜查散。没想到颜查散的父亲早早病故，他就有些后悔，两年后，颜查散的姑母因病去世，他有意想断了这门亲事，没有给颜家写信，颜查散也就一直不知道姑母已经去世的消息。

后来，柳洪又娶了一个妻子冯氏，冯氏对柳家的小姐倒是十分疼爱，拿她当亲生女儿一般。冯氏有个侄子名叫冯均衡，她一心想让柳家小姐嫁给自己的侄儿，所以平日里也劝说柳洪早早断了颜家的亲事。只是这冯均衡没什么学识，说话办事往往惹柳洪讨厌，所以他一直没下决心退了亲事。

这一天柳洪正在书房里坐着，忽然家丁跑进来禀报说："老爷，外面有个书生求见，自称是咱们家的姑爷。"柳洪愣了一会儿，吩咐家人："快快有请。"自己也迎了出去。等两人走进客厅坐下，颜查散就对柳洪说："不瞒姑丈，先父去世之后，家道中落，我这次依母亲之命，前来投亲，并在这里等候明年的科举考试。"柳洪一听颜查散如今家道中落，脸色就慢慢沉了下来，吩咐家人把颜查散主仆先带到花园的偏房内住下。颜查散还要拜见姑母，柳洪一皱眉头说道："你姑母前些年已经去世，你的续姑母最近身子不好，改日再见吧。"

颜查散和雨墨来到花园的偏房安顿下来，雨墨就对颜查散说："公子，我看你那岳父八成是想悔婚了。"颜查散一愣，问道："此话怎讲？"雨墨说："刚才我在下面偷看，公子说到家道中落的时候，他的脸色就已经沉了下来，分明是嫌贫爱富，想毁了这门亲事。"颜查散摇摇头说道："我本来也不打算前来，只是母命难违，如果姑丈不肯认这门亲事的话，我过几日离开也就是了。"

柳洪把颜查散进京投亲的事告诉了冯氏，冯氏听后又开始劝他退了二人的亲事，柳员外皱皱眉头对她说："你先不要着急，如果我要退亲的话，难免落人口舌。不如冷淡他几天，让他自觉无趣，主动退亲。"接着他又传来家人，让他们每日里粗茶淡饭招待颜查散主仆，如果颜查散要见自己，就说自己有事外出去了，只等着颜查散觉得没趣，自己离开。要知道柳洪的计划能否成功，我们下回再见分晓。

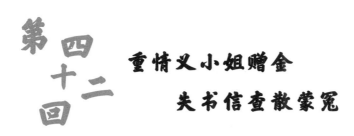

第四十二回　重情义小姐赠金
失书信查散蒙冤

上回说到颜查散进京投亲来到姑丈家，但是姑丈嫌贫爱富，吩咐家人对颜查散冷淡些，等他自觉无趣离开。柳洪虽然这样安排，但柳府的家人中也有些心地善良的，看见他如此对待姑爷，心中不平，柳小姐的奶娘田氏得知这事之后，悄悄地告诉了小姐。柳小姐听了不由得掉下眼泪说："我母亲已经去世，父亲又想毁约，这该如何是好？"田氏就对小姐说："小姐可以悄悄约姑爷见个面，把实情告诉他，赠他一些银两，让他另外寻个住处落脚，等明年中了功名再来迎亲，只要姑爷做了官，以老爷的脾气，也就不会再说什么了。"

于是柳小姐写了一封书信，叫来贴身丫环妍红，对她说："你把这封书信送到后花园偏房的颜公子那里去。"颜查散收到书信，心里暗想，柳小姐虽然和我有了婚约，但毕竟未曾成亲，怎么会忽然给我写一封书信。就在这时，忽然又听见门外有人问："颜公子在吗？"他赶紧把这封信放在书架上，吩咐雨墨前去开门。来的人正是冯氏的侄儿冯均衡，原来他听家里的人说颜姑爷来了，不由得又惊又气，有心要和颜查散比较一下，于是问明了颜查散的住处，就奔着花园的偏房去了。两个人聊了一会儿，冯均衡觉得自找没趣，便找借口离开，离开时他刚好瞥见了那封书信，于是趁颜查散不防备，

包青天传奇

悄悄地抽出这封信揣在自己袖口里，又聊了几句，匆匆离开了。

冯均衡回到自己房中，打开信一看，原来是柳小姐写给颜查散的，约他今夜二更在后花园见面。冯均衡嫉妒又生气，后来他转念一想，这封信并未打开过，想必颜查散还不知道信中写的什么，今天晚上我何不去后花园一趟，如果能遇到柳小姐，抓住个把柄，正好逼她答应退了颜查散的亲事。

等到二更天的时候，柳小姐对妍红说："你把这包银子交给颜公子，替我说明真相，让他早早离开，好好准备明年的科举考试。"妍红来到花园角门，正在那儿等待颜查散的时候，就看到有个人走了过来，这人正是冯均衡。没想到妍红胆小，一看不是颜查散，顿时慌了，尖叫一声有贼，转身就要跑，冯均衡也吓了一跳，扑上前去，想伸手捂住妍红的嘴，不让她出声，没想到脚下一绊，一下子扑倒在妍红身上，右手正好按在妍红的咽喉上，妍红顿时气绝身亡。

冯均衡一看出了人命，顿时吓得魂飞魄散，提起包袱转身逃走了，却不小心把偷来的信落在了地上。柳小姐和奶娘田氏在楼上等了半天，也没见妍红回来，却听见几个仆人慌慌张张地赶过来，叫道："可不得了啦，跟着小姐的丫环妍红在花园角门那儿被人杀死了，快去禀报老爷。"柳洪和冯氏急匆匆地赶到角门那里一看，果然是妍红死在地上。柳洪往旁边一看，发现地上有一封书信，他捡起来一看，顿时气得脸色发白，来到绣楼上，看着女儿就把书信丢过去，连说："你干的好事！"这时候小姐已经听说妍红死了，又见父亲如此生气，一时间无法分辨，只有放声痛哭。还好冯氏赶来，她一向心疼女儿，把书信捡起来看了一遍，就埋怨柳洪道："你好糊涂，你怎么能确定这书信就是女儿写的？说不定是妍红有私心，偷偷赠给了颜查散银两，只是颜查散得了银子，为何又要杀人呢？"这一番话说得柳洪哑口无言，顿时又把这怒火转移到颜查散身上，气冲冲地走了。冯氏又安慰了柳小姐一番，也下楼去了。

柳小姐依旧痛哭不止，田氏按捺不住，对小姐说："小姐你先稍候片刻，我去花园探望一番，究竟是怎么回事。"田氏悄悄溜到花园的偏房前面，正好碰见雨墨。田氏把事情的前因后果跟雨墨说了一遍，然后又说："不知道为什么，昨天小姐派去送银子的妍红死在了花园角门外，装银子的包袱也不见了，如今老爷太太都怀疑是你家公子干的，你快去跟公子报信，也好有个准备。"雨墨吓了一跳，但他聪明伶俐，对田氏说："您先回去，我告诉我家公子，如果有什么要回话的，我们片刻之后再去水房里见。"

柳洪从小姐绣楼里气呼呼地回来，拿起笔写了一张状纸，说颜查散谋财害命，无故杀害丫环，让家人送去官府。那边雨墨急匆匆地赶回房中，叫醒颜查散，把事情的原委跟他一说，颜查散这才知道姑丈怀疑他行凶杀人。他对雨墨说："你快去水房，请奶娘转告小姐，都是因为我颜查散大意丢失了书信，才惹出这些麻烦，如今天大的事情，由我一力承担，请小姐自己好好保重。"雨墨听了，也不知道颜查散究竟打了什么主意，只好答应一声，转身往水房里去了。

雨墨刚走，衙门的公差就来把颜查散带去了衙门。祥符县的县令是个明白人，他觉得这书生的相貌和言语，都不像个穷凶极恶的人，说不定这里面别有隐情，就对手下的人说道："先把犯人带到监狱里，好好对待，不可打骂。"颜查散担心如果说出实情的话，会坏了小姐的名声，所以他打定了主意，一口咬定是自己杀的妍红。要知道此案该如何判定，我们下回再见分晓。

第四十三回 白玉堂一闹开封
颜查散大堂洗冤

　　上回说到颜查散为了维护小姐的名声，主动招认是自己杀了妍红。这下可把雨墨吓得魂飞魄散，慌忙来到牢里，哀求守监狱的牢头让他见一下颜查散，牢头也觉得颜查散不像凶手，加上雨墨又送了他十两银子，于是满口答应了。

　　雨墨进去见了颜查散，不由痛哭一场，抱怨公子不该招认自己是杀人凶手。颜查散笑而不语，雨墨也无可奈何。正在为难，忽然牢头进来说外面有个叫金懋叔的，要见颜查散，雨墨一听顿时觉得来了救星，慌忙迎了出去。

　　原来白玉堂来祥符县寻找颜查散，听人说颜查散杀人害命，被关进大牢，不由得心下诧异，于是，决定去大牢见颜查散问个明白。雨墨一见到白玉堂，泪如雨下，哭哭啼啼地把前面的事情说了一遍，然后对金懋叔说："金公子快想办法救救我家公子。"白玉堂听了雨墨的话，这才明白了其中的缘由，他来到牢里，对颜查散说："兄长，你为何不肯说出实情，非要搭上自己的性命呢？"颜查散叹了口气说道："不瞒贤弟，如果不是为兄大意，丢了书信，怎么会惹出后面许多事情来，我已经打定主意，要以死来保全小姐的名声，向她赔罪了。"白玉堂见颜查散心意已决，不好硬劝，眼珠一转，转头对雨墨嘱咐了几句离开了。考虑到雨墨还是个孩子，白玉堂半夜悄悄来到了开封府，绕过几个巡夜的差人，进了包拯的书房，留下一个字条和钢刀，转身走了。

第二天早上，包拯来到书房，就见桌上一把钢刀，下面还压着一张字条，上面写了五个字：颜查散冤枉。到中午散朝的时候，包拯的轿子刚刚回到开封府门前，就有一个少年在门前击鼓鸣冤，这人正是雨墨，他对迎上来的王朝说："小的是武进县人士，特地来为我家主人申冤的。"王朝问："你家主人叫什么名字？"雨墨回答："我家主人名叫颜查散。"王朝一听，忙带雨墨进开封府去见包拯。雨墨跪在堂下，把事情的经过说了一遍。包拯听了微微点头，就派人前往祥符县调取颜查散一案的案卷，同时把此案的相关人员一并带来。

到了下午，祥符县的县令亲自带着相关人犯和案卷一起前来，他先是拜见了包拯，然后对包拯说："大人，下官也觉得此案蹊跷，只是颜查散一口咬定是自己杀了丫环妍红，下官不得已才把他关在牢中，还请大人查明真相。"

包拯点点头，先把柳洪传到堂上问："柳洪，你说颜查散杀死丫环，究竟是怎样的经过？"柳洪回答："大人，妍红是小女的丫环，那天夜里二更时分，在花园角门边被颜查散杀死。"包拯一皱眉头问道："你并未亲眼所见，怎么一口咬定妍红就是颜查散杀的？"柳洪回答道："不瞒大人，妍红的尸体旁有一封书信，是我那不孝的女儿写给颜查散的，约他二更时在角门见面。"包拯让柳洪退下，又把雨墨招上堂来问："你既然说不是你家主人杀害的妍红，为何妍红的尸体旁边有柳小姐写给你家主人的书信？"雨墨一听恍然大悟，上前两步，磕了个头，对包拯说："启禀老爷，我家主人的确收到柳小姐的一封书信，但还没来得及拆开就丢失了。他收到那封信的时候，正好有

155

人来访，于是他就把书信放到桌上，后来就找不到了。"包拯听了又问："当时是什么人来访？"雨墨说："是冯氏夫人的侄子冯均衡。"

包拯听了雨墨这番话，心里就明白了七八分，于是一边派人去传唤冯均衡，一边让人把颜查散带到堂上。没过一会儿，颜查散来到大堂，就听包拯在堂上问道："颜查散，你既然说自己杀死了妍红，你是如何把他杀死的？"颜查散对包拯行了个礼，说道："回大人，只因妍红从来不听我的招呼，对我十分无礼，我一怒之下才把她杀了。"

包拯听了不由微微一笑，问道："你是什么时候杀的妍红？"颜查散回答说："大约二更时分。"包拯一皱眉头："既然你说妍红平日里从来不听你的招呼，为什么她在二更天的时候肯到花园里和你见面呢？""啊，这个……"颜查散实在答不上来了。

这时候就听包拯在堂上说："颜查散，你一口咬定是自己杀了人，我想这里面一定有你自己的道理，只是你不肯说实话，白白送了性命，让家中的老母亲将来依靠何人？"颜查散听包拯提到自己的母亲，触动心事，跪在堂前连连磕头，对包拯说："包大人，实在是晚生一时糊涂。"然后就把前面的事情说了一遍，接着他又对包拯说："只是因为我丢了书信，才惹出这么一场大祸，我想拼死隐瞒下书信的事，保住小姐的名声，所以才一口咬定是我杀的人，如今还请大人查明真相。"

包拯点了点头，转过脸问："冯均衡带到了没有？"差人把冯均衡带到堂上，包拯重重地一拍桌子，问道："大胆的冯均衡，你为何盗走颜查散的书信，然后半夜去花园杀死了丫环妍红？"

包拯听了整个事件的来龙去脉，有了大胆的假设，于是就决定先给冯均衡一个下马威。冯均衡偏偏是一个有贼心没有贼胆的人，听了包拯的问话，顿时两腿一软，扑通一声跪在地上，把自己如何偷走颜查散的书信，半夜赴约，如何不小心误杀了妍红的事情，一五一十地招了出来。

包拯又问："如今那一包金银首饰在什么地方？"冯均衡说："就藏在我书房的柜子里。"包拯听了就让冯均衡签字画押。没过多久，差人把赃物带到堂上，包拯一看，人证物证俱在，当即给冯均衡判了斩刑。接着，包拯又说道："把柳洪带上来！"柳洪一听吓得浑身发软，连滚带爬地来到包拯面前连连磕头说："小民在。"包拯怒声说道："颜查散蒙冤，妍红被害，冯均衡被铡，这一切都是因为你嫌贫爱富所致，看你有悔改之意，本官就饶了你，你把颜查散带回家去，好好供他读书学习，等到明年科举之后，不管中与不中，都要按照当日之约，把柳姑娘许配给他。你可愿意？"柳洪连连点头说："小的愿意，小的愿意。"

包拯又叫过颜查散，对他说："你只想着顾全柳姑娘的名声，这本来也不错，却忘了你死之后，让家中老母无人照料，柳姑娘无处托付终身，还放纵了真正的凶手，让妍红死不瞑目。一个读书人要明大义、看全局。看在你也是一片好心的份上，本官就不再责罚于你了。我看你写的供词，文字清楚，颇有条理，这次回去好好读书，每十天写一篇文章送来我这里，我帮你加以批改，也为朝廷培养人才。这位少年对你一片忠心，为你的事情多方奔走，你今后也要好好厚待于他。"颜查散赶紧磕了头对包拯说："学生听从大人安排。"

退堂后，柳洪看看颜查散，心里十分惭愧，颜查散对他依旧恭恭敬敬，他更觉得心里不安，于是二人一同回家去了。要知道后事如何，我们下回再见分晓。

157

第四十四回 白玉堂二闹开封 寻盟弟兄弟入京

　　上回说到包拯公平公正地审理了颜查散一案。冯氏知道自己的侄子才是杀人凶手，又吃惊又惭愧，暗暗后悔当初不该乱作主张。从此以后，夫妻两人把颜查散当作自己的亲侄子一样照顾。颜查散在柳府住下，每日读书习文，经常去开封府向包拯请教，后来在科考中一举成名。

　　包拯审完此案，就吩咐包兴请展昭前来。展昭救了颜福之后，先回了老家，向母亲禀报了自己在丁家庄结亲的事，才返回开封府。他见到包拯，悄悄地把白玉堂的事说了，包拯也无可奈何，只能嘱咐展昭多加小心。

　　如今颜查散一案审理完毕，包拯忽然想起前几天有人留刀寄书的事情，就把展昭请来，把那天的事情跟展昭说了一遍。展昭一听，就对包拯说："这人的手段和白玉堂相似，他明着是给颜查散申冤，暗地里也是向我示威。他来找我，无非是江湖上的名号之争，我和他没有什么仇恨，不知道他到底是怎么打算的。"包拯就对展昭说："既然如此，你可以把这件事情告诉公孙先生等人，大家一起想想对策。"

　　展昭回到自己的住处，把公孙策、王朝、马汉、张龙、赵虎一起请来，问大家："你们可知道有人在包大人的书房里留刀寄信的事？"大家都连连点头。王朝就问："展大哥知道是什么人做的这事？"展昭叹口气，说道："说来话长，如今时候已经不早，我叫人备了酒菜，大家就在我这里吃晚饭，我们边吃边聊。"

没过一会儿，酒席摆上来。赵虎喝了杯酒，就急着问："大哥，到底是怎么回事？"展昭便把自己回乡探亲，出游西湖，在丁家庄结识双侠，比武结亲的事先说了。张龙、赵虎几个听了哈哈大笑，连连向展昭祝贺："大哥定了亲事怎么不早说，是怕我们喝大哥的喜酒吗？"王朝摆摆手说："大家先不要闹，听展大哥说后面的事儿。"展昭接着说道："只因为我在丁家庄，听说白玉堂因为'御猫'这个封号的事，赌气进京，要来找我的麻烦，我这才匆匆赶了回来。"

公孙策就问："白玉堂是什么人？"展昭就对众人把"陷空岛五鼠"的事情说了。王朝摇头叹气道："我也听说这陷空岛五鼠个个身怀绝技，平日里在江湖上行侠仗义。只是白玉堂仅仅因为猫鼠的名分，就来跟大哥赌气，是有些过分了。"展昭说："这名号的事，为兄倒不在乎，如果白玉堂真的因为此事来找我的话，我倒愿意甘拜下风，从此以后不叫'御猫'也未尝不可。"

赵虎性子粗放，又多喝了几杯，听展昭说了这番话，把酒杯往桌上重重地一放，站起身来说道："大哥你平日里胆量过人，今天怎么反倒胆小了？自古以来，只有老鼠怕猫，哪有猫怕老鼠的，不管他是白玉堂还是黑玉堂，只要敢来，先不说大哥，我就要跟他较量较量！"赵虎这边话音刚落，只听"啪"的一声，从外面飞进一个石子，不偏不倚正打在赵虎刚刚放在桌上的酒杯上，"当啷"一声打个粉碎，吓得赵虎"哎呀"一声。

159

其他人还没回过神来，展昭早已一扬手，先灭了屋里的灯火，接着一纵身贴到门边，抽出剑来。他先是一推门，接着扔出一把椅子，只听"咔嚓"一声，有人一刀剁在了椅子上，他这才纵身跳了出去。在满天星光之下，他看对面站着一人，身穿夜行衣，正是当初在苗家集上见过的锦毛鼠白玉堂。

白玉堂看见展昭也不说话，当头就是一刀。展昭举剑相迎。两人杀了几十个回合，展昭看白玉堂招招都奔自己的要害，心里有些不高兴，于是他把手中的湛卢剑抖了抖，暗中铆足了劲，等到白玉堂一刀临近的时候，宝剑相迎，白玉堂手中的刀顿时被削为两节。白玉堂大吃一惊，纵身跳上房顶，向展昭扔出一颗石子，便逃得无影无踪。

包拯了解了来龙去脉之后，吩咐下去，从此开封府差人严加防范，只等着白玉堂再次上门。

陷空岛那边，自从白玉堂不辞而别之后，钻天鼠卢方天天长吁短叹，提心吊胆。一天兄弟四个在客厅聊天，他又说道："自从我们兄弟结义以来，在江湖上行侠仗义，朋友看得起我们，送了这五鼠的外号。不想老五却因为一个虚名，非要去寻展昭的麻烦。前几日听江湖朋友说，在东京见到了他的踪迹。东京是天子脚下，如果他一时不慎惹出什么大麻烦，这可如何是好？"

翻江鼠蒋平也说："老五虽然聪明，但未免也太过高傲了些。当初我劝他几句，他差点跟我翻脸，依我看，他早晚要在这上面吃大亏。"穿山鼠徐庆却在旁边说："这事也怪你，五弟的性子最是好胜，你非跟他说展昭武艺高强，不好随便招惹，他一赌气才走了的。"卢方怕兄弟两个又吵起来，劝解道："如今说这些也都没用了，为兄想了几天，还是亲自去东京一趟，找到五弟，劝他回来的好。"兄弟几人连连劝阻，纷纷表示自己要去寻找五弟。最后，大家商议韩彰、徐庆、蒋平三兄弟一起去东京。卢方见三位兄弟要一同前去，这才放了心，点点头说道："既然如此，你们三个一定小心。"三兄弟收拾停当，告别了大哥卢方，往京城而去。要知道他们能否找到白玉堂，我们下回再见分晓。

第四十五回　生毒计太监下毒
闯皇宫侠客除奸

上回说到韩彰三兄弟辞别大哥去京城寻找五弟。白玉堂自那天夜里在开封府和展昭比试了几十个回合之后，心中很不服气。他就想去皇宫里惹点事情，以便引起皇上及开封府的注意。

皇宫内院有一位总管，名叫郭安，他的叔叔就是因为参与狸猫换太子一案被处死的郭槐。郭槐被处死之后，皇上并没有株连到他，但他自己却日夜坐立不安，总觉得所有的错都是陈琳造成的，担心陈琳会报复自己。

其实陈琳为人正直，性格宽厚，郭槐死后他不但没有为难郭安，反倒对郭安处处包容。可郭安偏偏以小人之心度君子之腹，总是觉得陈琳对他好是笑里藏刀，准备找个机会收拾自己。昨天晚上他正在想这件事，就有一个小太监走过来问："师父，您可是有什么心事？"这个小太监姓何，名叫何常喜，是郭安的徒弟，平日里聪明伶俐，办事麻利。郭安一看是他，叹了口气说道："既然是你，我也就不瞒着了。你也知道我叔叔郭槐被处死了，他的对头陈琳偏偏又做了后宫总管，高我几头，我一直在担心这事。"

何常喜听了一愣，对郭安说："小的看陈总管平日里是个善良人，而且对您也不错，您何必担忧？"郭安冷冷一笑说道："知人知面不知心，我只怕他表面上对我和气，暗地里对我下手。我问你，平日里我对你如何？"何常喜一听，跪下说："师父对我恩高如山，如果要我去做些什么，我一定尽心尽力。"郭安点点头说："好，既然如此，我就交给你一件差事。明天正好是个十五，月圆之夜，我想请陈琳来我这里饮酒赏月，到时候趁机下毒把他毒死，也好除去我的心腹大患。"

何常喜听了吓了一跳，说："师父您可得想清楚了，陈琳是皇上心腹，又是后宫总管，他如果死在咱们这里，皇上怎能善罢甘休啊？"郭安摆摆手，对他说："你尽管放心，我屋里的柜子中有一把银壶，这把壶中间有个隔断，把里面一分为二。这把壶名叫八宝转心壶，壶底有个机关，倒酒的时候，如果搬动机关，倒出的是左边的酒，如果不搬动机关，倒出的是右边的酒。我明天请陈琳来喝酒的时候，把这壶的左边放上慢性毒药，他毒发身亡之后，在场的人都看到我和他是用一个壶喝酒，将来开封府追查起来，也怀疑不到我头上，只是倒酒的事需要你去办才行。"何常喜不安地答应下来，郭安又写了一封请柬，交给何常喜，对他说："今晚你把这封请柬送去，他只要肯来，就必死无疑。"

这天晚上，何常喜拿着请柬前往陈琳的住处，一边走一边琢磨。他有心想拒绝郭安，又怕得罪了他，对自己不利，于是边走边念叨："但愿陈公公福大命大，明天不来赴宴。"

他嘴里念叨着，不知不觉走到一处僻静的地方，忽然一个蒙面人从天而降，拦在他的面前。何常喜吓了一跳，正要张口，那蒙面人举刀抵住他的胸口对他说："不许大声叫嚷，否则一刀砍了你！"何常喜吓坏了，哆哆嗦嗦地小声说："小的不敢，小的不敢。"那蒙面人就问他："你刚才念叨什么？"何常喜不敢隐瞒，就把郭安定计，想用转心壶毒害陈琳的事，一五一十地跟这个蒙面人说了一遍。

蒙面人听完，点了点头，对何常喜说："你还算个有良心的人，如今我也不为难你。郭安住在什么地方？"何常喜哆嗦着说："郭公公就住在万寿山的院子里。"蒙面人听完点点头，把何常喜捆绑在树上，又从他身上撕下一块布条，塞在口中，然后转身走了。

郭安派何常喜去给陈琳送请柬，等了半天也没见回来，有些着急，这时候只听门"吱呀"一声开了，一抬头，一个蒙面人正站在他面前，还没等他喊出声来，蒙面人手起刀落，把他砍死在地上。

第二天一早，万寿山内的小太监发现郭安被人砍死在屋里，顿时乱作一团，就有人去报知陈琳。陈琳急忙命令人四处查访，没过多会，就有两个太监来回报，说发现了被捆着的何常喜。何常喜见了陈琳，就把昨晚的事交待了。陈琳顾不上吃惊，他赶紧去向皇上禀报。皇上于是派他去开封府传旨，让包拯立即展开调查。

包拯接旨后，就命人把何常喜带来询问，何常喜又把前面的事情说了一遍。包拯问："捆你的人虽然蒙面，但他的身形和年纪你是否记得？"何常喜说："此人身材挺拔，听声音年纪不大。"包拯听完心中稍有眉目，就把展昭和公孙策请来。两人来到包拯的书房，听包拯一说，展昭就说："听何常喜的描述，此人必定是白玉堂无疑，只是他为了找在下的麻烦，居然跑到皇宫大内去行凶杀人，胆子也太大了。"

第二天包拯上朝见了皇上，说明调查的情况，皇上就对包拯说："郭安想害陈琳，如今被杀，算是罪有应得，何常喜只是受人指使，也不必怪罪。至于那蒙面人，虽然夜闯皇宫，但却也诛杀奸邪，保护忠良。包卿家你仔细查访，如果抓到此人，不要为难他，朕要亲自见他。"要知道包拯如何查访白玉堂，我们下回再见分晓。

第四十六回 查案情兄弟私访
惩恶徒壮士救人

上回说到包拯受命去查访白玉堂的下落，他回到开封府，先是放了何常喜，然后传令下去，让开封府众人从今日起倾尽全力，搜寻白玉堂的下落。

一转眼冬去春来，眼看到了二月，大家却什么都没有查到。开封府内，上至包拯下至一般差人，各个焦急，却也无可奈何。这一天，王朝对马汉说："咱们平日里出去访查，穿的都是公差的衣服，容易打草惊蛇。今天咱们俩微服私访一番，你看如何？"马汉点头答应。二人脱去公差的服装，换上便衣来到城外。

出城没多远，他们看见许多人都往一个方向走，王朝就拦住一个老人问道："老人家，这么多人是去什么地方？"老人家指指前面说："前面有一处花神庙，大家都是去那里烧香保平安的。"王朝悄悄地对马汉说："既然如此我们也去那走走，说不定能打听到什么消息。"于是两个人也随着人流慢慢地向前走去。来到花神庙前，看见那里人群熙熙攘攘，十分热闹，只有一处搭着一个棚子，却没有人在那边逗留。

王朝、马汉觉得可疑，于是就向周围的人打听，一个书生模样的人摇摇头叹口气说道："二位有所不知，那处棚子的主人叫严奇，是威烈侯葛登云的外甥。过去他仗着舅舅的势力，无法无天，葛登云去世之后，他老实了一段时间后又无法无天了，在这里搭起棚子，和一帮狐朋狗友花天酒地。大家都知道这个瘟神难惹，所以都远远地避开。我劝两位也走远些，不要去招惹他。"

书生话音刚落，就听到那边传来一阵哭喊之声，几个人远远一看，几个恶奴正拖着一个少女往那棚子里走，后面一位老婆婆哭喊着追过来说："光天化日之下你们竟敢强抢良家女子，还有没有王法？再不放了我女儿，我就跟你们拼了！"这时候一个恶奴回过头来，一脚把老婆婆踢倒在地。王朝、马汉看了大怒，正要过去阻拦，就看见旁边走过一人，这人身材魁梧，威风凛凛，他拦住那个恶奴对他说道："阁下有话好说，老婆婆已经年迈，一脚踢坏了她的身体可怎么办？"那恶奴看了这大汉一眼说："你少管闲事，得罪了我们家公子爷可不得了。"这大汉冷笑一声说道："天下人管天下事，这事我怎么就不能管？"老婆婆看到大汉为她出头，上前两步，跪在地上哭着说："好汉快帮帮我们，我和女儿来庙里烧香还愿，没想到碰到一个公子看上我家女儿，就让几个恶奴把我女儿抢进这棚子里去了。"

那大汉听了眉头一皱，看着那恶奴问道："这老婆婆说的可是实情？"那恶奴仗着自己人多势众，也不回答，劈面一拳打来，嘴里说着："让你多管闲事！"大汉略一闪身子，抓住这个恶徒的手腕，一个借力，顿时把那恶奴摔出七八步去，跌在地上爬不起来了。其他几个恶奴一哄而上。王朝、马汉正想上去帮忙，却见那个大汉不慌不忙，几个回合就把这些恶奴打翻在地。

严奇在棚子里听到声音，也走了出来。他一看这个大汉身材魁梧，把自己的几个恶奴都打倒在地，知道这人不可小看，于是换上一副嘴脸，满脸堆笑地走上前来，对着那大汉拱拱手说道："这位英雄不知为何发怒？"那大汉见严奇如此客气，也行个礼对他说道："这位公子，在下名叫张大，我看这

165

位老婆婆哭得可怜，在这里替她向公子求个情，放了她女儿吧。"严奇笑着说："好说好说，都是一场误会。"他走近几步，忽然脸色一变，趁那个大汉不防备，飞起一脚直踹他的小腹。王朝、马汉都惊呼了一声"不好！"没想到那大汉早有防备，不慌不忙，一把就抓住了严奇的脚踝，把他掀了个仰面朝天。

就在这时，背后一个恶奴抢起一根木棍，恶狠狠地向大汉砸来，大汉听到背后风声，一闪身子，这一棍落了空。偏偏这严奇倒霉，他仰面摔倒在地，刚好坐起来，这一棍正砸在他头上，死于非命。众恶奴一看严奇死了，顿时一阵大乱，把大汉团团围住。这城外归祥符县管辖，没过多久，县衙的差役匆匆赶来，要把大汉带走。这时候王朝、马汉就走出来说："众位且慢，刚才我们都看得清楚，张大虽然是冲突的一方，但严奇却不是他打死的，而是被自己人误杀的，只带张大一个人走，恐怕有失公道。"差人听了，觉得有理，把张大和其他几个恶奴一起带走。王朝、马汉跟着到了县衙门，亮明了身份，对县令说："刚才发生的事，我们兄弟亲眼所见，所以麻烦县令把这些人送往开封府处置便是。"县令连连称是，然后一边派仵作去花神庙验尸，一边派几个差人把相关人犯都送到开封府。

王朝、马汉先行赶回开封府，见了展昭和公孙策，把前面的事情说了一遍，又连连称赞张大是个英雄人物，武艺超群。公孙策听了点点头说："这人敢站出来打抱不平，是个有侠义心肠的人。况且人又不是他杀的，估计到了开封府，包大人审问两句，也就无罪放了，两位兄弟不用担心。"这时候展昭却问了一句："二位贤弟，张大长什么模样？"两人描述一番之后，展昭脱口而出："难道是他？"要知道那大汉究竟是什么人，我们下回再见分晓。

第四十七回　包拯义释卢方　韩彰暗伤马汉

上回说到，展昭听王朝、马汉描述了张大的相貌之后，不由得说："难道是他？"两人愣了一下问展昭："展大哥，他到底是谁？"展昭对差役说："你等会儿把张大请过来。"过了片刻，听见外面脚步声响，展昭从帘子里面一看，不由大喜，回头对王朝、马汉等人说道："快跟我出来迎接。"说着掀起帘子，笑着迎上前去，行了个礼说道："不知卢方大哥到此，小弟展昭在这有礼了。"

原来自称张大的大汉，就是钻天鼠卢方。几个月前白玉堂赌气出走，去京城找展昭的麻烦，韩彰、蒋平等人去京城寻找他，也没了消息。卢方在陷空岛上左等右等，实在着急。等一开春，收拾停当，他前来寻找其他几位兄弟，没想到还没进京城，就在花神庙打抱不平惹出一场人命官司。

这时候展昭又对王朝、马汉介绍说："这位就是陷空岛卢家庄的钻天鼠卢方，几位贤弟快快过来拜见卢大哥。"王朝、马汉一听急忙上前行礼。卢方见开封府众人对自己如此热情，想起白玉堂任性胡闹，更是惭愧不已，连连行礼道："几位官爷客气了，卢方是一介草民，哪受得了如此大礼？何况在下还背着人命官司，怎敢用兄弟和各位相称？"展昭几个人听了哈哈大笑道："卢兄太过客气了，我们几个虽然有官职，但毕竟都是江湖上的兄弟，

167

花神庙一事本来就是卢大哥仗义行侠，严奇之死更和卢大哥无关，卢大哥不必担心。"

这时候赵虎、张龙、公孙策也走了进来。大家围着卢方问长问短，正聊得热闹，就有差人来报说："包大人请公孙先生和展护卫过去一趟。"两个人向卢方告辞，来到包拯的书房，把前面的事情告知了包拯，包拯也十分高兴，他说："久闻陷空岛五鼠的钻天鼠卢方为人忠厚，行侠仗义，是个正人君子，如今他来到开封府，我们一定能早日找出白玉堂的下落。"

包拯升堂审明了严奇一案，下了判决：严奇仗势欺人，强抢民女，如今已死，不再追究其罪责；误杀他的恶奴，发配充军，其他恶奴为虎作伥①，每人重打四十大板，带枷示众三日。然后包拯对卢方说："卢义士，你在花神庙前是打抱不平，所以此事与你并无关系，你尽管放心，只是不知道你来京城是为何事？"卢方叹了口气，对包拯说："大人，实不相瞒，我是来寻找我的五弟白玉堂的。他因为'御猫'这个封号，非要来东京和展兄弟赌气，我那另外三个兄弟来东京找他，这段日子也没有音讯，所以我才亲自前来寻找。"

包拯听了点点头，对卢方说："卢义士果然是个诚实的人，既然你以实相告，我也不和你隐瞒了。你那五弟白玉堂在京城里的确做了大事，好在圣上并没有怪罪他，反而再三叮嘱我，你这兄弟是个文武双全的人，将来如果查访到了，皇上还想亲自见他。"说着他就把前面的事情详细地和卢方说了一遍。卢方听了，顿时吓出一身冷汗。他赶紧行礼，对包拯说道："没想到五弟惹出这样大祸。我这次来京城，一旦找到他，就带他来见大人。"卢方

① 为虎作伥（chāng）：比喻做恶人的帮凶，帮助恶人做坏事。

从包拯那里告辞出来，对展昭他们说："事不宜迟，我这就去找我五弟，三日之后无论找到找不到，我都来这里和大家回个信儿。"说完就向众人告辞而去。

卢方走了没一会儿，公孙策忽然说了声："不好！"大家不由得一愣，都问公孙先生："你说什么不好？"公孙策说道："卢方今天被押到开封府的事人人皆知，他那几个兄弟如今都在京城，如果听说大哥被关在开封府，今晚一定会来闹一闹，所以我们不可不防。"众人听了都觉得有道理，于是报知包拯，安排下去，展昭在书房里护着包拯，王朝、马汉、张龙、赵虎在院内巡查，其他差役也都打起精神严加防范。

卢方走出开封府，迎面撞上了自己的随从。那随从看见卢方，迎上来说："大员外，您被官差捉走之后，我们几个跟进城来，恰巧碰见了四员外，原来他们三位已经找到了五员外，只是五员外说还没有和展昭分出胜负，不管怎么劝他，他都不肯回去。"卢方听他们找到了白玉堂，又惊又喜，让随从带着自己直奔大家的住处。卢方进了院子，急匆匆走进里屋，一推门就听一个年轻人问："三位哥哥怎么又回来了。"卢方走进去定睛一看，这人正是白玉堂。

卢方虽然气白玉堂不听劝告，但兄弟感情深厚，并没有责怪他。兄弟两个坐下聊了几句，卢方就问："你那三位哥哥呢？"白玉堂说："他们几个听说你被开封府捉走，十分着急，三哥要去救你，二哥、四哥也拦不住，只好和他一起去了，大哥你又是怎么从开封府脱身出来的？"卢方一听，"哎呀"一声，就把包拯如何审案，开封府众人对他如何客气的事情，详详细细地说了一遍。然后卢方着急地说："如今我们应当赶紧前往开封府，免得事情闹大。"白玉堂听了也不说话，低头坐在那里。卢方知道他心里还在闹别扭，

169

也不强求，嘱咐他几句，自己转身出门奔往开封府。

　　韩彰、徐庆、蒋平三个人听说卢方被开封府捉拿，一时着急，准备夜闯开封府救出卢方。三个人躲开衙役，飞檐走壁来到中厅。王朝、马汉正在那里巡视，马汉抬头看见徐庆，高声一叫："房上有人。"展昭就在书房里守着，听到喊声，一个箭步跳到院中，看到前面一人已经来到中厅的房上，扬手射出一支袖箭，那人"哎呀"一声，翻身掉落下来。王朝、马汉纵身上前，刚把人擒住，忽然一道白光闪过，马汉"哎呦"一声摔倒在地。展昭在旁边看得真切，知道是房上有人发出暗器，伤了马汉，于是纵身上了房，两人打作一团，忽然又有一人从侧面冲过来，一对分水峨眉刺①，直奔展昭面门。要知道此战结果如何，我们下回再见分晓。

_____

① 峨眉刺：中国武术器械之一。清代古典名著《三侠五义》中翻江鼠蒋平的兵刃。

第四十八回　寻解药兄弟疑心　微私访赵虎遇案

上回说到三鼠夜闯开封府，府内经历了一番激烈的打斗。展昭站稳身形，往下面一看，已经是一个人影都没了，只好回到屋里去见包拯。这时候王朝已经扶着马汉去了后院，张龙、赵虎把捆着的人推到堂上。包拯就问："你是何人，竟敢夜闯开封府？"那人说："好汉行不改名，立不改姓，我是穿山鼠徐庆，我们兄弟三个特地为了救大哥卢方而来。只要能让我见大哥一面，要杀要剐任凭发落！"

包拯一点头："原来是三义士到了，快快松绑。"几个人上来给徐庆解开绑绳，又搬来椅子。徐庆也不谦让，一屁股坐下，顺手把自己腿上中的袖箭拔去问道："这是谁的暗器？"展昭接过暗器，又对徐庆一拱手说："情急之下，误伤三哥，还望恕罪。"徐庆看了展昭一眼问道："你就是那什么'御猫'展昭？"展昭一点头说："不敢不敢，小弟正是展昭。"徐庆不由哈哈大笑说道："你这人如此谦逊有礼，五弟来寻你的麻烦，实在是不应该。"

包拯看徐庆虽然举止鲁莽，但是为人直爽，就对徐庆说："我早就听说陷空岛上的各位英雄都十分义气，今日一见果然名不虚传，只是卢义士已经被我释放，不在这里了。"徐庆一听大喜，跪在地上给包拯磕了几个响头。包拯亲自上前把他扶起，正要说话，这时候王朝急匆匆地从外面赶进来说

171

道："大人不好了，马汉中的暗器上有毒，如今已经昏迷不醒。"

徐庆一听赶紧站起来说道："千万不要给他拔出暗器，这暗器上有毒，如果不拔下来，还能坚持到明天这个时候。"包拯一听问徐庆："这暗器可有

解药？"徐庆点点头说："有解药，但这暗器是我二哥的，我这就回去找他要解药来。"他正要走，外面有人来报，说卢义士带着一个人在门外求见，包拯一点头："快请进来。"不一会儿，两个人走了进来，徐庆一看，正是卢方和蒋平。

原来卢方担心三个兄弟夜闯开封府，闹出什么大事，急匆匆要往开封府赶，还没出院门就碰见韩彰和蒋平。两人一见卢方又惊又喜，韩彰就问："大哥你怎么在这儿？"卢方把前面的事说了一通，接着说道："我听五弟说，你们几个为了救我去了开封府，我放心不下，所以出来寻你们。"韩彰一跺脚说："大哥，早知道我们就不去这一趟了，如今三弟被他们捉住，不知道会怎么样。"

卢方急得紧皱眉头说道："这都是五弟的不对，如果他不是非跟展昭赌气，来京城胡闹，哪会有这些事情？我看我们还是带着五弟去开封府，向包大人和展昭赔个礼，先放了老三，再请包大人在皇上面前帮老五求个情，从轻发落也就是了。"这话让白玉堂听了，他觉得大哥有意偏袒展昭，却把自己晾到一边，不由得冷笑一声说道："既然大哥受了开封府众人的知遇之恩，那也就没什么说的了，不如索性把小弟绑了送去请功就是。"这句话把卢方气得哑口无言，站起身来，走了出去。

蒋平见大哥忧心忡忡，走过来说道："五弟犯了糊涂，大哥怎么自责起来了呢？五弟这人年少气盛，性子高傲，我们需要想办法慢慢说服他。如今大哥先跟小弟一起前往开封府，见着包大人赔个罪，再打听一下三哥的下

落，这才是正理。"卢方觉得蒋平说得有理，于是跟他一起赶往开封府。看见包拯带着展昭等人满面笑容地迎出来，他更觉惭愧。大家进屋坐定，包拯把马汉中了毒箭的事告知两位。卢方当即说道："我这就回去找二弟要解药。"蒋平一把把他拦住："大哥，你当着五弟的面向二哥要解药，二哥未必就能给你。不如这样……"卢方一皱眉头说道："这样一来，岂不是又得罪了你二哥？"蒋平笑了笑说："二哥是个通情理的人，回头再跟他解释也来得及。"说完他跟包拯告辞，急匆匆走了。

蒋平回到他们居住的院子，装出一副惊慌的样子说道："不好了，三哥身上中了毒箭，现在昏迷不醒，大哥在守着他，小弟来叫二哥前去接应。"韩彰一听，急忙从怀里掏出两颗解药给蒋平说："你轻功好，先去给你三哥服下解毒，我随后就到。"蒋平心中暗喜，接过解药，转身直奔开封府而去。韩彰跟出来找了半天，也没找到人，这才明白自己中了计。白玉堂此刻起了疑心，冷笑道："二哥你也不用骗我了，想必一定是你们几个商量好了，要把我抓住送到开封府。要不然四哥哪能这么容易骗走你的解药？"韩彰是百口莫辩，叹了口气说："既然五弟如此怀疑我，我只好两不相帮了。"说完，他转身走了。

蒋平拿了解药回到开封府，天已经大亮。他们把药拿去，一半外敷，一半内服，没过多时，马汉醒了过来，大家才放下心。卢方兄弟回去找韩彰和白玉堂，发现两人都不见了，大家无可奈何，只好耐住性子慢慢查访。

一转眼又过了几天，正好赶上科举考试，皇上命包拯主持，于是包拯就离开开封府，住进了考场。这一天，赵虎一个人坐在房中胡思乱想，前些天，王朝、马汉两位哥哥微服私访遇到了卢方大哥，得知了白玉堂的下落，我何不也出城走走碰碰运气？想到这里，他换了便服走出城去。打探了半天，也没什么消息，临近中午，他牵着马走到了一家饭馆前。赵虎正在吃饭，一个讨饭的老人走到了他面前。赵虎抬头一看就问："老人家看您不是本地人，来京城是投亲的？"他这么一问，那老人不由得掉下泪来说道："公子，实不相瞒，我是来京城告状的。"要知道这老人为何事告状，我们下回再见分晓。

第四十九回　奸人巧言惑知县　包勉大堂听谗言

上回说到赵虎听说老人是进京告状的，于是就问："你要告的是什么人？"老人说："我要告的是当今开封府包大人的侄子，我们观风县的县令包勉。"赵虎一听愣了："包大人是有名的清官，难道他的侄子敢贪赃枉法不成？"老人叹了口气，把事情的经过一五一十地讲给了赵虎。

当年包拯的父亲听信谗言，要遗弃包拯的时候，是大哥包山和长嫂王氏把包拯留在家里抚养。后来包拯入朝为官，平日里对长嫂十分尊敬，对侄子包勉也格外照顾，在书信往来中经常指导他的诗文。后来包勉中了举人，被派到观风县做县令。刚刚上任的时候，包勉也是拿自己的叔父作为榜样，为官清正，观风县的百姓都称他为小包拯。

观风县有一个大财主，是兵部司马黄文炳的远房亲戚，名叫武吉祥，此人仗着黄文炳的势力，为非作歹，无恶不作。包勉上任，不畏权贵，秉公执法，武吉祥就动起了歪脑筋。他先是主动拿钱出来帮着县里做事，经常去县衙里对包勉嘘寒问暖，十分关心。包勉受叔父包拯的影响，生活上非常自律，日子过得清苦。武吉祥看准了这一点，不着痕迹地送他一些锦衣玉食，日子久了，包勉也就逐渐忘记了叔父的教导，过上了享乐的生活，和武吉祥走得越来越近了。

观风县里有一户姓赵的人家，武吉祥贪图他家的五十亩好地，就给这家的主人赵旺编织了一个罪名告到官府。赵旺是个火暴脾气，听说武吉祥和包勉关系密切，一上大堂就大骂包勉贪赃枉法，陷害良民。包勉听赵旺骂自己，当即下令重责四十大板。赵旺认定了包勉和武吉祥勾结，要陷害自己，一怒之下当庭自杀。

包勉遇到这种情况慌了神，去找武吉祥拿主意。武吉祥眼珠一转，劝包勉上报犯人畏罪自杀。包勉听了连连摇头，武吉祥进一步劝说："大人您糊涂啊，赵旺已经死了，就算没有罪名，也不能死而复生。如果说他是当堂自杀，您难免会受牵连，何况令叔父铁面无私，执法如山，如果知道这个事情一定不会轻饶了您。反过来如果说他是畏罪自杀的话，那么大人可就什么罪过都没了。"包勉紧皱眉头，在屋里走了十多个来回，最后叹口气说道："既然这样，就依老兄的主意吧。"于是他写了一道公文，说赵旺在牢里畏罪自杀，草草结了这个案子。

赵旺的弟弟赵喜得知哥哥死在堂上，又悲又愤，决定进京告状。包勉知道后吓坏了，又把武吉祥找来，说道："老兄，我不该听你的馊主意呀，如今赵喜进京告状，如果告到我的叔父大人那里去，以他的脾气和秉性，我可就是罪责难逃了。""大人，您也别埋怨我了，当初我不也是为了您的前程着想吗，不过您也别担心，赵喜进京告状，如果死在路上，一切不就好解决了吗？"

包勉听了这话，脸刷得就白了，他后退两步，盯着武吉祥问："你，你，你是要我杀人灭口不成？"武吉祥一脸诚恳地对包勉说："大人，杀人灭口这话可不对，赵旺大闹公堂，当场自杀，分明是心怀鬼胎，他弟弟不但不来招认哥哥的罪行，还敢进京告状，试图把事情搅浑，实在可恶。大人，如今您心存善念，要放纵他进京告状，却不知道这里边有三害。"

包勉不由得一愣，问道："有哪三害?"武吉祥伸出三根指头比划着说："第一，这一状如果告到开封府，以包大人的脾气，您恐怕就得铡下丧命啊。第二，包大人执法如山，得罪了许多朝廷重臣，您是他的亲侄子，如今犯了这样大的过错，那些人一定会争相向皇上进谗言，说包大人治家不严，坏了包大人的一世英名。第三，如今您母亲年事已高，我听说开封府的包大人也是您母亲抚养长大，如同她的亲生儿子一般，如果您被开刀问斩，包大人被贬还乡的话，老太太受了这么大的刺激，万一有个好歹，您就是死了还要背上个不孝的骂名啊。"

武吉祥这一番话把包勉说得是一阵阵地冒冷汗。他问武吉祥："那就没有别的办法了吗?"武吉祥看看包勉的神色，知道他已经被自己说动了，于是装出一副无可奈何的样子，叹了口气说道："大人，在下对您叔叔一向敬仰，所以才推心置腹地给您出了这个主意，您如果不用的话，我是真没有别的法子了。"包勉虽然是包拯的侄儿，但是无论在能力上还是阅历上，都差包拯一大截，如今被老奸巨猾的武吉祥一通游说，更是没了主意，最后他下定了决心问武吉祥："既然这样的话，应该怎样做才能够不被人察觉呢?"武吉祥凑到包勉耳边，对他说了一番话，包勉点点头，叹口气说道："也只能如此了。"要知道武吉祥又想出了什么坏主意，我们下回再见分晓。

第五十回 见状纸庞吉用计
行大义双侠相见

　　上回说到赵旺的弟弟赵喜要进京告状，武吉祥就给包勉出了一个坏主意。他说："大人，赵喜要进京告状，我们可以在他动身之前把他拦下来，找个罪名把他关在牢中，到时候是关还是杀不都是由您决定吗？"

　　赵喜要进京告状，天还没亮就出门了，刚走几步，就有几个公差一拥而上，把他捆了个结结实实，其中一个人顺手就把一包东西塞到他的怀里。

　　赵喜一边挣扎一边高喊："你们要干什么？"为首的那个官差冷冷一笑说道："干什么？当然是抓犯人了。你怀里揣的什么东西？"几个差人从赵喜怀里拿出刚才那包东西，打开一看，都是些金银珠宝。这时候武吉祥倒背着双手，慢慢地走了过来，他看了看这些珠宝，点点头说道："不错，这就是前两天从我家里丢的东西，多谢几位兄弟帮我追回赃物。"说着掏出一包银子塞给了领头的公差表示感谢。

　　赵喜知道自己是被人诬陷，心里有气，一路上叫骂之声不绝。包勉心里有愧，也没敢跟赵喜见面，就直接命人把他关在了大牢之中。赵喜被几个公差抓住的时候，老仆人赵义在门缝里看得真真切切。他下定决心进京告状，要为二位主人讨回公道。

　　想到这，他不动声色地装点一下行装，悄悄地离开了观风县。他快到京城的时候遇到了强盗，把他身上的钱财都抢走了，只好沿路乞讨来到了京城附近，碰巧遇上了赵虎。赵虎听了老人的这番话气坏了，对老人说："老人家您不用担心，我是开封府的六品校尉赵虎，我们包大人十分正直，不管是不是他的侄子，他都会秉公处理的，只是他最近忙科举考试的事，估计三天后才能回来，您到那个时候找他告状就行。"说着又从怀里掏出一把碎银子塞给老人，老人千恩万谢地接过银子，告辞而去。赵虎继续追查白玉堂的下落。

三天之后，赵义赶往开封府告状。快到开封府的时候，前面忽然来了一队人马，赵义以为是包大人，于是几步走上前去，跪在地上，举着状纸喊道："小人冤枉！"这轿子里坐着的不是别人，正是当朝太师庞吉。听到前面有人喊冤，他不由得好奇起来，于是叫人把状纸拿过来看。

看了状纸，庞吉心中暗喜，走出轿子，和颜悦色地对赵义说："你的冤屈我已经知道了，我一定为你做主。"他回到府里，把自己的女婿黄文炳叫了过来，两个人一起商量了个计谋。

第二天下午，赵义的住处来了一个管家模样的人，那人来到赵义面前对他说："我是开封府包大人的管家包兴，你好大的胆子，敢状告我们包大人的侄子，你这条老命还要不要了？赶紧滚回老家去，从此不准再闹事，否则的话，一定严惩不贷！"这时候住在客栈里的人都站出来看热闹，指指点点地说这老头真是疯了，居然敢来告包大人的侄子。

赵义心想，开封府也不过如此，说什么清正廉洁，为国为民，其实全都是些谎话。他只好愤愤地离开了。这个自称是包兴的人，其实是庞吉派人假扮的。那天晚上，黄文炳给他出了个坏主意，先派人假扮开封府的人把老人赶走，然后派人在半路上杀死他，这样一来包拯有口也说不清了。

包拯出了考场之后，回到开封府，听说还没有查到白玉堂的下落，也是无可奈何。赵虎见了包拯就问："包大人，赵义来了没有？"包拯一愣："你说什么？"赵虎这才把前面的事跟包拯一五一十说了一遍，包拯听完，气得浑身发抖。

这时有个差人跑来说："门外有人要见展护卫。"展昭出去一看，对面站着一位大汉，身材魁梧，浓眉大眼，腰间悬着一口宝刀。展昭一看非常高兴，上前一步行礼："欧阳兄，你怎么来了？"原来这人正是和南侠展昭齐名的北侠欧阳春。他身边还站着一位老人，这老人正是赵义。

欧阳春见了展昭，也不说明赵义的身份，就问："开封府里可有一位叫包兴的管家？"展昭点点头说道："他是包大人的贴身管家。"这时候正好包兴从一边经过，展昭一招手："包兴兄弟，我来为你介绍一下，这位就是北侠欧阳春欧阳大哥。"包兴听了过来见礼，欧阳春回了个礼，然后转身问赵义："你可认得这位管家？"要知道赵义如何回话，我们下回再见分晓。

第五十一回

寇准金殿戏庞吉
包拯查案赴观风

上回说到欧阳春带着赵义来到开封府，赵义看了看包兴摇摇头，对欧阳春说："这位管家不是昨天赶我的那个人。"欧阳春把在郊外树林救下赵义的事跟展昭讲了一遍，展昭听了，赶紧带赵义去见包拯。

包拯听赵义把事情的前因后果叙说了一遍，又生气又惭愧。生气的是，包勉不该为官不良、残害百姓，惭愧的是，侄子如此行事，自己也无脸面对朝廷和百姓。这时候公孙策就轻声对包拯说："大人，庞吉接了状纸却没有上奏，一定是有什么阴谋，说不定那假扮包兴的人，拦路谋害赵义的人都是庞吉派来的，好借此陷害大人。"

包拯听了点点头说："庞吉虽然不怀好意，但包勉残害百姓确是实情，我明天就上朝面奏皇上，向皇上请罪。"第二天早上，皇上刚刚上朝，包拯就上奏折请罪，皇上看了包拯的奏折非常惊讶，于是就问包拯："包卿家，你说赵义状告包勉残害百姓，状纸现在哪里？"包拯回答说："启禀皇上，赵义说状纸三天前就已经交给了庞太师。"皇上一皱眉头，当即下旨宣庞太师入朝。

庞吉来到大殿，皇上问他："前几天你可曾收到一份状纸？"庞吉听了心惊道："启禀皇上，老臣有罪，不是老臣有意隐瞒，实在是这件案子和包大人有关，当时包大人正在忙科举，老臣不忍心让他再为此案耗费精力，所以就把状纸压了几天。"

包拯在一边听了对皇上说："太师多虑了，微臣的侄子为官不仁，自当严惩，微臣教侄无方，也应该受处分。"

皇上看了看庞吉递上的状纸，包勉的确是胆大妄为，但考虑到包拯平日里恪尽职守，勤政爱民，不觉又犹豫起来。他看见寇准正站在一边，就询问他的意见。寇准听了两人的对话，对着皇上一本正经地说道："皇上，包勉为官不仁，包拯教侄无方，以臣之见，应该将他削职为民！包勉是包拯的侄子，出了错自然要拿包拯是问，但包拯又是大宋朝难得的清官，所以微臣建议，不仅要把包拯削职为民，还应该让包拯戴罪立功，去观风县审理包勉一案，只要他能公正处理此案的话，就让他官复原职。"

庞吉在旁边有气说不出，他想，绕了一圈又绕回来了，这与不处分包拯有什么区别？皇上觉得寇准的主意不错，于是连连点头，问包拯道："既然如此，包拯你可愿意？"包拯点点头说道："任凭皇上安排。"

于是皇上颁下圣旨，免去包拯官职，让包拯以平民身份，处理开封府事务，前往观风县，审查包勉一案。包拯退下朝堂回到开封府，把金銮殿上的事和大家说了，嘱咐公孙策等人在自己去观风县审理包勉一案期间，加强开封府的防范，以免白玉堂又惹出其他麻烦。

包拯一行日夜兼程，没几天就来到观风县，他也没让人通报，直接就来到了大堂上。包勉一抬头，看见自己的叔叔走上堂来，整个人都吓傻了，几步绕到堂下，扑通一声跪下了。包拯看着包勉，是又心疼又生气。他硬着心肠走到堂上，对包勉说："如今我奉皇上旨意，来观风县审查你贪赃枉法、草菅人命一事。赵旺究竟是怎么死的？赵喜又为何被你关在牢中？"

到了这个时候，包勉真的是又悔又恨，把自己做的事情一五一十地跟包拯说了一遍，然后又对包拯说："叔父大人，侄儿都是受了武吉祥的挑唆，如今犯下大错，只求叔父看在父亲、母亲的面上，高抬贵手，放侄儿一条生路吧。"包拯面沉如铁说："你既然知道自己犯下大错，自有国法处置，来人，把包勉的官服脱了，跪在一边。"

观风县的衙役们都被吓到了，但也不敢怠慢，走到包勉面前说："大人，实在对不住了。"说着就脱掉了包勉的官服，把他带到一边。这时候包拯又下令传武吉祥前来。

武吉祥正在家里喝酒呢，忽然听说包拯传他上堂，可把他吓坏了。他来到堂上，包拯就问他："武吉祥，包勉说你给他行贿送礼，还勾结他陷害良民，可有此事？"武吉祥连连摆手："包大人，送礼的事小人做过，不过那是包知县主动找我要的，至于陷害良民这种事，小人可没做过。"包勉在一边听了气得牙关紧咬着说："武吉祥你这个小人，当初难道不是你一再给我送礼？如果不是你诬陷好人，赵旺怎么会死在堂上？"

武吉祥冷笑一声回答说："包知县，您说这话可就不对了，我什么时候主动给您送礼了？谁是证人？不错，我是告赵旺有罪，但是我怀疑他有罪，难道不能告发他吗？如果最后审明了他确实冤枉的话，我愿意承受我应得之罪。可他在大堂上自杀，难道不是因为您动用大刑造成的吗？赵喜被关到大牢中，难道不是您的衙役去抓的？怎么如今把这一切都推到我身上来了？"要知包拯如何断案，我们下回再见分晓。

183

第五十二回 公堂上包勉伏法 开封府包拯送行

上回说到包拯来到观风县审理包勉一案。武吉祥还在狡辩，观风县的百姓们听说包拯来了，纷纷涌到县衙门前告武吉祥欺压百姓。包拯听了百姓的申诉，对武吉祥说："你勾结官府、欺压百姓、逼死人命，按律当斩。来人，把狗头铡抬上来。"几个差人答应一声，抬出了狗头铡。

武吉祥一看急了，于是扯着嗓子高喊："包大人，包勉身为知县，知法犯法，大堂之上逼死人命，难道不应该也是死罪吗？"包勉一听可吓坏了，赶紧上前两步对包拯说："叔父大人，小侄有罪，但确实是受了武吉祥的蛊惑，还望叔父从轻发落。"

这时候，赵喜已经被包拯令人从牢中放出，他和赵义一起走到堂上，跪在包拯面前对包拯说："多谢包大人为我和兄长洗雪冤情，包知县虽然有罪，但毕竟是受了小人的蛊惑，我兄长脾气也确实急了些，才会在公堂上自杀，所以小人也求包大人从轻发落，免去包知县的死罪。"

包拯摇摇头说道："包勉身为朝廷命官，立身不正，贪赃枉法姑且不说，逼死人命之后，为了逃避罪责，封锁消息，还栽赃陷害于你，实在是国法难容。"包勉在旁边一听心里凉了半截，他跪着往前两步，抱住包拯的腿，放声痛哭："叔父，看在我父母都已年迈的份上，您饶了侄儿的死罪吧，让我从此回家务农，也好在双亲面前尽孝。"这时候大堂上的衙役们也都跪下了：
"包大人，您就饶了知县吧。"

包拯叹了一口气，俯下身，双手把包勉扶了起来说："侄儿，你不要埋怨叔父心狠。你身为朝廷命官，却忘了本心，违反法度，按律当斩，今天如果饶了你，明天我还有什么脸面在开封府为百姓申冤？你放心，你死之后，你的父母由我供养。"

包勉知道自己是难逃一死了，反倒镇静下来，他后退一步，庄重地给包拯行了个礼说："叔父，侄儿不该不听您的教诲，如今悔之晚矣，家中双亲有您照应，我也没什么好担心的，就此告别了！"说着一转身，自己就走向了铡刀，伏下身子，把脖子放在刀架上。这时候整个大堂上寂然无声，所有人都看着包拯。包拯走到公案后面，双手扶住桌面，说出了两个字："开铡!"差人一咬牙，包勉人头落地。

这时候旁边忽然爆发出一阵狂笑声，大家一看，发出笑声的人居然是武吉祥。他一边狂笑一边说："果真是公正无私的包大人，今天我心服口服，死而无怨。"包拯一挥手："开铡。"差人手起铡落，武吉祥也人头落地。

包拯处理完了观风县的案子，就带着差人匆匆赶回，没几天来到京城。他也不进开封府，直接上朝去面见皇上。皇上正在早朝，听说包拯求见，赶紧宣他进来。包拯来到殿上跪下行礼说："草民包拯叩见皇上。"接着把自己在观风县铡包勉的事一五一十地说了一遍。皇上听说包拯铡了包勉，又吃惊又感动，连连点头说："好好好，包卿家你处置得好。既然案子已经处置停当，那么朕就按照寇天官此前所说的，包拯官复原职，以龙图阁大学士身份继续执掌开封府。"

皇上钦佩包拯公正无私的魄力，再听说了他自幼由长嫂抚养长大之后的旧事，当即封包拯长嫂为一品诰命夫人①，并给包拯准假三天。庞吉在一侧听得清清楚楚，但早已被包拯的作为吓得心惊胆寒，一句话也说不出来。

包拯下朝回到开封府，包兴急匆匆走了进来，对包拯说道："大人，陷空岛上的三位义士来了。"包拯忙说："快快有请。"没过一会儿，钻天鼠卢方、穿山鼠徐庆和翻江鼠蒋平走进大堂，一起向包拯行了个礼。卢方就对包拯说："包大人，我们兄弟三个四处打听了接近一个月，也没有五弟的下落，实在不知道他去了哪里。"说完，在一边叹气不已。

———————————

① 诰（gào）命夫人：封建时代君主对高官的母亲或妻子的加封。

包拯安慰卢方说："卢义士不必担心，想必是白玉堂看见自己势单力孤，暂时回陷空岛去了。"蒋平叹了口气说道："包大人有所不知，五弟最是年少气盛，如果我们几个帮他还好，现在我们几个也站到开封府这边，他一定会找机会大闹一场的。这才是我们兄弟几个最担心的地方。"卢方提议先回陷空岛看看，大家纷纷同意。包拯令人设下酒席为几位义士送行。

　　酒席刚刚摆下，大家还没来得及入座，忽然院子里"啪"的一声掉下一个东西。包兴赶忙出去一看，见地上落着一个纸包，打开一看，上面写着一首打油诗：特来借印宝，暂归陷空岛。南侠若敢去，御猫跑不了。包兴大惊失色，自言自语道："不好了，开封府的大印被盗走了。"说着，急匆匆往书房赶去。要知道开封府的大印是否还在，我们下回再见分晓。

第五十三回　白玉堂三闹开封　展熊飞独登陷空

上回说到包兴看见白玉堂的字条，担心大印被盗，顾不得和大家说明，就急匆匆离开。这时候，外面忽然一阵喧闹，差人来报，说开封府西边房子失火了，众人大吃一惊，往西边赶去。此时，大家就看见包兴也气喘吁吁地赶来。展昭就问包兴："刚才你急急忙忙地去做什么？"包兴就把见到纸条的事说了一遍，然后说道："我担心大印已经丢失，急急忙忙赶到书房，结果大印还在那，原来那贼人是故弄玄虚吓唬我们的。"

公孙策听了对展昭说："展护卫快去书房！"展昭素来相信公孙策，见他这样说也不多问，转身就奔了出去。这时候公孙策又对包拯和包兴说："我们中了白玉堂的投石问路之计。他原本不知道开封府的大印收在哪里，故意扔出这么一个纸条，让我们惊疑不定，这样一来我们一定会去查看大印是否还在原处，他正好在后面悄悄跟着，找机会下手盗走。然后他又在西边放火，引着大家去救火，这样浑水摸鱼，展护卫现在去恐怕也已经晚了。"

果然，展昭赶到书房的时候，柜门大开，开封府的大印已经不翼而飞。展昭知道这一定是白玉堂干的，于是纵身一跃上了房顶，往四下看去，也没有什么踪迹，只好回到后面报知包拯。这时候其他人也扑灭了火，大家汇集到一处，这才知道白玉堂刚刚盗走了开封府的大印。

这时候徐庆就嚷着说："这老五实在过分，如果我知道他在哪里，一定要去教训他一顿，出出这口恶气。"展昭在旁边说道："五弟现在应该是回陷空岛了。"说着就把字条拿出来给大家看。卢方一跺脚说道："我这就回陷空岛去找他。"展昭拦住卢方说："五弟盗走大印是为了和小弟赌气，大哥找他要印，他如果不给的话，难道你们两个就要恩断义绝不成？所以还是小弟去的好。"

蒋平摇摇头说道："我那五弟行事诡异，心狠手辣，又善于用一些机关埋伏，以我之见，等明天我们几个一同前往陷空岛，见机行事。"

当天夜里，展昭翻来覆去睡不着。他想，这一切事情都是因为白玉堂和我赌气所引起，我还是独闯陷空岛，和他做个了断。想到这，他悄悄地起身，留下一封书信，纵身跃出开封府的院墙，往陷空岛去了。他一路赶到松江府，也顾不得先去见丁氏兄弟和未婚妻月华，就直接找了艘小船来到陷空岛上。他趁着夜色来到卢家庄，敲了敲门问道："里面有人吗？"就听到里面回答："是什么人？"展昭说道："在下展昭，特来拜访你们五员外。"里面的人一听是展昭，就回答说："我家五员外有过吩咐，展大侠称'御猫'，身体很灵便，如果是他来了不必开门，请他在庄里随意穿行。"说完，展昭就听得一阵脚步声远去，那人自己走了。

展昭不由大怒，心想：白玉堂也太过分了，你明明知道"御猫"这个称号与我无关，却三番五次拿这事来纠缠于我，既然如此，我倒要闯闯你这里，看看到底是怎样的一个龙潭虎穴！他小心翼翼地在里面穿梭，见远处大厅里亮着灯光，走上前去，就见白玉堂背对着他，站在大厅正中。展昭走上前去说道："白贤弟别来无恙。"

话音未落，展昭正要转身，早已经摔入陷阱之中。原来这里的白玉堂是

189

个假人，展昭站的地方正是一个陷阱，掉下去之后就被大网裹住，任有通天的本事，也逃不出来。

接着就听见外面锣鼓齐响，一群人涌进来，先把展昭随身的宝剑摘掉，然后用绳子捆住，关进岛上一个山洞，转身走了。山洞里十分阴冷，墙壁上光溜溜的连个抓手都没有，只有上面有个天窗，能看见天空，旁边还有一个牌子，一看就是新做的，上面写着"气死猫"三个大字。展昭看了不禁笑了，白玉堂实在是少年心性，处处都如此计较。

过了两个时辰，就听到外面有人嚷着："把刺客带出来，员外在大厅里等着呢。"这时候天色已经大亮，白玉堂见到展昭，假装大吃一惊，站起身来说道："不瞒展兄，这开封府的大印的确是小弟盗来的，兄长既然人称'御猫'，来去无影，想必要把这大印盗回去，也不是什么难事，我们约定个期限，在这个期限之内，展兄大可邀请其他人来帮忙，如果能把大印盗走，小弟就痛痛快快跟你回开封府投案，到时候任凭朝廷处置，如果展兄过了期限还没能得手的话，就隐居江湖，不再提'御猫'这个称号，你看如何？"

展昭一点头说道："好，我是昨天晚上三更时分来到你这陷空岛的，咱们就以三日为期，三天后的三更天，如果我还盗不出这大印，就算我展昭输了。"说着，两个人击掌为誓。白玉堂早就安排了一条小船，把展昭送出陷空岛。

展昭出了陷空岛，去丁家庄找双侠兄弟商量此事。忽然有人来报，说陷空岛上三位员外来了。原来卢方、徐庆、蒋平三人不放心展昭和白玉堂，三人跟包拯禀报之后，也急忙奔陷空岛而来，快到陷空岛的时候，蒋平停住脚步，说道："大哥，如果咱们这个时候回陷空岛帮展大哥的话，五弟一定会迁怒我们，伤了兄弟和气。依我之见，不如先去丁家庄，见着双侠兄弟，一边打探展大哥的消息，一边共商对策。"

于是兄弟三人就直奔丁家庄，见到展昭，大家十分高兴。展昭把昨天夜探陷空岛失手被擒，白玉堂和他打赌盗印的事情说了一遍。徐庆顿时就火了，说道："好个白玉堂，居然如此嚣张，难道陷空岛是他一个人的吗？展大哥你不必担心，我们兄弟几个都熟悉路径，今天夜里我们就带你闯进陷空岛。"蒋平摆手笑道："三哥你又不是不知道五弟的脾气，如果我们这么多人进去，他知道抵挡不住，说不定就会带着大印逃走，找起来更费工夫，过了三日期限，展大哥打赌输了，你让展大哥怎么办？"徐庆一皱眉头说道："那你说怎么办？"蒋平眼珠一转，说出一个计策，大家连声称好。要知道蒋平提出的计策是什么，我们下回再见分晓。

第五十四回　稳军计迷惑玉堂
　　　　　攻心策暗助展昭

上回说到卢方、蒋平、徐庆来到丁家庄，和双侠兄弟、展昭一起商议盗大印的办法，蒋平说出了一个计策，众人听了连连叫好。

这天下午，白玉堂正在大厅里坐着，忽然有人来报说丁家庄的二位员外来了。白玉堂笑着站起身来，对两人说道："是哪阵风把两位哥哥给刮来了，可是来帮展昭盗取开封府大印的？"丁兆兰还没来得及说话，丁兆蕙就笑嘻嘻地对他说："大哥你看我说的没错吧，这白老五果然多疑。"白玉堂笑着说："二哥你也别怪我，谁不知道月华小妹已经许配给了展昭为妻。你们俩不帮他，难道来帮小弟不成？"

丁兆蕙走进大厅，大大咧咧地坐下说道："五弟你平日里聪明，但今天你可想错了。如果你犯的是小事，我们兄弟自然是要帮展昭的，可你如今犯的都是大事，夜闯皇宫杀人，盗走开封府大印，无论哪条罪状，一旦到了开封府，那就是死路一条。我们兄弟总不能把你往死路上推吧。所以我和大哥商量，我们兄弟俩是两不相帮，为了避嫌，索性跑到你这陷空岛上。只是得麻烦五弟破费，好酒好菜地招待我们几天，等三天后，你俩打赌有了结果，我们再回丁家庄。"

白玉堂是个小心的人，见问话问不出破绽，就让二人发誓。白玉堂听到二人的誓言放下心来，吩咐摆下酒宴，安心招待二人。

一连两天，三个人在一起饮酒聊天，日子倒也过得逍遥自在。到了第三天晚上，丁兆蕙又拉着丁兆兰来找白玉堂喝酒，这时候听到外面打更人在打更，已经是二更时分。白玉堂心里高兴，心想再过一个更次，展昭可就输定了。他再看一眼丁氏兄弟，两人神态自若，没有半点紧张焦虑的样子，他不由得暗暗奇怪。这时候他忽然听到丁兆蕙在一边哈哈大笑说："眼看就到三更了，展昭输定了。"

白玉堂忽然打了个激灵，心想：不好，我上当了，他俩用的是稳军计啊，把我稳在这里，让展昭趁机悄悄盗印，看他俩人现在还如此沉得住气，谈笑风生，想必展昭已经得手了。想到这他一招手，叫来自己的亲随，对他低声说道："快去后面看看大印还在不在。"

亲随答应一声就往后面走去。卢家庄中有一座假山，里面有一个山洞。亲随走进山洞，打开暗门，从里面取出一个盒子，打开一看，开封府的大印还好端端地放在盒子里。他自言自语地说："我们五员外就是疑神疑鬼，大印放在这，别说是'御猫'了，真猫也找不到啊。"他话音刚落就感觉脖子上一凉，一把宝剑已经压在他的脖子上，回头一看，来人正是展昭。展昭把白玉堂亲随打晕，用绳子捆上放在一边，打开盒子取走了大印。他转过身走到外面，低声说道："大印在这里了。"这时候，另外两个人从黑影中走出，分别是卢方和徐庆，三人一起往大厅走去。

来到厅外，他们几个就听到白玉堂说："眼看就到三更天了，不知道展昭等会儿有什么脸面来见我？"徐庆听得血气上涌，纵身跳进大厅，大喊一声："姓白的，看你往哪跑！"白玉堂惊讶得后退两步，冷笑一声说道："三哥，你也来帮着展昭抓我吗？我和他有言在先，三更天之前要拿到开封府的大印，如今你们以多胜少，就算擒住了我，我看他也没什么面目行走江湖了。"白玉堂话音刚落，展昭就笑着从大门进来，手里托着一个盒子说道："白五弟，如今开封府大印在此。你就跟为兄去一趟开封府吧。"

白玉堂一看情况不妙，转身就走。徐庆见白玉堂想赖账，追上前去，举刀就要砍，白玉堂一闪身，纵身跳上房顶，一转眼就不见了。白玉堂出了卢家庄，直奔后山。原来白玉堂跟展昭一样不通水性，而且他心高气傲，非要和别人不同。他在后山上搭了一条铁索，直通到陷空岛对面的陆地，平日里他就施展轻功在这铁索上来往两边，今天他就想通过铁索桥离开陷空岛。

他刚到后山，就发现这铁索居然断成了两截，他既惊讶又着急，后悔当时没向四哥学习水中本事。正在这时，远远有一条小船正向这边缓缓驶来，白玉堂十分高兴，连忙高喊道："船家快快靠岸。"

没过多久，那小船来到岸边。划船的人头戴斗笠，看不清面容，背着身子。白玉堂此时顾不得多想，纵身跳上船说道："麻烦你快些把我送到对岸，等会儿自然有银子相送。"船家答应一声，缓缓地撑开船向对岸划去。快到江心的时候，船家忽然把船停住，对白玉堂说出一番话来。要知道船家对白玉堂说了什么，我们下回再见分晓。

第五十五回 白玉堂落水遭擒 展熊飞惜才荐贤

上回说到白玉堂逃出卢家庄，来到后山找到了一艘小船。这船家把白玉堂带到江心，忽然转身对白玉堂说道："五弟，如果你不这么任性胡来的话，堂堂的少年侠客锦毛鼠，何至于落荒而逃。"他掀开头上的斗笠，白玉堂定睛一看，此人正是翻江鼠蒋平。

三天前蒋平在丁家庄，给大家出了这么一个主意，他说："五弟心思敏捷，但有时候难免多疑，咱们正好利用他这个特点，麻烦丁氏兄弟即刻前往陷空岛，就说是两不相帮，等到约定时辰快到的时候，表现得神态自若，按照五弟性子，一定会担心自己中了计，然后派人去查看大印的下落，这时候大家正好动手。"众人一听，连连称赞道："好计策！"

其实蒋平料定白玉堂的性子，就算输了，也一定不会束手就擒，所以他提前来到后山磨断了铁索，划一艘小船等在这，果然遇见了白玉堂。白玉堂一见蒋平，就知道铁索一定是他磨断的，气急败坏地操起船上一根竹竿，就向蒋平戳去。蒋平往后一纵身，扑通一声落到了水里。白玉堂撑起竹竿想把船划到对岸，可是他不会划船，使出全身力气，船也只是在江心打转。这时候只听见水花响动，蒋平从水中冒出头来笑道："五弟，船不是这样划的。"

195

白玉堂又气又急，举起竹竿照头就打。蒋平把脑袋一缩潜入水中，接着又从船后面冒出头来说道："五弟，我看你划船也累了，不如到水下歇歇。"说着他用力扳动小船，小船顿时摇晃了起来，白玉堂立足不稳，掉到了水中。蒋平一手抓住白玉堂的后心往水里按，白玉堂顿时连喝了几口水，没了力气。蒋平才一手拖着白玉堂，一手划水，慢慢地来到岸边。这时候，卢方他们几个刚好也赶到这里，看到蒋平抓住了白玉堂，又惊又喜。

卢方、展昭二人扶住白玉堂，一顿拍打，直到看着白玉堂吐出几口水来，这才放了心，把白玉堂抬回大厅。过了片刻，白玉堂叫了一声"哎呀"，醒了过来。他睁开双眼，发现自己正躺在卢家庄的大厅里，旁边站着几个人，卢方、展昭一脸的担忧，徐庆站在旁边，气呼呼地瞪着他，蒋平却是笑而不语。白玉堂看到蒋平就火了，指着蒋平大骂："蒋平，好一个无情无义的人，把我淹得好苦！"

卢方正要说话，蒋平抢上一步对白玉堂说道："五弟你骂哥哥无情无义，但哥哥却不能真的无情无义，咱们兄弟曾经约过要同生共死，等你被开刀问斩之后，我一定在你和大哥的坟前上吊自杀。"白玉堂听了愣了一下问道："我开刀问斩与大哥何干？"蒋平对白玉堂说："五弟你年少不懂事，只顾逞一时之勇。你自己想一想，在皇宫杀人够不够得上抄家灭族的死罪？你如果还一味地任性闹脾气，那时谁都帮不了你。依着大哥的性子，让他看着你全家被抄斩，就算不找根绳子上吊，也得抑郁而终。到那时我还得料理你们的后事。等料理完了，我就在你们坟前自尽，也好尽咱们兄弟的情分。"

徐庆在一旁气呼呼地说道："你们几个要是死了，我哪有自己活着的道理。"白玉堂听得心惊胆战，心想：当初我非要计较展昭那"御猫"的称号，闯了大祸，如今真像四哥说的那样，我白玉堂岂不成了千古罪人？蒋平看白

197

玉堂的脸色，知道他被说动了，又对丁兆蕙使了个眼色。丁兆蕙心里明白，故意叹着气说道："五鼠折了四个，彻地鼠韩彰哪天听到消息，一定也不肯独活在世上。没想到陷空岛五鼠，英雄一世，没毁在别人手里，却死在了自家五弟的手里，实在是可惜啊。"

白玉堂听着这些话，身上是一阵阵地冒冷汗，跪倒在几位哥哥面前忏悔道："各位兄长，小弟知错了，只是大错已经酿成，无可挽回，只求我死后，几位哥哥好好保重身体！"这时候展昭从旁边过来，把白玉堂扶起说道："五弟你尽管放心，这次到了开封府，为兄一定保护你周全。此外皇上和包大人对你也没有什么责怪的意思，你不必太担心了。"白玉堂看着展昭，心里十分惭愧，连连行礼说道："小弟一时糊涂，不该和展大哥计较名号。展大哥宽宏大量，小弟心服口服。"

卢方见白玉堂回心转意，十分高兴，连忙令人摆下酒席。白玉堂向几位哥哥一一敬酒赔罪。当天夜里大家就在陷空岛上歇息，第二天来到丁家庄，展昭和众位兄弟又拜见了丁氏兄弟的母亲，然后就赶回开封府。

到了开封府，展昭先去找公孙策，二人一起去见包拯，把开封府的大印呈上。接着展昭把自己夜探陷空岛、三鼠双侠齐聚丁家庄、蒋平设计盗大印、智擒白玉堂的事情，和包拯说了一遍，最后对包拯说："如今朝廷正是用人之时，白玉堂又是少年英雄，还请包大人在皇上面前多美言几句。"包拯点头答应，于是也不升堂，就请白玉堂来书房一趟，展昭回去对大家说："包大人请五弟书房相见。"

白玉堂站起身来就要走，蒋平立即把白玉堂拽了回来。想知道蒋平要做什么，我们下回再见分晓。

第五十六回　金銮殿玉堂受封
　　　　　　仁和县花冲遇凶

　　上回说到包拯请白玉堂书房相见，白玉堂刚要去，却被蒋平叫住。蒋平对白玉堂说："五弟，你现在是皇上要捉拿的犯人，就算包大人有意保护你，你也不该这样进去见他。"白玉堂顿时恍然大悟，于是换上了罪犯的衣服，请差人戴上了刑具。

　　白玉堂这才来到书房门口，跪在地上说道："罪民白玉堂参见包大人。"包拯在里面说："请白义士快快进来。"白玉堂听包拯对自己如此和气，又安心又惭愧，于是赶紧走了进去。包拯一看白玉堂这副打扮，站起身来说道："白义士你何必如此。"说着就让展昭替白玉堂去掉刑具，重新换上衣服，请白玉堂坐下。包拯笑着说道："白义士，皇上屡次询问你的下落，并不是要问罪，而是动了求贤的心思。明日见了皇上，说不定还要加封官职，只盼望着白义士封官之后，能够好好地为国效力。"白玉堂连连称谢，退了出来。

　　白玉堂离开后，包拯提起笔来写了一封奏折，向皇上说明白玉堂的所作所为虽然违背刑律，但都是些剪除恶人、行侠仗义的事情，请皇上广开贤路，不计前嫌，重用白玉堂。

　　第二天早朝，包拯把奏本呈上。皇上看了之后非常高兴，便召见了白玉堂。皇上看白玉堂长得一表人才，少年英俊，又想到他那夜闯皇宫的本事，

199

当下传旨，让白玉堂也做了四品御前护卫，在展昭之下。白玉堂对展昭已经是心悦诚服，听到皇上如此安排，连连叩头谢恩。

为答谢开封府众位兄弟，白玉堂摆下酒席，大家欢聚一堂。正在开怀畅饮，卢方突然叹了口气说道："不知道如今二弟在什么地方。"白玉堂听了说道："二哥这事都怪在小弟身上，明天我就出发去把二哥找回来。"蒋平阻拦道："五弟，如今你刚刚封了官职，不宜随便行动，二哥这事多少也和我有关，我不该骗了他的解药，所以还是我去吧。"卢方点点头说道："这样也好，只是天下如此之大，你准备去哪找你二哥呢？"蒋平说："二哥双亲的坟墓都在翠云峰下，他每年都会去那里扫墓，如今他既不回陷空岛，想必会去那边隐居，我就到翠云峰一带找找他。"

第二天蒋平就去见包拯，跟他说了自己要去翠云峰找韩彰。包拯点点头，又对蒋平说道："也是凑巧，前几日你们兄弟去陷空岛的时候，翠云峰附近的仁和县来报，说有个飞贼在那一带连续杀人作案，你去寻访韩义士的时候，也留意一下。"蒋平答应一声，告辞去了。

蒋平离开开封府，几天后就到了翠云峰。他先去韩彰父母的墓前祭拜，看见墓前有不久前祭拜过的痕迹，知道韩彰一定在这一带。他想：二哥也是个疾恶如仇的人，如果知道仁和县有飞贼杀人抢劫，一定也会出手，我不妨先去仁和县，一来打听二哥下落，二来去缉拿飞贼。

蒋平换上了一身道士装扮，来到仁和县城，找了一家茶馆坐下，留神听周围人的谈话。这时候，旁边有几个人在聊天，说昨晚赵记当铺进了飞贼，还好被人赶走了。蒋平听了，走过去对那几个人行了个礼问道："各位可知道赶走飞贼的是什么人吗？"其中一个人说道："道长有所不知，那飞贼平时作案心狠手辣，从来不留活口。昨天他去了赵记当铺，正要行凶，却被一个青衣人拦住。那青衣人使一口钢刀，身形修长。飞贼不是他的对手，翻墙逃走，青衣人一路往南追去了。"

蒋平听这人的描述，猜想青衣人或许就是二哥，于是站起身来道了谢，向县城南面赶去。走了半天，天色已晚，他看远处有一座道观，就想在此留宿一晚，顺便打听些消息。他走到近前，看见这座道观上写着"铁岭观"三个字，正要敲门，观门"吱呀"一声打开了，走出一个道士，手里还提着个酒葫芦。

蒋平走上前去，行了个礼说道："这位道兄，小道想在这里借宿一晚，不知道可不可以？"那道士打量了一下蒋平，说先去打些酒来再安置他。蒋平一笑说道："不瞒这位道兄，小道也是喜欢喝酒的，既然道兄允许小弟在这借住，那么小弟自当请道兄喝上几杯，道兄在此歇息，让小道前去打酒如何？"

那道士听了十分高兴，就把酒葫芦递给蒋平，给他指明了路径。蒋平去打了酒，又买了不少下酒菜回来。道士一看更加高兴，连忙把蒋平带进道观。这道士嗜酒如命，喝了几杯酒，滔滔不绝地对蒋平说了起来。原来他名叫胡和，在这个道观里还有一个当家的道士，叫作吴道成，外号铁罗汉，武艺高强。蒋平听了心中一动就问道："这当家的跟江湖上的朋友可有来往？"胡和连连点头，接着压低声音说道："兄弟你有所不知，我们这当家的也不是什么善男信女，他有个叫花冲的朋友，最近经常半夜来找他，也不知道做些什么坏事，我看老弟是个老实人，所以留你住一晚，第二天早早离开也就是了。"这时就听见外面有人叫门，胡和对着蒋平一摆手，说了句："不要出声"。然后爬起身来，跌跌撞撞地出去开门，没一会儿就听到有两个人一边说话，一边往后面走去。胡和又走回来，对蒋平说道："观主和他的朋友回

201

来了，咱们继续喝酒。"

　　蒋平想去后面探查，于是连连给胡和敬酒，没一会儿，胡和便酩酊大醉。蒋平站起身来，从腰间抽出分水峨眉刺，悄悄地出了门。他看到后面的主屋里还亮着灯，就悄悄来到窗户边上，只见观主正和一个武生打扮的年轻人在一起饮酒，猜想这年轻人一定就是花冲了。这时候就听吴道成对花冲说："被贤弟暗器打伤的那人已经逃走，只怕会走漏消息。"花冲笑着说："兄长放心，我那暗器有毒，他没有解药，最迟明天晚上就会毒发身亡。"蒋平听了暗暗吃惊，心想，中暗器的会不会是我二哥？要知道韩彰是否中了暗器，我们下回再见分晓。

第五十七回　杀恶贼药店寻兄
说往事冰释前嫌

上回说到蒋平偷听花冲和吴道成饮酒聊天，说到花冲的暗器上有剧毒，昨天那人中了暗器，两日内必死无疑。蒋平暗暗心惊，接着眼珠一转，模仿着胡和的声音叫了声："观主！"吴道成听见外面有人叫他，以为就是胡和，站起身来，嘴里骂骂咧咧地往外走。

他晃晃悠悠地推门出来，一边走一边问："究竟出什么事了？"蒋平也不答话，等着吴道成走到近前，一对峨眉刺直奔他的前胸，吴道成连个"哎哟"都没来得及喊出来，就闷声倒在地上，气绝身亡。蒋平把峨眉刺拔出，小心翼翼地走到房前，躲在屋门外。这时花冲听到声音有些不对，掀起帘子，走了出来。这时候蒋平趁机一抖峨眉刺，直刺花冲后心。花冲做飞贼多年，奸诈无比，听到背后风声，躲开了要害，但后背也被峨眉刺划了一道大口子。他见势不妙，一纵身跳上墙头溜走了。

蒋平怕他用暗器伤自己，也不敢硬追。这时候天色已亮，老道胡和也醒了，一看后院这幅景象，吓了一跳，蒋平安慰他一番之后，去县里说明了情况。县太爷听说飞贼有了踪迹，连连向蒋平道谢。蒋平心里有事，客气几句，便请县令找了几个衙役，挨家药店去访查，昨天有什么人来买过药。没过多久，衙役们纷纷来报，说昨天只有钱家老店的伙计在几家药店抓了药。

203

于是蒋平便让一个差人带路，来到钱家老店。掌柜的带着蒋平来到一间屋的外面说："那位客官就在这屋里。"蒋平推门一看，那人果然是彻地鼠韩彰，此刻他正包着右臂，斜躺在床上。蒋平一个箭步进去，跪倒在床前，叫了声二哥，眼泪就下来了。

　　韩彰离开京城后，在江湖上漂泊了数月，来到翠云峰扫墓，便留了下来。恰巧那天花冲去当铺作案，被他遇见，两个人打了几个回合，花冲不是韩彰的对手，用暗器伤了他。这两天韩彰躺在客栈里养伤，想起蒋平就是一肚子火气。他正想着，就看见一个道士推门进来跪在地上。他先是一愣，再仔细看，便认出来是翻江鼠蒋平。他气呼呼地哼了一声，又闭上眼睛，不搭理蒋平了。

　　蒋平明白韩彰还在为自己骗他解药的事生气，赔着笑脸对韩彰说："二哥，我知道你生小弟的气，可是小弟实在是出于无奈呀，当时五弟就在你身边，我如果直接找你要解药，岂不是会害得你左右为难？所以只好想个法子，先把解药骗去救人。没想到五弟多疑，把你气走了，这可不能怪在小弟头上。"韩彰想想当时的情形，觉得蒋平说得有理，睁开眼看看蒋平，叹口气说："这倒也罢了，我气的是你不该把我的两粒解药全部骗走，害得我今天躺在这，险些丢了性命。"

　　蒋平听了笑着说道"二哥这可错怪我了。这两粒解药可是你亲手给我的，紧急关头，哪能想得了这么多呢。再说了，别看小弟现在是个道士打扮，但小弟可没有那未卜先知的本事，如果我知道某年某月某日某时二哥会中了奸人的暗器，当时我说什么也要给你留下一粒解药来。"这番话说得韩彰也笑了，他挣扎着要坐起来。蒋平把他扶起，接着就问："二哥的伤如今怎么样了？"韩彰摆摆手说道："不妨事，我已经重新配了方子，把毒解了，只是这个仇我早晚要报。"蒋平说道："此前骗走二哥解药是小弟不对，不过小弟已经替二哥多少出了口恶气，就算是将功折罪了吧。"

说着，蒋平就把陷空岛猫鼠冰释前嫌，白玉堂金殿受封，自己化装成道士来寻找韩彰，杀吴道成，伤了花冲的事情跟韩彰讲了一遍。接着又对韩彰说道："二哥想要报仇，恰好花冲也是开封府指明要缉拿的飞贼，我陪二哥在这里歇息几日，等二哥伤好之后，我们一起去擒住花冲送交开封府，也替二哥出这口恶气，你看如何？"韩彰点点头说："好，就依四弟。"

蒋平陪韩彰在客栈里养伤。三天后，当地县衙的捕快龙渊来找他俩，说花冲逃往邓家庄了。韩彰就问："你说的邓家庄，庄主可是叫邓车？"龙渊一点头说："正是，邓车也是个江湖豪强，但他平日里没做什么大案，又加上他依附襄阳王，看在襄阳王的面子上，当地的官府也不去动他。"

蒋平一皱眉头说道："襄阳王贵为皇叔，又收拢这些江湖豪强，说不定对权力有野心。"韩彰摇摇头说道："咱们兄弟暂时管不了许多，先去邓家庄捉住花冲，如果邓车敢阻拦的话，就以包藏罪犯的名义把他一块收拾了。"蒋平说："二哥说得对，只是邓车的武功不在你我兄弟之下，又加上有许多家丁，只凭我们三个恐怕人手不够。"

龙渊笑着说："也是巧了，这两天我派人打探花冲的消息，就有人碰到北侠欧阳春，误把他当成花冲，我赶去一看正好认得，二位何不约上北侠一起？"蒋平对韩彰说："既然北侠在此，我们一起去见他如何？"韩彰点头答应着。要知道欧阳春是否愿意帮助两人，他们能否擒住花冲，我们下回再见分晓。

205

第五十八回　开封府五鼠聚首　赤桑镇叔嫂相逢

上回说到蒋平和韩彰商议，邀请北侠欧阳春一起去邓家庄捉拿花冲，他们让龙渊带路，去见欧阳春。

欧阳春前几天在仁和县住下，被人误以为是花冲，还好龙渊认得他，才免了一场误会。欧阳春一见两人又惊又喜。蒋平笑着说："欧阳兄，我们兄弟这次是来麻烦你的。"说着就把要去邓家庄捉拿花冲的事情说了一遍。欧阳春听了微微点头说道："花冲武艺高强，也是个人才，只可惜不走正道。既然两位兄弟看得起我，我们就一起走这一趟。"

四人一起前往邓家庄，到了庄口，蒋平叫住众人吩咐了一番，众人点头答应分头而去。欧阳春手提七星宝刀，直奔前厅。邓车与花冲正在饮酒，忽然看一个大汉手提一口宝刀大踏步走上前来。知道来者不善，花冲抽出刀来。邓车也摘下自己的铁弹弓，走出大厅，扬手弹珠。欧阳春挥刀连连招架，片刻之间把邓车的三十六颗铁珠子全部挡了下来。

花冲站在一边看得明白，知道对方武功不弱，于是从旁边蹿上来，想来个前后夹击。这时候忽然听着背后生风，他举刀相迎。没想到韩彰刀沉力猛，只听"当啷"一声，花冲的刀已经被震得脱手而飞。花冲见事不好，也顾不上邓车，向外就跑，刚刚来到护庄河旁边，忽然有人纵身一跳，一把把他抓住，和他一同滚下河去。这人正是翻江鼠蒋平。

花冲不识水性，挣扎了几下，呛了几口水，就昏迷过去。这时候韩彰赶到，看见蒋平已经擒住花冲，十分高兴，转身又去接应欧阳春。

欧阳春挥起宝刀挡飞了邓车的 36 颗铁珠子之后，邓车心里慌乱，招呼家丁一起把欧阳春围住。就在这个时候，韩彰、蒋平一起赶到。听蒋平高喊花冲已经被擒，邓车知道大势已去，只好仓皇逃走，去襄阳城投奔襄阳王去了。

第二天一早，蒋平、韩彰准备押解花冲前往开封府候审。欧阳春对他们说："几位贤弟，我是个散漫惯了的人，就不跟你们一起去开封府了，大家有缘再见。"于是大家分头而去。

几天后，韩彰、蒋平回到开封府。包拯听说蒋平找到了韩彰，还捉住了花冲，十分高兴。这时候韩彰已经押着花冲来到开封府大门，卢方、徐庆、白玉堂、展昭等人一起迎了出去，兄弟们相见悲喜交集，白玉堂更是在韩彰面前连连赔罪。处理完花冲的案子，包拯带着陷空岛几位义士上殿面圣，向皇上讲述了他们之前种种的仗义之举。皇上求贤若渴，当即封卢方、韩彰、徐庆、蒋平为六品校尉，为大宋江山效力。

几天后，展昭看开封府无事，于是就向包拯请假，便和五鼠兄弟一起前往陷空岛丁家庄拜见岳母和丁家兄弟。包拯也上表皇上，外出巡查一段时间，好访问民间疾苦。包拯辞别了皇上，带着公孙策和王朝、马汉、张龙、赵虎，又让人抬上了三口御铡，就出京去了。

两个月下来，包拯所到之处，处理了多起案件，老百姓欢欣鼓舞，拍手称快。这一天包拯等人来到了赤桑镇上，照例让人贴出告示，让赤桑镇附近的百姓有冤的都可以来申冤。

第二天早上，张龙、赵虎正在门口巡逻，一位老太太手拄一根拐杖走了过来，张龙看她满脸怒气，于是走上一步问道："老人家，您有什么冤情？"老太太摇摇头说道："老身并无什么冤情，我是来找那包黑子算账的。"赵虎顿时不乐意了，脸色一沉说："大胆，竟敢如此称呼包大人！"张龙觉得不对，拉着赵虎后退两步，低声说："四弟，这老太太恐怕不是一般人，先去禀报大人再说。"然后对老太太一拱手说："老人家您在这里稍等片刻，我们这就去禀报包大人。"

两人还没见着包拯，迎面先碰上了包兴，包兴听了张龙的描述吃惊地说："不好，大奶奶来找包大人算账了！"张龙、赵虎都吓了一跳，赶紧问："难道这就是包大人的嫂嫂王氏？"包兴点点头说："没错，包大人在观风县铡了的亲侄儿包勉，就是她老人家的亲生儿子，你们快去禀报老爷，我这就去请老夫人进来。"说着撒腿就往外跑。

包拯听说嫂嫂王氏来了，赶紧出门迎接。张龙看见包拯要往外走，便劝说他改日再见。包拯长叹一声："这件事情我早晚要跟兄嫂说个明白，如今既然嫂嫂来了，我怎有躲起来不见的道理？"说着就往外走，这时候就见包兴搀扶着王氏走了进来。包拯处死包勉，是几个月前的事，王氏夫人怎么今天才来找包拯呢？我们下回再见分晓。

第五十九回　见长嫂包拯请罪
　　　　　　惧钦差奸王行刺

　　上回说到包拯的嫂嫂王氏来到赤桑镇，要和包拯算账。当初包拯处决了包勉之后，给兄嫂写了一封家书，派人送到包家庄，包山夫妇看到这封信，知道自己的亲儿子被亲弟弟给杀了，王氏当时就晕过去了。大爷包山性情宽厚，通情达理，他知道包勉不对，但毕竟心疼儿子，生了一场大病。王氏这几个月来一直在家照应，后来丈夫病好了，这才把家中的诸事安排妥当，自己要去找包拯算账。她听说包拯出京巡视，于是就在赤桑镇截住了他。

　　包拯看见嫂嫂走了进来，扑通一声跪倒在地上："嫂娘在上，请受三弟一拜。"王氏冷着脸后退两步："这不是开封府的包大人吗？我老婆子可不敢当，您快快起来吧，我还要向您行礼呢。"听了她的话包拯更不敢起来了，跪在地上连连磕头。

　　老太太看包拯如此谦恭有礼，火气稍微消了一点，但想到自己的儿子，又忍不住一阵难过，眼泪就下来了。她把手里的拐杖用力地往地上顿了几顿说道："三黑子，你当初被父亲丢到外面，是我让你大哥把你抱回家门，如今你却把我的儿子送上铡刀，包大人，您可真是不徇私情啊。"

　　老太太越说越气，包拯跪在地上头都不敢抬，说道："嫂娘，您千万不要生气，如果气坏了身子，那就是三弟的错了，您先坐下，我们慢慢讲话。"

209

包兴搬过一个座位，扶着老太太坐下，包拯跪在地上对嫂嫂说："嫂娘，您有所不知，包勉在观风县贪赃枉法，与当地豪强勾结，逼死人命，按律当斩。他也是我的亲侄儿，我俩自幼就朝夕相处，处死他，我也心疼啊。"

王氏坐在那里，看到包拯因为刚才那几个头磕得太过用力，额头都破了，也是一阵心疼，她知道包拯说的都是实话，心里就软了几分，叹了口气说道："虽说按律当斩，但这律法就在你的手上，是杀是留还不是你一句话的事吗？我也不是个无理的人，他确实犯了错，你让他丢官罢职，发配充军我都不怨你，但是好歹留他一条性命，让我们夫妇晚年有个人养老送终，何必如此狠心要了他的性命呢？"

包拯跪在王氏面前，又磕了一个头，对王氏说道："嫂娘，您说这律法在我手里，其实不对，这律法写在纸上，留在百姓心中啊。自幼您就教导我，将来成才之后，一旦为官，就要牢记造福百姓，不可贪图私利，所以小弟自入朝为官以来，时刻牢记嫂娘的教诲，一心一意要做一个为民造福的清官。如果小弟对勉儿网开一面，不但上对不起天子下对不起百姓，也对不起您对我的苦心栽培啊。"

王氏本来就是一个通情达理的人，包拯这一番话，把她说得哑口无言。想来想去，她不由得长叹一声说道："罢了，包勉这小畜生是自作孽不可活。三弟啊，你快起来吧，嫂嫂错怪你了。"

老夫人在赤桑镇住了一夜，叔嫂二人促膝长谈。第二天包拯令人送嫂嫂回了包家庄。包拯送走了嫂嫂，便动身回京城了。包拯回到京城不久，老丞相王苞告老还乡，临走之前鼎力推荐包拯。于是皇上降下旨意，封包拯为丞相，兼任龙图阁大学士，执掌开封府。

几年来，宋朝边境上有杨宗保镇守边关，朝廷里又有寇准、包拯这些贤臣，八王虽然年龄大了，平日里不上朝，但是有他坐镇，太师庞吉想干点坏事也不敢随便乱动。所以除了平东王高琼病故，儿子高锦继承了他的王位之外，大宋朝几年来一直没有什么大事。当初和锦毛鼠白玉堂结拜为兄弟的那个书生颜查散，后来考中状元，入朝为官之后，一直奉公守法，小心谨慎，包拯、寇准等人都非常欣赏他。

这一年，皇上听到风声说襄阳王勾结江洋大盗，意图谋反。论辈分，襄阳王是宋仁宗的叔叔，所以皇上也非常为难，召来包拯商量。包拯推荐颜查散前往襄阳巡视民情，借机探查一下襄阳王是不是真的想要谋反。于是皇上传下圣旨，命颜查散为代天巡狩①，赐大印、尚方宝剑，代替天子前往襄阳考察民情，公孙策、白玉堂随行。

颜查散来到襄阳地界，没进襄阳城，而是在城外住下，然后派人贴出告示，让有冤情的百姓来他这里申冤。没几天工夫，整个襄阳一带都传遍了，许多百姓来颜查散这里状告襄阳王横行不法，欺压百姓，掠夺田产，勾结盗贼。颜查散把这些罪状记了下来，对百姓们说："各位父老乡亲，下官这次代表天子巡查襄阳。这些冤情我已经知道了，你们放心地回去，我一定秉公执法，还你们一个公道。"

襄阳王早就知道颜查散来了，派了人混在人群中打探消息。他们溜回襄阳城，把颜查散的作为告知了襄阳王。襄阳王一拍桌子说："好你个颜查散，年纪轻轻就敢跟本王作对。既然如此，你就别活着回去了。"说完他往四下一看问："各位英雄，谁愿意替我出这口恶气，去把颜查散的脑袋提回来？"

座中就有一人站起身来说："我去！"这人叫方彪，武功不错。襄阳王点

---

① 代天巡狩：封建时代代行帝王权威的监察行为。

点头说道："方壮士既然愿意去，那再好不过，如果你能取回颜查散的脑袋，本王一定重重赏你。"这时候，旁边又站出一个人说道："颜查散的身边一定有高手保护，方壮士一个人去恐怕孤掌难鸣，我去助他一臂之力。"这人名叫沈仲元，足智多谋，人称小诸葛。襄阳王连连点头。

二人出了襄阳城，直奔颜查散的公馆。要知道他们能否成功找到颜查散，我们下回再见分晓。

第六十回 小诸葛暗助钦差
白玉堂夜探王府

上回说到方彪和沈仲元前来刺杀颜查散。他们来到颜查散的公馆,方彪施了个"倒挂金钟"的本事,把身子倒挂在屋檐下,正打算往里偷看,忽然腿上酸麻,扑通一声摔到地上,接着就听见有人喊了一声:"抓刺客!"他挣扎起来要走,白玉堂已经从屋里闪身出来,把刀抵在他的胸口上。几个差人七手八脚地把他捆上了。

白玉堂看向旁边,发现一个黑影向东北方逃去,纵身一跃,追上前去。两个人一前一后,追到一片树林前,那人忽然一转身笑道:"白五弟,还认得我吗?"白玉堂走近两步,认出来是小诸葛沈仲元,他赶紧问:"沈大哥,你怎么在这里?"沈仲元笑着说:"五弟,一年前我遇到欧阳春,他说襄阳王图谋不轨,将来早晚要起兵造反,祸害百姓。你们兄弟都在开封府供职,将来说不定就要来襄阳查办案子,所以我假意投靠襄阳王,好给你们做个内应。"

白玉堂听了十分高兴,拱手道谢,接着又问:"刚才那贼人是什么身份?"沈仲元说:"他是襄阳王手下的人,前来刺杀颜查散大人,我刚刚趁他不防备,用飞蝗石打中了他的软麻穴。"接着他又对白玉堂说:"五弟,襄阳王这里高手很多,你让颜大人多加小心。另外,襄阳王手上有一份盟单,他

213

的手下都在上面签名立誓，要保襄阳王夺取大宋江山。只要拿到这份盟单，就能坐实襄阳王谋反的罪名。只是这份名单非常重要，所以襄阳王把它放在了冲霄楼里。"白玉堂又问："冲霄楼在什么地方？"沈仲元对他说："冲霄楼在襄阳王王府花园西南角，里面布置了许多机关埋伏。五弟，我知道你擅长这些机关埋伏，但你一个人毕竟势单力孤，需要把你的几位哥哥一同请来才好共同下手，千万记住，不要一个人去冒险。"

白玉堂知道沈仲元劝他是好意，于是拱了拱手说道："多谢沈兄。"沈仲元又对白玉堂说："既然如此，我先回襄阳王府，有什么消息随时通知你们。"说着转身走了，白玉堂回到公馆，看见颜查散和公孙策，就低声把沈仲元的事情跟两个人说了一遍。公孙策听了，就对颜查散和白玉堂说："既然沈大侠说襄阳王府里高手很多，我们不可不防，大人还是写封信到开封府，请其他几位一起前来相助才是。"颜查散连连点头，当即写了一封书信，让人送往开封府。

这天下午，白玉堂一个人在屋里思索半天，决定先去冲霄楼查探一番。到了晚上，他换上夜行服，按照沈仲元说的地址，绕过襄阳王府的岗哨，来到冲霄楼前。

他走到门口，先丢出一块石子落在地面上，看看没有机关，这才放心走了进去。他来到楼里，往四下望去，才发现楼的里面有许多面墙，墙上各有木门，有开有合。白玉堂心想，盟单一定在楼的最高处，可是这楼梯又在什么地方呢？他试探着往左边走了几步，转过一道弯，发现墙后面还有墙，而且这些墙之间的夹道有宽有窄、有曲有折，墙上的门有明有暗、有真有假。白玉堂在里面转了几圈，暗暗感叹。他在里面转了小半个时辰，始终没有找到楼梯，反而连出去的路都找不到了。白玉堂正在着急，就听见木板另一边

有人低声问道："可是五弟吗？"白玉堂转过去，仔细一看，那人正是小诸葛沈仲元。

原来方彪行刺不成被捉后，襄阳王担心名单有失，每天都派一名高手在冲霄楼把守，这天正好轮到沈仲元。他看到是白玉堂，赶紧迎上前来，低声责备道："五弟，前几天我已经跟你说过，冲霄楼里凶险异常，你怎么不听我的劝告，一个人来这里冒险，还好今天是我在这里值守，要是换上别人的话，你想走恐怕也难了。"白玉堂说："不是小弟不听兄长之言，实在是心里好奇，想来查探一番。既然兄长在这，能不能帮小弟一起到楼上盗出盟单来？"沈仲元摇摇头说："不行，这楼按照五行八卦的方位布置，除非从西南门进来才能看见楼梯，否则的话，其他几个门进来不是暗器机关就是这样的木板长廊，五弟你今天还算运气好，如果你是从其他门进来的话，难免受伤。"

沈仲元又说道："就算上了楼，上面还布置着一个铜网阵，除非拿到阵图打破铜网阵，否则就算是我们这些守楼的人，也根本没有办法进去拿盟单。五弟你听我的，先回去等你那几位哥哥来，我这边想办法拿到阵图，大家汇集到一起，才好共破铜网阵。"沈仲元把白玉堂送出冲霄楼，又嘱咐说："贤弟，襄阳王派人刺杀颜查散大人不成，最近又在想其他的办法，这几天你一定好好守在颜大人身边。"白玉堂点点头："多谢兄长。"说完两人拱手告辞。

第二天一早，白玉堂见着颜查散和公孙策，把昨晚夜探冲霄楼的事跟两个人说了一遍。公孙策说："襄阳王怕我们去偷他的盟单，我们也要做些防范，免得他来我们这边作乱。"白玉堂点点头说："不错，如今大人这边最重要的东西就是大印，只要把它看护好就万无一失了。"然后转过头来对颜查散的书童雨墨说道："从今天开始，你要用心守着官印，这事情至关重要，千万不可大意。"雨墨点头答应："白五爷，您尽管放心。"

夜里，大家刚刚入睡，忽然听见外面一阵急促的锣响，有人高叫："西厢房那边失火了！"白玉堂一个"鲤鱼打挺"从床上跃起，抽出刀冲到外面，往西边一看，果然是火光冲天。他快速赶过去，就见几个差人急匆匆地打水灭火，雨墨正在指挥。白玉堂一皱眉头，快步走上前去对雨墨说道："雨墨，你不好好守着官印，来这里做什么？"要知道官印是否还在，我们下回再见分晓。

公孙策巧舌问话
白玉堂负气涉险

上回说到白玉堂看雨墨在安排差人灭火，皱着眉头来到雨墨面前："雨墨，你不好好守着大印，来这做什么？"雨墨顿时回过神来，慌忙跑回书房，没一会儿，脸色煞白地跑了出来，对着白玉堂说道："五爷，不好了，大印丢了！"

白玉堂听了，纵身跳上房顶往四下打量。他看到两个黑影一前一后向襄阳城方向逃去，于是纵身紧追，眼看追近了，两人一左一右，向两个方向逃去。白玉堂仔细一看，往左边跑的那个人上身上背着个东西，看上去正是装大印的盒子，于是他跟定了左边的那人紧追下去。眼看追近，白玉堂纵身跃起，赶上前一脚踩住那人的后背，接着从他身上取下了大印盒子，再看另一个黑影已经逃得不知去向，于是押着那个被自己打伤的贼人回到了公馆。

颜查散看着白玉堂押着贼人回来，心里悬着的一颗石头才算是落了地。这时候公孙策走上前来，让雨墨检查一下大印。雨墨把印盒打开，"哎呀"一声，脸上顿时变了颜色。白玉堂上前一看，原来这印盒里放的是块黑石头，大印早就被掉换走了。

白玉堂气坏了，转身要追，公孙策和颜查散怕他有失，劝了半天才把他劝回来。颜查散命人把白玉堂抓到的贼人押上来，问道："你是什么人？敢来公馆盗取大印？"那人一扬脖子："老子申虎，江湖人称赛太岁，既然被你们擒住，要杀要剐，任凭发落！"白玉堂一瞪眼睛正想说话，公孙策摆了摆手，满脸笑容地上前两步，对申虎说："果然是条好汉，只可惜你被小人利用了。"申虎问道："你这是什么意思？"

公孙策不慌不忙地说道："你和另外一人一起来盗大印，如果那人真的和你同心协力，你被擒住不肯把他招出来倒也罢了，可那人明明设计陷害你，让你替他背黑锅，这可就不够江湖义气了。"申虎听了不解地问道："你休要胡说八道。"公孙策对他说："你那同伴让你背着印盒，分散我们的注意力，自己早就把真正的大印拿去邀功请赏了。"雨墨领会了公孙策的用意，忙把那个装着黑石头的印盒拿上前来。

申虎看了一眼，咬牙切齿地大骂："邓车实在可恶，自己拿走大印，还骗我说大印在印盒里，如果不是背着印盒的话，我怎么会被擒住？"公孙策在旁边笑着说道："既然对方不讲义气，你也没必要都为他扛着。还不如从实招来，也好将功赎罪。"申虎转转眼珠，觉得好汉不吃眼前亏。他问道："这位先生，如果我说实话的话，你们还会不会杀我？"公孙策看看颜查散，颜查散一点头说："你尽管放心，只要如实招供，我一定留你一条性命。"

申虎听了说出了实情。说完之后，他还不停地骂邓车不讲义气。公孙策听完点点头说道："壮士果然是个实在人，只是不知道襄阳王偷走大印之后又准备干什么？"申虎说："他打算把大印先藏到他那冲霄楼的铜网阵里，接下来再要做什么我就不清楚了。"公孙策听了，对颜查散使了个眼色，颜查散便命人把申虎带下去，关在牢中等候发落。

颜查散看白玉堂在旁边一言不发，知道白玉堂心性高傲，刚刚大印从他眼皮底下丢了，他一定咽不下这口气，生怕他一个人孤身犯险去闯铜网阵，于是就对白玉堂说道："贤弟你先下去休息，一定答应兄长千万不要去冒险。"白玉堂听了微微一笑，对颜查散行了个礼说道："兄长尽管放心，小弟平日里虽然狂傲，但也知道冲霄楼的厉害，怎么敢孤身犯险？就听兄长和公孙先生的，等我那几位哥哥到了之后，我们共商破阵之策。"

颜查散听了白玉堂这番话放下心来。公孙策心里却暗暗吃惊，于是他悄悄叫来了雨墨，对雨墨说："这几天你不用服侍颜大人，好好看住五爷，千万别让他出门。"雨墨点头答应。

第二天下午，公孙策和颜查散在大厅里说话，未见白玉堂，有些担心，就让一个差人去看，没一会儿那差人回来报说："白护卫在房里睡着了。"傍晚时分，公孙策忽然说道："不对，五弟怎么可能睡得这么久，我们快去看看！"颜查散跟公孙策带着几个差人急匆匆地来到白玉堂的房前，推开门一看，见床上躺着一个人，公孙策走上前去，把被子掀开，却发现是雨墨被捆住手脚、塞住嘴巴躺在床上。

几个差人给雨墨松了绑。雨墨就对颜查散说："今天下午五爷把我捆住，塞住嘴巴放在床上，说让我委屈一会儿，他一定要把大印给取回来。"公孙策听了连连跺脚说："坏了坏了，白五弟如此任性，难免会有危险。大人快些派人去四处寻访，一旦找到白五弟，无论如何要劝他回来。"颜查散也十分担心，当下吩咐差役去找，但一连两天都没有动静。要知道白玉堂究竟去了哪里，我们下回再见分晓。

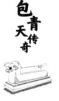

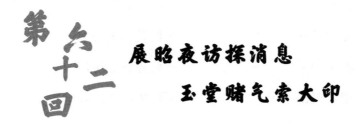

第六十二回　展昭夜访探消息
　　　　　　玉堂赌气索大印

　　上回说到白玉堂誓要找回大印，然后就不知去向，颜查散派人一连打听了两天也没什么消息。到了第三天中午，忽然外面有人来报，说展昭等人奉包拯之命赶来相助。

　　颜查散忙把大家请了进来。卢方坐下后没见到白玉堂，问道："五弟去了哪里？"颜查散长叹一声，就把前几天襄阳王派人盗走大印，白玉堂一怒之下出门追寻至今未回的事情说了一遍。卢方听了不由得担心起来。蒋平在一边说："大哥你不必担心，五弟的脾气你是知道的，他年少气盛，脸皮又薄，大印在他眼皮底下丢了，他自然生气，在外面躲几日，想通了也就回来了。"卢方听了觉得蒋平说得有道理，这才放心下来。

　　这天晚上，蒋平独自来找展昭表达了自己的担心。蒋平说道："展大哥你也知道，我那大哥忠厚老实，三哥又是个鲁莽性子，这事主要得瞒着他们两个，我担心五弟可能不在人世了。"

　　展昭听了脸色大变问道："四弟，你怎么就如此确定？"蒋平叹了口气说道："展大哥，五弟性子高傲，又不听人劝，大印在他眼皮底下丢了，他一定要去找回来，如果他没事的话，早该回来了。既然没回来，恐怕是凶多吉少。"展昭听了也担心起来，就对蒋平说："既然如此，我想今晚去夜探冲霄楼，打听一下五弟的消息。"蒋平点点头对展昭说："咱俩想到一块儿去了，我本来是想请展大哥稳住其他人，自己去冲霄楼的。展大哥轻功本领在我之上，愿意去走这一趟那是再好不过，但展大哥千万记住，你是去打探消息的，一定不要冒险进去。"展昭点点头。他换上夜行服，悄悄地溜出公馆，直奔冲霄楼而去。

展昭来到冲霄楼前面，看四门紧闭，不敢擅入，正无可奈何时看到有个黑影从襄阳王府里一跃而出，向城外奔去。他担心此人是襄阳王派出来去行刺颜查散大人的，于是跟在这黑影后面一路追了过去。来到城外之后，那黑影察觉到背后有人跟踪，停下脚步，一转身拔出刀来。展昭认出这人正是沈仲元。沈仲元和展昭是江湖上的故交，他急步走上前去，皱着眉头对展昭说道："你们是什么时候来的？怎么也不拦住五弟？"展昭一听沈仲元的口气，知道大事不好，说道："我们今天刚来，沈兄可知道白五弟的下落？"沈仲元长叹一声，眼里已经流下泪来，对展昭说出了白玉堂的下落。

那天白玉堂溜出公馆，来到襄阳城，走在街上，越想越生自己的气。他觉得贼人在自己眼皮底下盗走大印是对自己名声的侮辱。想到这，他怒火攻心直奔冲霄楼而去。

经历了上一次的冒险，他此次更加小心。他从西南边的门进去，轻轻地缓步上楼，来到二楼，正要往里走，忽然脚下一沉，白玉堂暗叫不好，赶紧纵身往上一跳，双手就去抓上面的横梁，没想到双手刚按到横梁上，那横梁忽然转动，两口转刀奔着白玉堂的手腕就来了。白玉堂赶紧把手往回缩，在空中翻了个跟头，落到了二楼正中的地面上，他脚刚刚落地，就感觉不对，赶紧往旁边闪躲，三支利箭就钉在了他刚才站的地方。白玉堂吓出一身冷汗。他刚定下神来，忽然听到背后风声响，回身一看，有一个青面大汉手提

221

一口刀向他扑来。

原来，邓车把大印盗回来之后，襄阳王十分高兴，就召集众人商量下一步的对策。一开始他们是计划把大印放在冲霄楼里，但后来有个人就建议说："王爷，冲霄楼里如今放着盟单，如果再把大印放进去，万一失手，两样宝贝可就都没了。所以咱们索性把大印丢到城外东南二十里的寒水潭去，那寒水潭深不见底，水冷刺骨，大印丢在那里面万无一失，等过上一段时间，朝廷发现颜查散丢了大印，一定会对他撤职查办，到那时候咱们就可以高枕无忧了。"襄阳王听了点点头说道："你说得有道理，这大印咱们留着也没什么用，就给他丢到寒水潭里去，看他们怎么找。"接着就叫来一个叫雷英的心腹，命他把大印丢进了寒水潭。

另外，襄阳王又加派了看守冲霄楼的人手。这天晚上守在那的是病太岁张猛和小瘟神徐敝。张猛急着立功，悄悄转到白玉堂身后，一刀劈下来，被白玉堂躲过。他接着上前又是一刀，白玉堂让过这一刀，飞起一脚，正踹在这张猛的腰间，他扑通一声摔倒在地，接着白玉堂手起刀落，将他砍死在地上。小瘟神徐敝一见张猛被杀，转身躲到暗门之后，打开了铜网阵的机关。白玉堂并未察觉，他看前面楼梯上无人拦挡，于是提刀来到冲霄楼的三楼。要知道白玉堂如何破阵，我们下回再见分晓。

第六十三回　英雄误落铜网阵
展昭痛失白玉堂

上回说到白玉堂夜探冲霄楼，在二楼杀了病太岁张猛，径直来到三楼。这时候白玉堂就看见三楼的正中有一个房间，房间里隐隐约约透着灯光，他走到前面，却发现这个房间一个门也找不到，八面窗户也都是关着的。白玉堂有点着急了，他抽出刀来对着窗户轻轻一用力，就听"咔嚓"一声，撬开了一面窗户。白玉堂纵身跳到里面，前面是一张八仙桌，桌子上放着一个盒子。白玉堂猜想这不是被盗走的大印，就是襄阳王的盟书。

但他也不敢大意，先对着桌子前的地面丢出两块石子，确认没有机关之后，才一个箭步来到桌边，伸手去拿盒子。这时候，地面忽然翻起，白玉堂身子倾斜，正想纵身一跃的时候，空中落下一张铜网，把他罩在网中。白玉堂知道中了机关，举刀乱砍，但那网都是精铜打造，坚固异常，紧接着，四面墙壁上机关转动，对着铜网乱箭齐发。那网里空间狭小，转动不便，白玉堂再想举刀拨打飞箭已经来不及了，堂堂少年英雄便被射死在了铜网阵中。

这时候小瘟神徐敞从二楼转了出来，来到白玉堂的尸体面前，得意洋洋地说道："白玉堂啊白玉堂，你英雄一世，如今也栽到了我的手上。"他正在得意呢，没想到白玉堂手中那口刀刚刚是高高举着的，白玉堂死后，刀就落在了铜网上，从网眼里落了下来，正好砍在他的头顶，小瘟神"哎呀"一声

223

倒地而死。

襄阳王直到第二天才接到报告说，看守冲霄楼的两人被杀，同时铜网阵里还死了一个人，血肉模糊，看不清面目。襄阳王非常惊讶，忙带着众人去看。来到冲霄楼上，襄阳王命人把铜网收起，白玉堂的尸体倒在地上，身边的石子也散落下来。沈仲元一看这袋石子，知道是白玉堂，又吃惊又难过：五弟怎么就这样任性，偏偏不听为兄的话，结果落了这样一个下场。

这时候，旁边邓车就对襄阳王说："王爷，看这袋石子，这人一定是当初大闹东京的锦毛鼠白玉堂，也是颜查散的得力帮手，如今他死在铜网阵中，颜查散就如同失去了左膀右臂。"襄阳王听了十分高兴，点点头说："只是可惜死了本王的两位好汉，另外，白玉堂也算是个英雄，把他的尸骨收好，送到君山上去，交给飞叉太保钟雄安葬。"旁边有人提出异议。

襄阳王看了那人一眼，微微一笑说道："在场的都是本王的心腹，我直说了也无妨，飞叉太保钟雄文武双全，足智多谋，铜网阵的阵图就在他那里。此次把白玉堂的尸骨埋在钟山上，他的同党必定会去取回他的遗骨。我正好拿白玉堂的尸骨当诱饵，把他们一网打尽。"沈仲元在后面听了心中开始盘算如何传信出去，好让开封府的兄弟们知道。过了两天他终于找到一个机会，半夜里悄悄溜出自己的住处，想去颜查散的公馆报信，没想到就碰见了展昭。

展昭听沈仲元说到白玉堂不听他三番两次劝阻，执意要闯冲霄楼，结果落在铜网阵里，乱箭穿身而死，心疼得说不出话来。他想起当初天昌镇上初识白玉堂，苗家集里两人共同整治为富不仁的劣绅，陈州府中联手搭救落难夫妇。虽然白玉堂心高气傲，后来因为名号之争，跟自己赌气也惹了不少麻烦，但毕竟两个人意气相投，一听白玉堂惨死在铜网阵中，越想越难过，忍不住泪如雨下。

沈仲元在旁边安慰展昭说："兄弟，现在不是哭的时候，铜网阵十分难破，只靠四鼠兄弟和你是不够的，你得多请些帮手来。代天巡狩的大印被抛在寒水潭中，那潭里非常凶险，如果你们打算去捞大印的话，千万小心。另外，铜网阵中的铜网十分坚固，要破阵必须得有宝刀宝剑。我知道你手中那把宝剑削铁如泥，但最好还是请来北侠欧阳春，他的宝刀也是斩金断玉的神兵利器，你们联手，破铜网阵才有把握。"

展昭听完点了点头，对沈仲元行了礼说道："多谢沈兄提醒，既然如此，小弟就先回去了。"展昭回到公馆的时候，蒋平正在他的房中等着。他一看展昭脸上有泪痕，就知道大事不好，忙问展昭："展兄，有五弟的消息了吗？"展昭就把白玉堂死在铜网阵里的事情跟蒋平讲了一遍。蒋平听完，心疼得昏倒在了地上。要知道后事如何，我们下回再见分晓。

奸王设计下公函
蒋平奋勇捞官印

上回说到蒋平从展昭那里得知白玉堂死在铜网阵里之后，当时就昏倒在地。他醒过来以后，强忍悲痛对展昭说："展大哥，五弟遇难的事暂时先不要传出去，免得其他人难过，特别是我那三哥，性急如火，如果知道五弟遇害，一定要闹出些事情来。"展昭点头答应。

第二天，展昭对白玉堂遇害的事情只字未提，只是告诉大家，大印被丢进了寒水潭中。几个人正商量着如何把大印取出来，外面有人来报："大人，襄阳王派使者来了。"颜查散来到大堂上，襄阳王的使臣上前一步，递上一封书信说道："我家王爷听说大人来到这里，特地写了一封公函来慰问，请大人也回一封，好让小人带回去交差。"颜查散听了正要说话，公孙策在旁边说道："既然是襄阳王好意发来公函，我们当然不能失礼，先请使者去好好用饭，我们这就写一封回函。"

襄阳王忽然发一份公函给颜查散，当然是他手下人的计策。他们想借颜查散回函没盖大印的机会，上朝廷参他一本。襄阳王听了十分高兴，当下就按计行事。

等使者走了之后，颜查散就问公孙策："先生，这大印不在咱们手边，如何是好？"公孙策叹了口气说道："如今我们只能用缓兵之计，耽搁两天，再想办法。"颜查散一皱眉头说道："那使者吃完饭就会来要回函,这时间怎么来得及?"公孙策微微一笑,对颜查散低声说了几句,颜查散连连点头。

使者正在后面吃饭,忽然听到一阵吵闹声,有人喊:"不好了,大人昏过去了,快请公孙先生!"过了一会儿,公孙策急匆匆地走进来,面带忧虑地说:"实在抱歉,颜大人刚刚突然昏了过去,回函今天是写不了了,使者是愿意在这等待几天,还是先回去向王爷复命呢?"使者明白这是缓兵之计,他也不好说破,于是就问公孙策:"请问公孙先生,大人的病情几天能好?"公孙策伸出三个指头说:"三天之内应该能够恢复如初。"使者点点头说道:"好,既然如此,我就在这等候三天,等拿到回函之后再回去交差。"

公孙策用缓兵之计稳住使者,接着就回到后厅,与展昭他们几个商量。蒋平一拍胸脯说道:"如今情况紧急,我这就去寒水潭把大印捞上来。"卢方伸手拦住他说:"四弟不可莽撞,虽然你水性精通,但是寒水潭深不见底,而且水又冰冷刺骨,你如何受得了?"蒋平咧嘴一笑,摆摆手说道:"大哥你尽管放心,我这翻江鼠的外号也不是白叫的。再说了,我们只有三天的期限,三天之后襄阳王的使者如果还见不到大印,襄阳王一定会来寻事,所以这事必须得办,而且得马上办。如果我不下水,大家还有别的办法吗?"蒋平这一番话把大家都问住了。公孙策点头说道:"襄阳王这一步棋确实狠毒,这一次恐怕只有辛苦蒋平兄弟这一趟了,但要千万小心。"卢方在旁边说:"四弟,我和你一起去,其他几位兄弟在公馆里千万保护好颜大人,不要再出差错了。"

卢方和蒋平当天下午就奔寒水潭而去。寒水潭在襄阳城外二十里左右的深山里,卢方和蒋平两个人还没走到潭边,就感到一股寒气扑面而来。卢方抢先两步来到潭边,手伸进潭水里只感觉冰冷刺骨,皱皱眉头对蒋平说:

227

"四弟，这水如此冰冷，你下去千万不要待得太久，不论能否找到大印，都要赶快上来。"蒋平点点头，他换好水里的衣服，深吸一口气，一个猛子扎入了寒水潭，向潭底潜去。

蒋平来到水中，就感觉水里的寒气像成千上万只钢针一样，向身体里扎来，潜下去不到一半，就感觉四肢麻木，神情恍惚，他感觉不妙，赶紧往上游。卢方在寒水潭边守着，正在担心，只听"哗啦"一响，见蒋平冒出水面，赶紧拉他上岸。他见蒋平脸色惨白，牙关紧咬，赶紧取出酒葫芦，撬开蒋平的嘴，给他灌了几口烈酒进去，又帮他换上干燥衣服，过了小半个时辰，蒋平才长出一口气说："大哥，这寒水潭名不虚传，小弟潜了不到一半就被迫返回了。"

卢方也无计可施，只好安慰蒋平说："四弟不用担忧，只要人没事就好，如今天色已晚，我们先找个地方休息。"他扶起蒋平，往四下一看，不远处似乎有一户人家，就对蒋平说："咱们去那户人家借住一晚，再讨口热水给你喝。"

兄弟俩走到那户人家前，卢方上前叫门，没过一会儿，一位老人走了出来，卢方上前行了个礼说道："老人家，我们兄弟想借住一晚，不知道能否行个方便？"老人点点头说："快快请进。"卢方扶着蒋平走到屋里，那老人就去烧了一壶水，又放了些药草进去，对蒋平说："看来这位壮士是在寒水潭中受了凉，喝一碗药草水就好了。"二人惊讶不已，老人微微一笑说道："我看两位的打扮就知道，你们一定是开封府的人，来寒水潭是为了打捞代天巡狩大印的。"他话音一落，卢方和蒋平面面相觑：大印在寒水潭里的事，只有襄阳王的人和我们知道，这老人到底是什么来历？我们下回再见分晓。

第六十五回 哭五弟卢方吐血 恼蒋平柳青打赌

上回说到卢方和蒋平听老人说知道他俩是来打捞大印的，都十分惊讶。老人微微一笑说道："实不相瞒，在下雷震，有个侄子叫雷英，现在襄阳王府当差。"卢方和蒋平警觉地看着他，老人摆摆手说道："二位不必担心，我跟那襄阳王却不是一路人。多年前我曾是双王呼延丕显帐下的一名亲兵，曾经跟随他去边关捉拿过潘仁美，后来双王遭奸臣陷害，我一怒之下来到这座山里归隐。"

二人听后放心了并向老人行了礼。老人叹了口气说道："我那侄子不成才，投奔到襄阳王门下，前几天他奉命把大印丢到寒水潭中，我知道此事之后，说了他几句，他一怒之下就走了。寒水潭中寒气逼人，普通人下去的话，没一会儿就会被冻死，我看这位壮士被冻成这副样子，想必也是刚刚从寒水潭中上来。"蒋平点点头说道："不瞒老人家，在下翻江鼠蒋平，这位是我大哥钻天鼠卢方，老人家您既然住在寒水潭附近，想必知道如何才能潜入寒水潭中，还望老人家指点我们。"

老人点点头说道："原来二位是锦毛鼠白玉堂的结拜兄弟。"卢方听到白玉堂三个字，赶紧问："老人家，你可知道我五弟如今在哪里？"老人叹了一口气说道："前几天听我那侄子说，白玉堂夜探冲霄楼，落在铜网阵中，已

229

经死于非命了。"卢方听了，顿时神情大变，身子一晃，吐出一口鲜血，昏倒在地上。

老人跟蒋平赶紧把他扶到后面床上躺下，老人给卢方把了把脉，对蒋平说道："卢壮士是急火攻心，生命没有大碍，但需要休养两天，我这人迹罕至，他在此养病万无一失。"蒋平谢过老人之后，就听卢方微微呻吟一声，醒了过来。卢方有气无力地睁开双眼，看看蒋平，泪如泉涌，蒋平安慰卢方说："大哥，你不要太着急难过，早日养好身体，我们想办法给五弟报仇。"卢方微微点点头，又闭上了眼睛。

这时候，老人对蒋平说他知道有一件名叫蛟龙甲的宝物，足以抵抗寒水潭的寒气。蒋平听了非常高兴，赶忙问宝物现在何处。老人说道："这人你也认识，就是白面判官柳青，白玉堂的好朋友。我和他的师傅认识，也算他的长辈，一年前他来这里探望我，聊起寒水潭的时候，说到他有这样一件宝贝。"蒋平说："柳家庄离这里不远，我明早动身，下午就能赶回来。只是要烦劳您照料我大哥了。"老人点点头说道："这是自然，蒋壮士尽管放心。"

柳家庄离襄阳并不远，蒋平一路急奔，午时就到了柳家庄。见到柳青，蒋平正要迎上前去说话，却见柳青脸色一变，指着蒋平大骂道："蒋平，你还有脸来见我？"蒋平愣了说："兄弟，哥哥怎么得罪你了？"柳青瞪着眼睛说："谁是你的兄弟！白玉堂是不是你的结拜兄弟？他死了这么多天，你们都没有给他报仇，哪有半点结拜兄弟的情分？"

蒋平听了也不辩解，直接说明了来意。柳青冷笑一声说："不去给兄弟报仇，却忙着打捞这些东西。蛟龙甲确实在我庄上，但是你敢跟我打个赌吗？"

蒋平知道白玉堂惨死，柳青心里难过，一肚子气无处发泄，所以也不和他计较，笑嘻嘻地问：“不知道柳青兄弟要打什么赌？”柳青从身上取下一块玉佩，对蒋平说：“你看仔细了，这玉佩是我随身携带的东西，你只要今天晚上能把这块玉佩从我眼皮底下偷走，我就把蛟龙甲借给你。”蒋平把玉佩接过来仔细看了看，然后还给柳青，点点头说道：“好，一言为定。”柳青还强调，玉佩就在自己手边，柳家庄四门打开，任凭蒋平出入。

蒋平点点头说：“好，今晚我来盗你的玉佩，不但要无声无息地盗走，还要悄悄地给你送回来。”柳青听完不由仰天大笑说道：“如果你真有这般手段，我不但把蛟龙甲借你，还要跟着你一起去襄阳城共破铜网阵。”

蒋平走后，柳青在自己的卧室里坐下，把玉佩摆在桌子上，让家丁给他送了一壶酒、几碟菜，慢慢喝着酒等着。初更时分，就听见外面脚步声响，柳青冷笑一声说道：“贼来了。”蒋平走进来说道：“柳青你也太不够交情了，当初你到我们陷空岛，我们兄弟是如何招待你的，我如今到了你的地盘，你也不请我喝酒暖暖身子。”柳青冷笑一声说道：“今天你是来偷我东西的，我为什么要招待你？如今这玉佩就好好地放在桌子上，有本事你只管盗走。”蒋平笑嘻嘻地走上前，一把抓起玉佩，揣到怀里说道：“多谢贤弟，既然如此，这玉佩我就盗走了。”柳青看了讽刺地说：“蒋平，你的脸皮可真厚啊？你这是来偷玉佩的，还是来抢玉佩的？”蒋平听了笑着说道：“我堂堂翻江鼠怎么会强抢你的玉佩？”说着他就把玉佩从怀里掏出，往桌子上一拍，说道：“好好拿着，等我来偷。”

柳青听蒋平说要来偷玉佩，倒也不敢大意，把玉佩放在桌前，一边喝着酒，一边盯着门窗。这时候忽然听到蒋平在窗外说：“姓柳的，你的玉佩已经被我盗走了。”柳青吓了一跳，定睛一看，玉佩仍在桌子上。接着，蒋平告知他桌上玉佩是假的，真的已在自己手上。

　　柳青听了心里一惊，拿起玉佩，端详了一番，这才发现这块玉佩跟自己那块很像，但确实是假的。蒋平下午去准备了一块假的玉佩，以假乱真地从柳青眼皮底下拿走了真玉佩，柳青既生气又佩服。

　　又过了一会儿，蒋平一边搓着手叫道好冷，一边来到柳青面前说道："兄弟借我杯酒暖暖身子，实在是冻坏了。"柳青冷笑一声说道："等你把我的玉佩还回来，我就算你是个英雄，庄子里的好酒任你品尝。"要知道蒋平如何还回玉佩，我们下回再见分晓。

第六十六回 寒水潭蒋平得印
王爷府众人生疑

上回说到蒋平偷走了柳青的玉佩，没一会儿他又回来了，想问柳青讨杯酒暖身子。柳青冷笑了一声说："只要你能把我那块玉佩神不知鬼不觉地还回来，我让你喝个痛快。"蒋平愁眉苦脸地说："兄弟，我今天只顾了嘴上痛快，可还回来比偷走难得多，依我看不如这样，我现在把玉佩给你，你把那蛟龙甲借我，怎么样？"柳青一瞪眼睛说："废话少说，愿意喝酒，就在这喝两杯，不愿意喝酒你就随意。"

蒋平坐在桌边，拿起酒杯倒了一杯，接着就把兄弟几个如何来到襄阳城，展昭夜探冲霄楼得知白玉堂遇害，他和卢方去寒水潭取大印的事都说了一遍。柳青听了知道错怪他们兄弟了，但赌约还在进行，他便找个借口出去走走。

他刚转过身去，蒋平故技重施，借戴柳青帽子的工夫把真玉佩还了回去。

柳青看着玉佩，心里服气。这时候蒋平笑嘻嘻地走了进来，对柳青说："贤弟，我打赌赢了，你总该兑现诺言了吧。"柳青连忙站起来对蒋平行了个礼说："四哥，小弟输得心服口服，刚才又听你说的那番话，知道是错怪了你们，这一天对四哥多有冒犯，你别记在心上。"蒋平为人爽快，不拘小节，

233

邀请柳青一起去襄阳城为五弟报仇。柳青不假思索地答应了。这时天已经亮了，两个人快马加鞭，上午就来到了寒水潭边。蒋平换好蛟龙甲，对柳青说："兄弟你在潭边等着，我这就下去。"说完，一纵身潜入寒水潭中。

柳青在潭边走来走去，等得心急，忽然听见水花响动，蒋平冒出头来，他把蒋平拉上岸问道："四哥怎么样？"蒋平还没来得及说话，先吐出一口鲜血，倒在地上。柳青见蒋平脸色蜡黄，知道是损耗过大，于是把蒋平横放在马上，牵着马来到雷震老人的家里。卢方一看蒋平这副模样，忙问柳青："柳青兄弟，你四哥这是怎么了？"柳青把刚才的事情跟卢方说了一番，然后说："四哥吐血，大概是在深水下待久了，万幸如今大印已经被四哥捞了上来。两位哥哥在这里先歇息两天，我这就把大印送去颜大人那里。"卢方一点头，感激不尽。

颜查散见蒋平和卢方一连去了三天都没有动静，又挂念着白玉堂，这天中午正和展昭他们商议对策，柳青走了进来，他先把大印交给颜查散，然后把蒋平捞印的事说了一遍。大家听柳青说蒋平没有生命危险，这才放下心来。

颜查散就问："柳壮士，你可知道白五弟的消息？"柳青愣了一下说："难道各位还不知道五弟已经去世了吗？"话一出口，徐庆、韩彰、颜查散、公孙策脸色大变。展昭叹了口气对大家说："事到如今，也瞒不住各位了。"他就把自己夜探冲霄楼，遇到沈仲元的事情说了一遍。听说白玉堂惨死在铜网阵，韩彰、颜查散放声痛哭，公孙策默默垂泪，徐庆气得哇哇大叫，抽出钢刀要去给五弟报仇，柳青也要跟随。展昭一纵身蹿到门口，把两人拦住说："两位兄弟，不可意气用事，襄阳王是当今皇上的叔叔，如果没有真凭实据，你们怎能擅闯王府？"公孙策几个也一起劝说，这才把两人拦了下来。

这时候，差人来报说襄阳王的使者求见，颜查散点点头，把使者请过来。使者走到大堂上，对颜查散说："请大人早点发下公函，在下好回去见王爷。"颜查散点点头，公孙策走下大堂，把公函递给使者。使者接过公函，上面清清楚楚盖着代天巡狩的大印，顿时心中惊讶不已。他也不敢多问，转身走出公馆向襄阳王交令去了。

襄阳王拿到颜查散的公函气坏了。他一拍桌子，把颜查散的公函往雷英面前丢去，说道："你不是说把大印扔到寒水潭里去了吗？怎么公函上还盖着印章？"雷英回答说："王爷，我真的把大印丢到寒水潭里去了！"襄阳王冷笑着说道："那依你的意思，是他们从寒水潭里把大印给捞上来了？谁不知道那寒水潭深不见底，水又冰冷刺骨，就算是翻江鼠蒋平，也没法把大印从潭底捞上来。"

雷英疑惑不已，想来想去，他忽然眼前一亮，对襄阳王说："王爷，小人是真的把大印丢进去了，但是那大印是真是假我可就不知道了。"听了雷英的话，站在一边的邓车不高兴了说："雷侍卫，听你那意思，是我拿了一个假大印回来糊弄王爷？"要知道后事如何，我们下回再见分晓。

蒋平诈死夺盟单
群雄大破铜网阵

上回说到襄阳王查问大印的事，雷英说大印也许是假的，邓车听了就不高兴了。雷英解释说："邓大哥你别生气，我不是说你故意欺骗王爷，但颜查散那边能人也多，说不定他们预料到了咱们会去盗印，提前弄了个假的放在里面。"邓车觉得有道理，大叫一声："气死我了，颜查散居然如此狡猾。"襄阳王丢印不成，只得加派人手盯紧盟单。

这天下午，北侠欧阳春，还有双侠丁兆兰、丁兆蕙来到了颜查散的公馆。原来上次展昭从沈仲元那里得知，铜网阵阵图和白玉堂尸骨在君山由飞叉太保钟雄看守，便写了封信给双侠，让他们去找北侠欧阳春，一起上君山智取阵图，待破了铜网阵之后，大家再去把白玉堂尸骨取回来。三人顾不上悲痛，先去了一趟君山，说服了飞叉太保钟雄，从钟雄那里拿到了铜网阵的阵图，然后赶来助战。见到三人，大家都十分高兴，寒暄之后，话题又聊到了白玉堂，气氛一下子悲伤起来。

大家正在难过，忽然外面有人来报："包大人来了！"大家把包拯迎进公馆，向包拯说明了如今的情况。包拯点点头说道："既然阵图已经拿到，铜网阵就好破了，一旦破了铜网阵，拿到盟单，襄阳王谋反的事有了铁证，就可以调兵捉拿他。咱们三天后动手，诸位英雄先去破阵。拿到盟单之后，我即刻发兵围住襄阳王府，捉拿襄阳王。"

接下来大家商量了一番，由展昭、欧阳春带着丁家兄弟、卢方、徐庆、蒋平、柳青一起，负责打破铜网阵，盗取盟单，沈仲元做内应。包拯又给襄阳城的守备武魁写了一封密信，让他准备一千五百人马，随时听候调遣。

第三天晚上，展昭等人换好夜行衣，进了襄阳王府。大家来到冲霄楼前，打晕了门口的守卫，只见大门紧闭，欧阳春上前一步，举起宝刀将门栓切断，推开大门，众人一拥而入。大家站稳身形之后，蒋平往头顶望去，只见这楼最顶处的横梁上，刻着一个狮子头。他对卢方说："大哥，根据阵图所说，这狮子头就是全楼的总机关，一旦关上，各个地方的机关就不灵了。处理它就要靠大哥了。"

卢方点点头，纵身一跃，先跳到中央的梁柱上，攀着柱子往上几步，又纵身一翻，把身子挂在了横梁上。他稳住身子，伸手抓住那个狮子头，轻轻转动，只听"咔嚓"一声响，然后就没了动静。卢方纵身跳下地面，大家小心翼翼地往前试探了几步，发现果然再没有什么机关，于是放下心来。奔到二楼，大家看到这层楼有四座楼梯，分别通向上面，都犹豫不决。

展昭站出来说道："这是阵图里原来没有的，想必襄阳王后来又做了些调整，时间紧急，我们只好兵分四路，各位兄弟千万小心。"

蒋平和徐庆一路，两个人顺着东面的楼梯来到三楼，转过几道屏障，徐庆指着西边说道："老四，你看那是什么？"蒋平顺手望去，只见一个大柜子，上面放着一个盒子。两人对视一眼，都觉得那盒子里装的一定是盟单，于是蒋平上前一步，来到这柜子前，伸手要去拿盒子。没想到那柜子里忽然刺出两把刀来，蒋平"哎呀"一声，摔倒在地。接着柜子里就跳出两个人来，各持一把单刀，向徐庆杀去。

原来这柜子下面有一条密道，襄阳王每日派人在这里守着，这样可以随时带着盟单逃走。徐庆看蒋平倒地，顿时急了说："贼人，还我四弟命来！"他把刀挥得上下翻飞，一刀把一个人砍倒在地，另一个人虚晃一刀，转身就要从暗道里逃走，这时候蒋平忽然"鲤鱼打挺"，从地上跳起来，一刀把他砍翻在地。徐庆吓了一跳问："四弟，你怎么又活了？"蒋平笑着说："三哥，刚才我看着柜子那么大，知道里边很可能有埋伏，所以我故意抢上前去，又装作被他们刺中倒在地上，就是想看看他们还有什么花招，同时也好断他们的后路。"徐庆哈哈大笑，夸蒋平聪明。

蒋平先用刀拍了拍盒子，见没有什么机关，这才轻轻地用刀尖把盒子挑过来，然后小心翼翼地掀开盒盖，取出里面的东西，正是盟单。两个人走到窗边，蒋平取出点火的东西点着，冲霄楼上顿时火光冲天。其他三路人看到火光，知道盟单已经得手，于是纷纷原路返回。

大家来到一楼，正要出门，就听见外面有人高喊："王爷有令，不要放走了贼寇！"原来是襄阳王手下纠集的那批江湖盗匪。双方正杀得难解难分的时候，小诸葛沈仲元忽然跳出来高喊："朝廷大军已经围住了王府，大伙快快逃命去吧！"原来沈仲元早就接到了包拯的消息，等冲霄楼上火光冒起，各路人马就赶到襄阳王府，沈仲元趁机里应外合，打开大门，把大军引了进来。还在跟展昭他们交手的匪徒听到沈仲元的话，知道大势已去，四散奔逃。

等到快天亮的时候，襄阳王已被擒获。他来到包拯面前，气呼呼地责问："包拯，你好大的胆子，本王好歹也是皇上的叔叔，你怎么敢随便抓我？"包拯冷笑一声，举起手中的盟单说道："襄阳王，你身为皇亲，还贪心不足，意图谋反，残害百姓，如今你谋反的证据已经被众家英雄拿到，你还有何话说？"说着就命人把襄阳王打入囚车，准备回朝廷向皇上复命。

几天后，包拯回到朝中，把这段时间在襄阳发生的事情详细地和皇上说了一遍，并交上各种证据。皇上当即下旨，襄阳王终身监禁，随襄阳王造反的人，按情节轻重或者斩首或者流放。白玉堂为国捐躯，追封三品将军，其余众位英雄都有封赏。

几天后，卢方等兄弟四人带白玉堂的尸骨回陷空岛安葬，丁家兄弟回乡探母，欧阳春与他们结伴同行。又到了一年的科举考试时间，皇上令包拯主持。没想到这一场科举考试又引出一场大案，让一个人成了负心汉的代名词。要知道这人是谁，我们下回再见分晓。

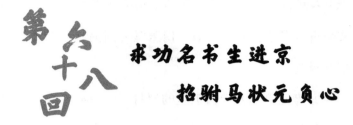

第六十八回 求功名书生进京
招驸马状元负心

上回说到又到了科举考试的时间，消息传到均州，惊动了一个人。这人叫陈世美，与妻子秦香莲有一对儿女，虽然家境一般，但日子倒也过得和睦。

这一天，秦香莲来到书房，看见丈夫正望着窗外发呆，原来他正在为缺少路费无法进京赶考而发愁。秦香莲回到房中，想来想去，终于想出了一个办法。

第二天，秦香莲手里捧着两个银元宝和几块散碎银子来到陈世美面前。他把银子接过来看了看，疑惑地问秦香莲："这么多银子，你是从哪里弄来的？"秦香莲忙笑着说道："相公，你不必多心，这些银子来得清清白白。我当初嫁过来的时候，带了几件首饰作为嫁妆，如今我把首饰变卖了，换来这二十几两银子。你路上节约着用，到京城是没有问题的。"

陈世美听了，赶紧对秦香莲行了个礼："多谢贤妻！你的一片深情我陈世美铭记在心，我若有出头之日，一定要好好报答于你。"秦香莲微微一笑说："你我本就是夫妻，自然应当相互照顾，只是从均州去京城，山高路远，你一个人上路要多加小心，家中的事情你不用挂念，父母、子女都有为妻照顾。"夫妇二人相拥而泣。

两天后，陈世美收拾好行装，告别了妻儿、父母，进京赶考去了。到京城后，他找了个客栈住下，打算安心读书，专心备考。这天夜间突然听见外面有吵闹之声，他出门看了看，一个衣着破烂的人倒在墙角，双目紧闭，一动不动。掌柜的和几个伙计正围在那里。陈世美问："这是怎么回事？"掌柜的看他一眼说道："客官，这个人倒在我们店的墙角边上，我们也不知道该如何是好。"

陈世美略懂些医术，他俯下身子看了看，对掌柜的说："你放心，这人只是受了风寒，身体虚弱晕倒了，把他抬到我屋里，给他灌两口姜汤自然就好了。"掌柜的和伙计把病人抬到屋里，煮了锅姜汤给他喝下。过了一会儿，那人缓缓睁开双眼。掌柜的告诉他是陈世美救了他。他赶紧挣扎着从床上起身，对陈世美行了个礼，说道："多谢恩公救命之恩！在下韩祺，是个江湖中人，今后恩公有用得着我的地方，赴汤蹈火，万死不辞。"

陈世美觉得此人对自己有帮助，便满脸笑容地对韩祺说道："韩壮士不必客气，快好好休养，今后自然有麻烦你的地方。"他还把韩祺的一切费用包揽了。两天后韩祺的身体恢复如初，他感激陈世美对他的救命之恩，做了陈世美的随从。

陈世美聪慧过人，又专心备考，此次科举考试果然拔得头筹，高中状元。三天之后，皇上在金銮殿上召见这次中进士的人。面对皇上的提问，陈世美口若悬河①、滔滔不绝，不但皇上连连点头，就连旁边的众大臣也暗暗赞叹，好一个人才！

退朝之后，皇上就和皇后谈起了今天金殿面试的事。皇后听皇上对陈世

241

---

① 口若悬河：说话像瀑布流泻一样滔滔不绝，形容能言善辩。

美赞不绝口，便不由得想到公主尚未婚配，想请皇上询问下状元郎是否成亲。皇上欣然答应，派太监魏喜去陈世美下榻的客栈询问一番。

魏喜来到陈世美所住的客栈，陈世美赶紧出来迎接，魏喜就问陈世美："状元公，皇上让我来问你，是否已经成亲？"陈世美愣了下说："魏公公，皇上问我这事是何用意？"魏喜笑着说："如果状元公尚未娶妻的话，我就得向您道喜了，皇上的一位公主，如今正值出嫁的年龄，皇上打算招您做驸马呢。"陈世美思索了一番之后，忙对魏喜拱手说道："魏公公，麻烦您回复皇上，我这些年来一直忙于读书，尚未娶妻。还望您在皇上面前多美言几句，如果这件事成了，我一定重谢。"魏喜笑着摆摆手说道："谢什么，您是金枝玉叶的驸马爷，到那时候小的还指望着您多多照应呢。"

陈世美送走魏喜之后，也有些担心。他想，虽然现在假称自己没有成亲，但万一将来事情败露了，这可是欺君之罪。他又转念一想，均州离京城山高路远，天下同名同姓的人又多，谁能知道当朝的驸马爷就是那个贫寒出身的陈世美呢？想到这，他又放下心来，做起了当驸马的美梦，把家中的父母妻儿忘得一干二净。

魏喜回到宫里，向皇上禀报说陈世美尚未成亲。皇上听了十分高兴，于是就请老丞相王苞做媒，把公主许配给了陈世美。一晃眼一年多过去。这一天是老丞相王苞的寿辰，王苞是四朝老臣，又是陈世美和公主的媒人，所以陈世美专程前去祝贺。回来的路上，他正骑马走着，忽然从人群中冲出三个人拦在他的马前，陈世美定睛一看，这三人正是秦香莲和一双儿女。

原来陈世美走后大半年没见消息，又加上那一年均州大旱，日子过得艰难，陈世美的父母挂念儿子，双双病倒。那段时间秦香莲在公婆的病榻前尽心照料，但毕竟无力回天，一个多月之后，公婆先后去世。

秦香莲在公婆坟前痛哭了一场，回到家中一边照顾子女，一边等着丈夫的消息。又过了几个月，老邻居突然来向秦香莲贺喜，听说她的丈夫陈世美考中了状元，并且做了大官。

　　秦香莲听了又惊又喜，考虑到他事务繁忙，又许久未见丈夫，于是打算带着孩子去京城找他。秦香莲的左邻右舍听说她要进京寻夫，都十分热心，大家凑了一些银两交给秦香莲当作盘缠。秦香莲谢过众位乡亲，带着两个孩子就上路了。要知道陈世美如何面对秦香莲，我们下回再见分晓。

东京城香莲寻夫
开封府世美瞒妻

上回说到秦香莲带着两个孩子进京寻夫。他们好不容易到了京城，找了一家客栈住下，然后就向店家打听："店家，你可知道这一次的新科状元陈世美?"店家连连点头说："知道，那新科状元相貌堂堂，文采又好，如今已经娶了公主，做了驸马。"秦香莲听了这话，顿时如同万箭穿心，眼泪止不住地流了下来。出于对丈夫的信任，她虽然痛恨丈夫贪图荣华富贵，抛妻弃子，但又不确定丈夫是否真的变心了，稳定情绪后她带着孩子准备去驸马府打探一番。

想到这，秦香莲带着子女一路打听，往驸马府而去。无巧不成书，她正走在路上，就听见前面有人说："驸马爷来了，赶紧让道。"她抬头看去，这人正是自己的丈夫陈世美。陈世美骑在马上，身穿锦袍，得意洋洋。秦香莲不由得一阵难过，拉着两个孩子就拦到了马前。陈世美也一眼认出了秦香莲，顿时吓得打了个哆嗦，但马上故作镇定地对身边的人说："这是什么人，胆敢拦在我的马前，快把他们赶走!"几个护卫拥上前来，不由分说地举起鞭子一顿乱抽。秦香莲无奈，只好拉着孩子退在一边，眼睁睁看着陈世美扬长而去。

秦香莲悲伤不已，抱着两个孩子放声痛哭。正在这时，有个好心的老婆

婆走上来，手指着北边说："不远处，就是开封府，那里有包拯包大人，这位大人公正无私，你有什么委屈，不妨告到他那里，他一定能为你主持公道。"秦香莲听了点点头，谢过老婆婆之后便领着两个孩子来到了开封府的公堂前。

包拯正和公孙策在后厅说话，就听见外面传来了击鼓声。他来到堂上，就见一个妇人领着两个孩子跪倒在公堂前，包拯就问："你来开封府击鼓，有何冤情，要状告什么人呢？"秦香莲跪在地上磕了个头，对包拯说："民女要状告当朝驸马陈世美！"包拯满脸疑惑地问她为何状告陈世美。秦香莲还没说话，眼泪已经流了下来说："包大人，陈世美和我结为夫妻，生有一子一女，一年前他进京赶考，从此就没了音讯。我那公婆因为思念儿子，双双病故，我带着子女来京城寻找，才知道他隐瞒真相，做了当朝的驸马爷。刚才我在他马前阻拦，他不但不肯相认，反而让他的护卫把我们母子三人赶走。还请包大人为我们做主！"

包拯听了，令差人去驸马府传驸马前来对质。差人回来对包拯说，驸马爷和公主一起进宫给皇后请安去了，恐怕要晚上才能回来。包拯一点头，对秦香莲说："你明天一早来开封府，我传驸马前来与你对质，如果事实真如你所说，我一定为你主持公道。"秦香莲谢过包拯，带着两个孩子回到客栈中，一进店门，掌柜的就迎了出来对她说："驸马府派人送来一封书信，请您亲自拆阅。"秦香莲回到屋里，在灯下把书信打开，顿时泪如雨下。

陈世美在书信里讲述了自己因一时糊涂当上了驸马，如果现在让皇上知道自己已经娶妻生子，自己就犯了欺君之罪，希望秦香莲能够体谅他，并带着孩子先回老家等候，待找到合适的机会向公主、皇上澄清真相，到时候即使丢官罪职，自己也要和妻儿团聚。

秦香莲是个心地善良的人，看了陈世美的书信，信以为真，她原谅了丈夫的一时糊涂，决定明天公堂之上，见机行事。

第二天一大早，秦香莲就来到了开封府。今天守在门口的是王朝和马汉，他俩昨天就听说了秦香莲的遭遇，对她十分同情，一看秦香莲来了，就把她带进开封府，让她在偏房里等着包拯升堂。秦香莲惴惴不安地问："二位官爷，等会儿包大人升堂问案，如果我家相公承认了他的罪过，那么包大人会如何处置呢？"王朝、马汉以为秦香莲是担心陈世美身居驸马之位，包拯不能秉公执法，于是就安慰她说："这个你尽管放心，包大人有三口御铡，上铡皇亲国戚，下铡文武大臣，只要是有罪之人，都逃不过法网！"他俩的话让秦香莲惴惴不安，为了丈夫的性命安危，她决定帮他把这事隐瞒下来。

陈世美把信送给秦香莲之后，自己也忐忑不安地过了一个晚上，第二天他强打起精神来到开封府。包拯见了陈世美就问："驸马爷，有一名民女名叫秦香莲，告你贪图富贵，抛妻弃子，谎言欺君，这可是事实？"陈世美一摇头，装出一副吃惊的样子回答："包大人，这话从何说起？"包拯见他不肯承认，脸色一沉，对陈世美说："既然如此，如今秦香莲就在堂下，驸马爷可愿与她当面对质？"陈世美故作镇定地说："包大人，我心底无私，与她对质，又有何妨？"

没一会儿，王朝、马汉带着秦香莲来到大堂之上。包拯用手指着坐在堂下的陈世美问道："秦香莲，你看这是何人？"秦香莲抬起头来看了看陈世美，转过脸对包拯说道："包大人，民女罪该万死。民女的相公和驸马爷同名，所以我认定了他是我相公，因为贪图功名抛弃了我们母子，可如今仔细看了看这位驸马爷，是民女认错人了。"

她说完，陈世美心里一块石头落了地。包拯疑惑不已，严肃地说："大胆的秦香莲，你没有真凭实据，就来本府状告当朝驸马，你可知罪？"这时候陈世美站了起来，对包拯说了几句话。要知道陈世美说了什么，我们下回再见分晓。

第七十回 丧天良恶徒灭口
明真相义士自裁

　　上回说到秦香莲承认自己认错了驸马陈世美，包拯正要问罪。这时候陈
世美站起来对包拯说："包大人，我和她的丈夫同名，又是同一期来赶考的
考生，她误以为我就是她的丈夫，情有可原，所以我替她向您求个人情，就
不必再责罚她了。"包拯听了，微微点头说道："驸马爷心地宽厚，既然如
此，本官就不再追究了。"陈世美从袖子里掏出两个银元宝双手交给秦香莲，
对她说道："这二十两银子你拿着，回去好好照顾你的儿女，等你丈夫早日
回家与你团聚。"说着还对秦香莲使了个眼色。

　　陈世美回到驸马府，就对身边的人说："去把韩护卫请过来。"陈世美在
客栈里救活了韩祺，韩祺是个知恩图报的人，武艺又高强，于是跟随陈世美
做了府中护卫。

　　陈世美吩咐韩祺除掉三个人。韩祺不解地问道："不知道驸马爷要让我
除掉什么人？"陈世美阴笑着说道："是一个女子，带着两个孩子。他们受人
指使，一口咬定是我的妻儿，我虽然一身清白，但如果他们四处张扬，必然
会坏了我的名声。所以我想请韩护卫为我斩草除根，免得留下后患。"

　　韩祺点头说："驸马爷尽管放心，这三个人现在什么地方？"陈世美对他
说："这三个人如今住在城南的客栈里，他们明天就要出城，城南十里有一

片树林，人迹罕至，你可以提前守在那，等到他们经过时就取了他们的性命，带他们的人头回来见我。"韩祺答应一声，转身准备去了。

秦香莲回到客栈，叫来两个孩子一起收拾了一下。第二天一大早，秦香莲就带着两个孩子出城了。母子三人走了一上午，来到了城南的树林里，这时候两个孩子已经是气喘吁吁。秦香莲就对两个孩子说："我们坐在这棵树下休息一会儿，吃点东西再走。"两个孩子一边吃一边问秦香莲："母亲，父亲为什么还要过些日子才回来？"秦香莲就把陈世美信里的内容跟两个孩子简单说了一遍。两个孩子听得似懂非懂，只是不住地点头。这时候忽然从树上跳下一个人来，手持钢刀，对着秦香莲问道："你刚才说的可是真的？"秦香莲吓了一跳，赶紧护在两个孩子身前，问道："你是什么人？"

这人正是韩祺，昨天他回到自己的房中，心想：驸马为什么一定要我把那三个人给杀死，何况其中还有两个孩子？这里面到底有什么隐情呢？他想来想去，一晚上都没睡好觉。第二天一大早他在树林里埋伏着，秦香莲母子三人一进树林他就发现了。他想先观察一会儿再动手。于是他就躲在一棵树上，把秦香莲跟孩子们说的话一字不落地听了下来，他越听越吃惊，认为陈世美人面兽心，为了荣华富贵，居然要下狠手杀死自己的结发妻子和两个亲生儿女。

想到这，他才从树上跳了下来，对秦香莲说："我奉驸马之命前来取你们母子的性命，刚才你说的是真是假？"秦香莲听了韩祺这番话，才明白自己上了陈世美的当，对韩祺说："这位英雄，我刚才说的句句属实，没想到陈世美丧尽天良，先是骗我回乡，半道上却派你来取我们母子的性命，只求你看在这两个孩子年幼的份上，放我们一条生路。"

韩祺听了又气又恨。他对秦香莲说："如今陈世美下定决心要害你们母

249

子三人，你们三个人如果回乡的话，路上凶多吉少，依我之见，你们不如转身回京，再去开封府，告他杀妻灭子之罪。"秦香莲思索了一番，觉得韩祺说得对，于是向韩祺行了礼说道："多谢英雄不杀之恩。"接着带着两个孩子转身往京城而去。

韩祺看着他们母子转身要走，为了防止陈世美从中作梗，他决定陪他们母子一起去开封府，免得路上有什么危险。四个人来到开封府的大门前，秦香莲看着开封府门外那面用来鸣冤的大鼓，缓缓地走上前去取下鼓槌，用力敲了起来。没一会儿，张龙、赵虎走了出来，一看是秦香莲，对视了一眼问道："怎么又是你?"秦香莲眼含热泪，把事情跟两个人说了一通。赵虎气得哇哇大叫："这陈世美着实可恶。你尽管放心，包大人一定会为你主持公道，快快进来。"

韩祺看见秦香莲已经和开封府的人碰上了面，内心五味杂陈。一方面，他认为如今陈世美没办法再害母子三人，另一方面，陈世美是他的救命恩人，他没有完成恩人交代的任务，只有以命相抵了。想到这儿他抽出刀来，往自己脖子上一抹。要知道韩祺性命如何，我们下回再见分晓。

第七十一回 包拯二审陈世美 展昭暗访驸马府

上回说到韩祺内心自责不已，拔出刀来，自刎而亡。秦香莲正和张龙、赵虎说话，忽然听到后面有动静，再一看，韩祺已经舍身殉道。秦香莲不由得放声痛哭，张龙、赵虎劝了她两句，一边派人把韩祺的尸体收拾起来安葬，一边带她和两个孩子去见包拯。

包拯虽然审结了陈世美和秦香莲的案子，但他心里还有许多疑惑，这天早上正在和公孙策聊这事时，赵虎气呼呼地走了进来："包大人，那陈世美实在该死！"后面张龙也跟着进来，把刚才的事情说了一遍。包拯勃然大怒，一拍书桌站了起来说："随我去大堂见那秦香莲！"

包拯来到大堂，见了秦香莲就问："秦香莲，你昨天说陈世美不是你的丈夫，今天你又来到大堂，还有何话说？"秦香莲连连磕头，把事情的前因后果说了一遍，然后双手呈上陈世美给自己写的那封亲笔书信，包拯看过后，气愤地说道："如今证据已在，来人，去驸马府，把陈世美传来。"

陈世美在驸马府正等着韩祺的消息，忽然接到开封府的传令。他忐忑不安地来到开封府，看见秦香莲正跪在堂下，包拯一脸怒气地盯着他，知道大事不好，硬着头皮上前说道："包大人，你叫本驸马前来，又有何事？"包拯

251

重重一拍桌子说："陈世美，你欺君骗婚、抛妻弃子在前，公堂抵赖、杀人灭口在后，要不是韩祺还有一份忠义之心，秦香莲母子三人性命已经不保了。如今秦香莲这里有你的亲笔书信，你还有何话说！"

听到这里，陈世美只得狠心抵赖到底了。他就对包拯说道："包大人，在下实在是冤枉，这封书信想必是那女子找人模仿我的笔迹，写下来陷害我的。"包拯见他还不肯承认，无奈又没有其他证据，只好先把他关押起来。接着包拯又派王朝拿了陈世美和秦香莲的画像，快马前往均州，去确认陈世美与秦香莲是否是夫妻。

就在这时外面差人急匆匆地进来说道："包大人不好了，公主来了。"原来陈世美被包拯叫走之后，公主听说了事情的缘由，顿时着急了，她虽然也恨陈世美不说实话，但是毕竟夫妻一场，不忍心看他被问罪，于是急忙赶到了开封府。公主一进开封府，就问包拯："包大人，驸马现在什么地方？"包拯回答道："如今已被关押在大牢里。"公主脸色阴沉地说："大胆，你竟敢把驸马关进大牢，你难道是要造反不成？"

包拯见公主如此无礼，严肃地回答道："公主，包拯奉皇上之命执掌开封府，讲求执法如山、公正廉明，王子犯法与庶民同罪。陈世美贪图荣华富贵，抛妻弃子，后又派韩祺追杀妻儿。这等狼心狗肺之人，我怎能不追究？"公主听完冷笑一声说："包拯，你口口声声说驸马有罪，说他抛妻弃子，也不过凭的就是堂下这女子的一面之词，你说他派韩祺前去追杀这母子三人，如今韩祺又在哪里？"包拯义正辞严地说道："公主，韩祺已经自杀，至于驸马有没有隐瞒真相，我现在确实还没有证据，如今我已经派人赶往均州查证，如果是我错怪了驸马，我一定登门谢罪，但如果是驸马有罪，包拯也绝不会徇私！"

公主见包拯这么说，也没有办法，一甩袖子气呼呼地带着人回去了。公孙策想了想，对包拯说："大人，我担心公主会派人前往均州，买通当地的官员，让他们作伪证，所以大人还是请展护卫去驸马府附近埋伏，如果有人前往均州的话，务必将此人拿下。"

包拯觉得有道理，于是命展昭暗中盯紧驸马府。展昭换了便衣到了驸马府附近，看见旁边有个茶馆，于是就慢慢地走进去，装作在喝茶，暗中监视驸马府的动静。

过了没一会儿，果然看见一个人从驸马府里出来，骑上马，匆匆离开。展昭从怀里掏出散碎银子，往桌子上一拍，站起身来跟了出去。来到城外，为了不暴露身份，展昭从怀里掏出一块黑布，把脸蒙上，他三下五除二地就从此人嘴里套出了公主交代的事情。此人颤颤巍巍地把文书递给展昭，展昭打开一看，果然是公主写给均州知府的一封书信，信上要他一口咬定不认识陈世美，也从来没听说过他已经成亲的事。展昭拿到信，佩服公孙先生真是料事如神啊。想到这他把脸上黑布扯掉，带着那人回了开封府。

展昭把人带回开封府，包拯看了公主的书信点点头说："把那送信的人也关到牢中，等到审案的时候一起出来对质。"一晃眼五天过去了，王朝从均州赶了回来，他向包拯复命说："大人，我这次去均州查证，和当地的父老乡亲、陈家的邻居都聊过，他们都认出了陈世美的画像，说他和秦香莲确实是夫妻，并有一子一女，一年多以前去京城赶考的时候，还是秦香莲变卖了自己的嫁妆，为他凑的银两。"包拯非常气愤，传命带陈世美上堂。陈世美被带到大堂上，包拯就问："陈世美，前往均州查访的人已经回来，如今证据确凿，你还有何话说？"

如今证据确凿，陈世美已无力狡辩，他便把自己欺瞒皇上、抛妻弃子、

253

试图灭口的事都招认了。然后他又对包拯说："包大人，如今我已知错了，看在同朝为官的份上，还望您高抬贵手从轻发落。"要知道包拯如何处置陈世美，我们下回再见分晓。

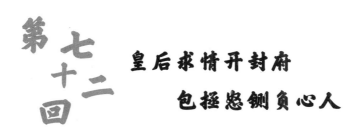

第七十二回 皇后求情开封府 包拯怒铡负心人

上回说到陈世美见无法抵赖，只好招认了。包拯拿过供词，长叹一声说道："你贪慕荣华富贵，试图杀妻灭子，像你这种丧心病狂之徒，如果不杀，天理难容。来人，抬龙头铡！"陈世美吓得魂飞魄散，他跪着向前移动两步，苦苦哀求。

包拯还没来得及说话，外面有人高声通报："皇后娘娘驾到！"包拯抬眼一看，皇后娘娘急匆匆地走进大堂，他向前施礼说："不知皇后娘娘凤驾光临，有失远迎，还望恕罪。"皇后摆摆手说道："免了。"

原来公主听说包拯今天审问陈世美，赶紧进宫去见皇后，哭着把事情的来龙去脉说了一遍。皇后是个明事理的人，听了公主的述说，也认为是驸马做得不对。公主也认识到了驸马的错误，但念在夫妻情分上，她恳求母亲去开封府帮驸马讨个人情。皇后叹了口气说道："包拯执法严明，我去了只怕也没用，我先去开封府试试，你再去皇上那求一道赦免驸马的旨意来，说不定还能救驸马一命。"公主听了，行了个礼就急匆匆去找皇上了。皇后左右为难，她想了半天，叹了口气，还是决定去开封府一趟。

皇后到了开封府，看到驸马瘫倒在地，王朝、马汉已经把龙头铡抬了上来，吃惊地向包拯发问。包拯拱手对皇后说："皇后娘娘，陈世美贪慕荣华

255

富贵，试图杀妻灭子、隐瞒真相，如今已经招供，微臣正要将他正法。"

皇后听了打了个寒颤，便想替驸马求情。包拯刚正不阿、毫不动摇，还说出了公主派人前往均州，想让当地官员隐瞒驸马欺君之事，说着就把公主写的那封信递给了皇后。皇后自觉理亏，顿时说不出话来。

她想了想，对包拯说道："包大人，公主做这事实在不该，回宫后我一定责罚她，驸马固然不能轻饶，但是把他免官罢职，让他做个平民百姓也就是了，何必一定要杀呢？"包拯长叹一声："娘娘千岁，并不是我包拯生性好杀，如果陈世美当初认了秦香莲母子，仅是欺君的罪过，只要圣上、娘娘和公主不计较，微臣也不会拿他如何。可他贪慕荣华富贵，不但不肯认这母子三人，还派出韩祺杀人灭口，像这种杀妻灭子、良知丧尽的禽兽，如何还能活在世上？"

想想陈世美的所作所为，皇后一时间说不出什么反驳的话来。包拯看皇后不再说话，于是就对王朝和马汉摆手说道："开铡！"王朝、马汉答应一声，把龙头铡的铡刀抬起。就在这时，忽然外面又有人来报："圣旨到！"原来公主救夫心切，从皇后娘娘的宫殿出来就去找了皇上，皇上听说包拯要处置驸马，又听公主把事情的经过说了一遍，陷入了沉思。

公主见皇上犹豫不决，又梨花带雨地向皇上苦苦哀求。皇上终究心疼女儿，便写了一道赦免驸马罪过的圣旨。皇上刚写完，公主就迫不及待地接过来，冲出门去。她带着人急匆匆赶到开封府，就对开封府的差人高叫："皇上要赦免驸马，快让包拯出来接旨！"

在开封府的大堂上，包拯听到差人来报，说皇上的圣旨到了。他知道皇上要赦免陈世美，有些犹豫。这时候，他转头看到跪在堂下的秦香莲和她的一对子女，下定了决心。他沉着脸，挥手对差人说道："关闭开封府大门，此案审结之前，暂不接旨!"

这一句话如同一道晴天霹雳，把大堂上所有的人都惊呆了。公孙策上前一步，低声对包拯说道："包大人，'暂不接旨'也如同抗旨，到时候皇上怪罪下来，难免官职不保，您可想明白了？"包拯点点头说："如果不能公正执法，为民申冤，我要头顶上这乌纱帽又有何用？开铡!"王朝、马汉对望一眼，手起刀落，陈世美人头落地。

包拯见陈世美已死，又对秦香莲说："秦香莲，如今我已将陈世美正法，你独自抚养两个孩子，生活不易，我赠你一百两银子，你回家好好教育子女。"包拯说完，转过身来对皇后行了个礼说："皇后娘娘，微臣已经审结此案，接着就要上殿向皇上请罪，娘娘请先回去吧。"皇后在一边看得目瞪口呆，好久才回过神来，对包拯既埋怨又佩服，听包拯对她说话，忙对包拯说："包拯，此事你做得并不错，我想皇上也不会怪罪于你，公主那边我来劝说。"说完就出了开封府大门。

这时候公主还捧着圣旨，一脸着急地站在开封府门口，她看到开封府大门打开，皇后走了出来，再一看皇后的脸色，什么都明白了，顿时身子一软瘫倒在地。皇后叹了口气，叫人把她扶起，母女两人一道回宫了。

包拯写了请罪的奏折，来到宫中请见皇上。皇上看了包拯的奏折，才知道包拯已经铡了驸马，他气得把奏折摔在地上说："包拯竟敢公然抗旨!"接着就传旨让他进来。

没过一会儿，包拯走进来，对着皇上行了个礼说道："皇上，微臣不接圣旨，铡了陈世美，向您请罪来了。"皇上气呼呼地说："包拯，你胆子是越来越大了，朕赐你御铡，让你有先斩后奏之权，可是你竟敢公然抗旨! 这朝廷是我说了算还是你说了算？"包拯躬身说道："启禀皇上，您和微臣说了都

包青天传奇

不算，只有公理和法度说了才算。人非圣贤，都有私心，所以才需要制定法度来约束人心。如果人人都可以凭着自己的私心做事，天下就大乱了。圣上委托微臣执掌开封府，微臣自知也没什么才能，所能做到的，就是秉公执法，不徇私情，以图上报朝廷，下报百姓。"

听了包拯的话，皇上也渐渐恢复了平静。他仔细想了想，认为包拯做得对，并夸赞他铁面无私、刚正不阿，真正为老百姓着想。包拯谢过皇上，回了开封府。百姓知道包拯秉公执法，铡了贪慕虚荣、抛妻弃子的当朝驸马，人人称赞。从此以后，"包青天"这个称呼传遍天下，千古留名。